BEST嚴選
奇幻基地出版

破鏡謎蹤

A Merciful Death

坎德拉・艾略特 著
康學慧 譯

Kendra Elliot

BEST 嚴選

緣起

在繁花似錦的奇幻文學花園裡，你或許還在門外徘徊，不知該如何抉擇進入的途徑；也或許你已經置身其中，卻因種類繁多，或曾經讀過不合口味的作品，而卻步、遲疑。

BEST嚴選，正如其名，我們期許能透過奇幻基地對奇幻文學的瞭解，以及對讀者的理解，站在出版者與讀者的雙重角度，為您精選好作家與好作品。

他們是名家，您不可不讀：幻想文學裡的巨擘，領域裡的耀眼新星。

它們最暢銷，您怎可錯過：銷售量驚人的大作，排行榜上的常勝軍。

這些是經典，您務必一讀：百聞不如一見的作品，極具代表的佳作。

奇幻嚴選，嚴選奇幻。請相信我們的眼光，跟隨我們的腳步，文學的盛宴、幻想世界的冒險，就要展開。

excellent bestseller classic

獻給我的母親，
她教我如何自製蘋果醬和醃黃瓜罐頭。
獻給我父親，
他教我如何砍柴，並且完美堆疊。

臺灣獨家作者序

從小到大，我幾乎一直住在奧勒岡州，那裡有很多末日準備者、陰謀論者、主權公民，我一直覺得他們很有意思。在寫作凱佩奇探員系列時，我決定將這些經常反政府的團體融入自己對執法角色的熱愛。我創造出了梅西這個角色，她生長於奧勒岡州中部與世隔絕的環境中；父母教導她不能相信執法單位和政府，但是和家人鬧翻之後，她憤而離家，成為聯邦執法人員。

在《破鏡謎蹤》當中，為了調查針對末日準備者的一連串謀殺案件，在睽違故鄉十多年之後，調查局探員梅西凱佩奇回到了奧勒岡州的農業地區。

出於無奈，梅西突然必須得回到那個被她拋棄的小鎮，更驚覺家中可能有人與命案相關。她被迫和摒棄自己的家人打交道，加上現在她的身分是名執法人員，沒有人會信任她，更沒有人願意幫忙。

然而命案持續發生，梅西必須將凶手繩之以法。她有著強烈的榮譽心和正義感，但深藏在心中對家人的愛，令她無時不刻感到矛盾。更詭異的是，犯罪現場的許多細節，非常像梅西青少年時在鎮上發生的重大犯罪事件。梅西內心的祕密眼看即將浮出水面，但為了保護那個她早已離開的家、為了掩蓋自己的過去，她不能說出眞相。

凱佩奇探員系列的概念是在搭機時萌生的，當時我正準備前往紐約參加大型作家活動。我在旅途中腦力激盪，努力開發新點子。我知道自己想寫女性調查局探員的故事，也希望讓她存在於獨特的世界中。

開發新系列時，我通常會先探索角色的矛盾衝突。是什麼讓他們的世界天翻地覆？又是如何發生的？當角色奮力想要忠於自我，故事就能擁有深度與情感，讓讀者上癮。光明正大的執法人員，以及她童年生長、不爲人知的世界，兩者的反差立刻勾起我的想像，我知道自己一定要寫出她的故事。個性鮮明、特立獨行的角色，加上罕見獨特的背景地點，絕對能創造出一個好故事。

希望大家喜歡這本《破鏡謎蹤》，裡面的人們大費周章準備迎接「我們熟悉的世界之終點」，營造出這個獨特的世界，希望大家都能忘我地沉浸其中。

推薦序

《破鏡謎蹤》導讀

——林志都
譯者／網路專欄作家

在美國奧勒岡州鄉間的「鷹巢鎮」小鎮，連續發生了三起命案，死者都是鎮上的「末日準備者」（preppers）。他們相信文明終將毀滅、世界末日隨時可能到來，而政府不可信賴，末日來臨時每個人都只能自立更生，所以他們建造避難所，囤積大量武器、糧食、飲用水和生活必需品，確保能在世界末日災難後存活下去。

而因爲這幾名死者囤積的大批武器遭竊，警方懷疑很可能有人籌畫美國本土恐怖攻擊，使得主角FBI探員梅西．凱佩奇奉命前來協助調查，對她來說，這並不只是另一個案子，因爲梅西就是在鎮上長大，她的家族更是鷹巢鎮的「末日準備者」派系之一；而主角還不知道，這次的案件將讓年少離家，與家人斷絕往來，背棄了家人信仰的她，面對她不願想起的過去與她遺留在鎮上的祕密……

多年前，一向對各種文化議題有興趣的筆者在美國媒體相關報導中得知了「末日準備者」們的存在，就對他們這樣「未雨綢繆」的想法頗感興趣。透過近年美國迅速崛起的警探懸疑名家坎德拉．艾略特在書中描寫看來美麗壯闊，實則寒冷嚴峻的奧勒岡州山脈環境，如何造就了這群「末日準備者」們「一切靠自己，政府不能信」的心態。筆者也對他們有了更多了解：

在書中，作者對這群「先天下之憂而憂」，隱世獨居的人做更進一步的分類：他們有的是恪守公民本分，但相信人類文化遲早會被天災人禍所滅絕，所以要囤積物資及早準備自救的「末日準備者」；有些人則是「民兵」，對美國聯邦政府不滿，希望推翻可能已經被外星人、聯合國政府或是戀童癖者所控管的美國聯邦政府，拒絕被政府所管轄，要政府「放過他們」；與「民兵」們想法類似的還有「主權公民」，自視為「自由人」的他們，也拒絕承認美國政府法規對他們的管轄權，尤其是土地、稅務與持有槍械的權利，即使他們無意主動攻擊政府。而這些人對於可用以「保衛自己」的槍枝的熱愛，則讓一切變得複雜。

若不是新冠肺炎在二〇二〇年爆發席捲全球，直到本書出版的現在仍未平息，可能大部分的臺灣讀者們都會認為這群「末日準備者」只是一小群杞人憂天的偏執狂。但是疫情所帶來的混亂、死亡與恐慌心態，正好讓他們覺得「我告訴過你了吧，先知永遠是孤獨的」；而全球許多富人們在疫情期間或是藏身偏僻小島高山，或是紛紛動手打造自己的避難堡壘，也讓他們覺得吾道不孤。

我們也許會認為這群人也許太過偏執、太過激進、太過於陷入自己的末世幻想中，以致於無視現實，但作者則透過文字，以一種較為溫柔寬容的態度，讓我們看見他們人性的一面，像是疼愛主角的兄長與姊姊、以及對從未到來的末日的質疑。這也讓我們可以對他們產生同理心；他們，也不過是跟我們一樣，是群對未來充滿不確定與懷疑的人們罷了。

但是在小說中，這群「末日準備者」要面對的，不是可能到來的災難，而是充滿惡意的殺手。讓我們一起走進作者坎德拉・艾略特的懸疑世界，來看看主角如何面對自己的過去心魔，找出眞凶。

推薦者簡介／林志都

譯者暨網路書寫者，對各種主流與次文化議題有興趣，臉書專頁為「今天來點跨文化」。

推薦序

現代挪亞方舟中的愛恨生死

——提子墨
「英國犯罪作家協會」、「加拿大犯罪作家協會」
與「台灣犯罪作家聯會」作者會員

「生存主義」（Survivalism）起源於三十至五十年代之間，由英國或美國反政府的市井小民、宗教的衛道之士，甚至是擔憂原子彈威脅的個人與團體，所進行的一種自救與自保的社會運動。追隨者們建造了自己的生存堡壘或地下避難所，在密室中囤積食物、水、木料、器材、槍械、醫療用品，也學習生存與自衛技能，爲人類自取滅亡或世界末日的那一天，做足了劫後餘生的存活準備。

他們也被稱爲「末日準備者」（Preppers），就像聖經創世紀中的挪亞與子孫們，依照上帝的指示以防水高脂樹木塗上焦油，建造出巨大的避難方舟，上面除了畜養各種配對品種的動物，還囤積大量的食物和糧食。幾十年之後，挪亞終於等到那一場持續四十天四十夜，毀滅天下一切有血肉活物的雨患洪災。然而，現代的末日準備者們，爲飢荒或生存擔憂的生活態度，卻沒有隨著時代進步或社會繁榮而有所改變，動盪的國際時局反而成爲他們更擔驚受怕的原因。

六十年代美國的通貨膨脹、貨幣貶值；七十年代美蘇之間的冷戰時期；八十年代蘇聯在軍備與核武上的迅速發展；九十年代末期的Y2K千禧蟲危機……就算進入二十一世紀後，戰爭、病毒、流感、能源短缺、環境災難，和全球暖化效應下天災人禍的恐懼，造就了生存主義與末日準備者們的噩夢連連。

在坎德拉．艾略特的《破鏡謎蹤》中，描寫得靈活靈現的奧勒岡州鷹巢鎮，就是這麼個反政府「末日準備家庭」群居的小城鎮，他們除了不認同政府的施政或決策，也拒絕過度仰賴現代的科技與文明。城鎮上的居民宛若主流社會之外的邊緣族群，除了不信任外面的世界，每個家庭也都有著一些不為人知的祕密，不同家族的祕密若有似無地交織在一起，糾結成了一張張緊繃的網。

劇情主線發生在這類窮鄉僻野的純樸鄉鎮，初來乍到的男女主角們，通常都會有一些不可告人的祕密。例如，勞倫斯．卜洛克的短篇小說《搭下一班巴士離開》（*Resume Speed*）的男主角比爾，就是在蒙大拿的越溪鎮心血來潮跳下了長途巴士，隨便找了個餐廳二廚的工作，就開始過著隱居的新生活。沒有人知道他停留在那座小鎮的眞正目的，但當有人太瞭解他之後，那也將會是說再見的時刻。

蘿拉．李普曼的《烈日下的紅髮女子》（*Sunburn*），也有類似的小鎮神祕元素，原本是家庭主婦的紅髮美女波莉，不告而別離開了丈夫與年幼的女兒，落腳於德拉瓦州偏遠的貝維爾小鎮，遇上同樣是臨時起意停留於鎮上當主廚的亞當，兩位初來乍到的陌生人，各自懷著不為人知的祕密，卻撞擊出強烈的死亡火花。或是，英國犯罪作家協會「新血匕首獎」得主克里斯．漢默的《烈火荒原》（*Scrublands*），所描寫受乾旱肆虐的澳洲旱溪鎮，在記者馬汀抵達那座死亡小鎮，報導牧師殺人血案一週年的專題時，逐漸引出那群充滿貪婪、憎恨與罪咎的鎮民，背後許多不為人知的故事。

發生在歐美偏遠小鎮的神祕案件，無論是地景或人設，一向都滿能吸引讀者的目光，或許是文化上的差異與距離所帶來未知的恐懼感，形成了某種獨特的小鎮風情。艾略特筆下的女主角梅西．凱佩奇，對鷹巢鎮而言並非過客而是歸人，她除了是被派至此調查「山洞人」的ＦＢＩ探員，也曾在這個小鎮遭受過傷害、排擠，當年還是個懷著祕密逃離鷹巢鎮的少女。梅西在不同的事件中曾經扮演過不同的身分，直到十五年後以調查員之職回到鷹巢鎮後，當年那些無以復加的壓力與妥協，卻逐漸在腦中通透，曾經摸不著頭緒的謎團也越來越清晰了！

艾略特除了擅長撰寫驚悚類小說，最令人津津樂道的是，她總能在恐怖懸疑的情節中，不落痕跡穿插些令人臉紅心跳的羅曼史橋段。調查員梅西與警察局長楚門之間若有似無的曖昧，隨著兩人出生入死的調查過程，雙方的好感也毫無違和，逐漸轉變爲情侶之間的默契。無怪乎，許多書評人或讀者都讚賞過艾略特，是個能將驚悚與愛情完美融合在一起的犯罪小說作家！

1

梅西・凱佩奇（Mercy Kilpatrick）很想知道，她究竟得罪了聯邦調查局波特蘭分局裡的什麼人。

她下車，走過兩輛德舒特郡（Deschutes County）治安處的休旅車，觀察四周的環境，這棟房子孤伶伶矗立在喀斯喀特山脈（Cascade Mountains）東側的山麓丘陵上。雨水拍打著梅西的兜帽，她呼出來的空氣凝結在半空中。梅西將深色長鬈髮塞進外套裡，仔細觀察前院堆積的雜物。在一般人眼中，那只是欠缺修剪的樹籬和隨意棄置的廢棄物，但她一眼就看出那是精心規劃的引導路徑。

「眞是亂七八糟。」艾迪・彼德森（Eddie Peterson）探員說：「看來屋主是個囤積狂。」

「一點也不亂。」她比了比長刺的樹叢和堆得半天高的生鏽廢五金。「這些東西會讓你想往哪個方向走？」

「肯定不是那邊。」艾迪說。

「這就對了。屋主刻意將廢棄物堆成這樣，將訪客引到屋前的那片空地，讓他們不會跑去屋子兩邊和後方。你抬頭看。」她指著二樓的窗戶，整個用木板封起，只有中央留了一個窄窄的開口。「那堆廢棄物引導陌生人來到他的視線範圍前。」艾迪聞言點頭，神情流露驚訝。

奈德・法希（Ned Fahey）的家很難找。這一帶的道路都是泥土鋪碎石，完全沒有路標，警長給他們的指示以精準的英哩數爲單位，他們好不容易才找到這棟藏在森林深處的房子。梅西觀察到屋頂是防火的金屬材質，房屋正面堆起的沙包高達六英呎。這棟看似頹圮的房屋，位置遠離其他住戶，但十分接近自然山泉。

梅西十分讚賞。

「爲什麼要堆沙包？」艾迪喃喃問：「這裡是海拔四千英呎耶。」

「防禦用。可以阻擋子彈，也可以拖延入侵的壞人。而且沙包很便宜。」

「換句話說，他是個瘋子。」

「他只是準備充裕。」

她在院子裡嗅到淡淡的腐臭味，一走上門廊進入屋內，濃濃惡臭便撲面而來。法希已經死去好幾天了。一個面無表情的德舒特郡副警長拿登記表給她和艾迪簽名。梅西看了看對方手上簡潔的婚戒。這位副警長之後帶著滿身屍臭回到家，老婆一定會很不高興。

她身邊的艾迪用嘴巴呼吸，氣息粗重。「不准吐。」她低聲命令，在雨靴外面套上拋棄式鞋套。

艾迪搖頭，但表情令人質疑。她欣賞艾迪，他頭腦聰明、態度積極，但是個在都市長大的年輕人，文青風髮型加上書呆子眼鏡，讓他在這種窮鄉僻壤顯得很突兀。他的皮鞋很昂貴，鞋底厚重，踩過奈德·法希家前院的爛泥之後，應該再也無法恢復原貌。

不過這雙鞋眞的很好看。

至少是以前啦。

進到屋內，她停下腳步觀察大門。鋼製的；有四條鉸鍊、三道門閂，其中兩個分別裝在門的頂端和底端。

法希的防禦滴水不漏。他該做的都做了，但還是有人成功打破層層關卡。不該這樣。

梅西聽見樓上有人交談的聲音，於是往那裡走去。兩位現場蒐證人員指引她和艾迪穿過走道，去到位在後方的臥房。越來越響亮的嗡嗚聲讓梅西開始反胃；她聽人說過這種聲音，但不曾親身體驗。他們轉進法希的臥房，艾迪開始低聲罵髒話，醫檢官正在檢查床上膨脹的遺體，這時她抬起頭。

梅西猜得沒錯，嗡嗡聲響果然來自這裡。房間裡有大量的蒼蠅，不斷發出低低嗡嗚，從屍體上的孔洞鑽進去。她盡量不去看將衣服鈕釦撐到極限的腫脹腹部。臉部更慘，爬滿蒼蠅，整個面目全非。

梅西介紹自己和艾迪的身分，醫檢官對兩位探員頷首致意。梅西猜醫檢官應該與她年齡相仿，身材瘦小精實，讓梅西覺得自己高大得誇張。

娜塔莎．洛哈特醫師（Dr. Natasha Lockhart）自我介紹後脫下手套，帶他們去看遺體。「聽說這人在調查局有案底。」醫師揚起一條眉毛說。

「他在禁飛名單上。」梅西說。調查局的反恐單位有幾份監視名單，這是其中一種。奈德．法希在名單上很多年了。床上那具遺體生前經常和聯邦政府起爭執，他平常往來的對象都支持主權公民運動，熱愛右翼媒體。從波特蘭過來的長途車程中，梅西看完了他的相關報告，判斷法希只會誇誇其談，並沒有能力去真的執行。他幾次因輕度破壞聯邦建築而遭到逮捕，但帶頭的永遠不是他。法希總是能輕輕鬆鬆擺脫罪名，簡直像不沾鍋一樣。

「唉，看來有人決定以後不需要法希了。」洛哈特醫師說：「他一定睡得很熟，竟然沒聽見凶手進入屋內用槍抵著他的頭。」

「抵著？」梅西問。

「嗯。即使被蒼蠅蓋住，還是能看到子彈入口周圍的火藥痕跡。一個洞進去、一個洞出來。能夠這麼乾淨俐落，可見凶器火力強大。」醫師開懷地笑著看艾迪，他站在梅西身邊已然搖搖晃晃。「目前蒼蠅還不算太難趕。」

「口徑呢？」艾迪的聲音聽起來很勉強。

洛哈特醫師聳肩。「很大，不是弱弱的點二二口徑。我敢說子彈一定卡在下面某個地方。」

梅西走上前，蹲在床鋪旁邊用手電筒探照床底，想看看子彈是否有卡在地板上，但床底下塞滿了塑膠整理箱。**一點也不奇怪**。

她環顧房間，發現每個角落都整齊堆放著耐重塑膠箱。她不用看也知道衣帽間會是什麼樣子。整理箱從地板堆到天花板，整整齊齊且仔細標示。法希是一人獨居，但梅西知道他們將會找到足夠小家庭用上十年的各種物資。

法希不是囤積狂，他是個準備者（prepper）。他的人生重心就是預做準備，隨時迎接末日（TEOTWAWKI）（注1）。

我們熟悉的世界之終點。

過去幾週，德舒特郡已經發生兩起準備者在家遭到殺害的案件，法希是第三個。

「洛哈特醫師，之前兩起命案也是妳負責的嗎？」她問。

「叫我娜塔莎就好。」醫師說：「妳是說另外兩件的準備者命案嗎？第一件是我，第二件是其他同事。第一起命案可沒有像這樣乾淨俐落，受害者為了保命極力反抗。妳認為它們有關聯？」

梅西給她一個看不出端倪的笑容。「我們來這裡就是爲了查明。」

「洛哈特醫師說得沒錯，第一起命案的現場很慘烈。」一個新加入的聲音說。梅西與艾迪轉身，看到一個瘦骨嶙峋的高大男子，胸前別著警長的星形徽章，打量著他們兩個。他注視著艾迪的黑色粗框眼鏡，神情變得困惑。顯然德舒特郡沒有趕上五〇年代復古潮流。梅西向對方介紹自己和艾迪。沃德．羅德斯警長（Ward Rhodes）看來應該已經有六十多歲了，數十年來顯然常暴露在陽光下，導致他臉上皺紋很深，有許多粗糙的斑塊，但他的眼眸清澈，充滿幹勁與好奇。

「相較於畢格斯的命案現場，這裡簡直是優雅的茶會。那裡的牆上有十多個彈孔，畢格斯那個糟老頭持刀反擊。」

梅西知道傑佛森．畢格斯（Jefferson Biggs）的年齡是六十五歲，只是她不懂，同樣六十多歲的警長怎麼會說他是糟老頭？

說不定是因為畢格斯那憤世嫉俗的態度，與年齡無關。

「不過所有現場都沒有強行進入的跡象，包括這裡，對吧？」艾迪客氣地問。

羅德斯警長點點頭。「沒錯。」他蹙眉看著艾迪。「有沒有人說過你長得很像詹姆士．迪恩（James Dean）（注2）？只是戴了眼鏡？」

注 1即「The End of the World as We Know It」的首字母縮寫，經常被末日準備者使用。

注 2美國知名演員，雖然英年早逝，但其以風流、叛逆不羈的形象留存世人心中，代表作品為《養子不教誰之過》、《天倫夢覺》。

「常常有人這麼說。」

梅西咬住下唇。艾迪每次聽到都會裝作驚訝，但她知道其實他很高興。「不過這裡沒有強行進入的跡象，奈德·法希當時正在熟睡。」她說：「凶手知道如何進來，不然就是也睡在這間房子裡。」

「他穿著睡衣，」洛哈特醫師贊同。「我還不確定死亡時間，不過腫脹已經很後期了。做過實驗分析之後會比較清楚。」

「我們已經檢查過房子。」羅德斯警長說。「沒有其他人過夜的跡象，也沒有強行進入的痕跡。雖然還有一間臥房，但感覺好像幾十年沒用過了。樓下的沙發上也沒有枕頭或毯子，應該也沒有人睡在那裡。」他停頓了下。「我們抵達的時候，大門是敞開的。」

「奈德·法希應該是會把門鎖好的那種人吧？」梅西半是揶揄地說。光是在屋裡走了這段短短的距離，就已經可以看出他有多重視住家安全。「報案的人是誰？」

「托比·考克斯（Toby Cox）。他經常來幫奈德做事。今天早上他原本要來幫奈德搬木柴。他說門開著，進來後看到狀況就立刻報警。幾個鐘頭前我讓他先回家了。他腦袋有點秀逗，目擊犯罪現場可把他嚇壞了。」

「當地的居民你都認識？」梅西問。

警長聳聳肩。「大多數。不過哪有人能認識所有人？我了解我熟悉的那些。」他簡潔地說：「這棟房子離任何市鎮都很遠，所以奈德有狀況的時候，都會打給郡治安處。」

「狀況？奈德和誰發生過摩擦？」梅西問。她很了解鄉下小鎮和農業社區的政治生態及社會行爲。居民最愛把別人的事都當自家的事。現在她住在大城市的公寓大樓，只知道兩個鄰居的名字，而且還不知道姓氏。

她喜歡這樣。

「某一次有人闖入奈德家外面的倉庫，偷走了他的四輪機車和一些燃料。他非常生氣，只是我們一直沒找到犯人。他有時也會打電話來抱怨，有人在他的土地上打獵或隨意入侵。他擁有整整十英畝的土地，邊界標示又不太明顯。奈德還立了幾個禁止進入的告示，但因爲土地太大，效果有限。以前他會直接開槍嚇跑那些人，這樣的狀況發生幾次之後，我們拜託他先打電話通知我們。之前有一家人來這裡健行，被他嚇得屁滾尿流。」

「他沒養狗嗎？」

「我勸他養幾隻，但他說狗太會吃。」

梅西點點頭。又多幾張嘴要餵。

「收入呢？」她問。

「社會安全年金。」羅德斯警長撇撇嘴。

梅西能夠理解。這些反政府的人，每次說要提高所得稅或繳交牌照稅，他們就吵得天翻地覆，但千萬別動他們的社會安全年金。

「有少什麼東西嗎？」艾迪問：「如果有東西不見了，有人會知道嗎？」

「據我所知，十年來踏進過這棟房子的人只有托比．考克斯。我們可以問他，不過醜話先說，他的觀察力恐怕不太好。」羅德斯清清嗓子，似乎有些難爲情。「我之前沒有認眞看待，不過現在似乎應該告訴你們，托比嚇壞了，一直說『山洞人』殺死了奈德。」

「什麼？」艾迪問：「山洞人？史前人類？」

梅西只是注視著警長。所有的社區都會有獨特的謠言和傳說，但她從來沒聽過這個。

「不是，根據托比的說法，我判斷比較像是住在山裡的人。不過我剛才也說過了，他很容易混淆。那個孩子有點秀逗，說的話不能太當眞。」

「他有沒有看到那個山洞人？」梅西問。

「沒有。我認爲應該是奈德故意說這個故事嚇托比，看來很有效。」

「明白。」

「不過，確實有一件有意思的事，」警長又說：「有人闖入了外面的倉庫。跟我來。」

梅西跟著警長走下門廊階梯，深吸一口新鮮空氣。他帶他們穿過由廢棄物堆出的通道，踏著爛泥走了五十英呎之後才轉彎。她發現漂亮雨靴中的腳完全沒濕，心中十分得意。她提醒過艾迪要穿合適的衣物，但他當作耳邊風。這可不是波特蘭水泥人行道上的積水，而是喀斯喀特山區中的暴雨。爛泥、濃密灌木、氾濫小溪，以及更多的爛泥。她回頭看見艾迪伸手抹去前額的雨水、露出無奈笑容，便意有所指地看了看滿是爛泥的鞋子。

就跟你說了吧。

他們到了一間小屋，四周都是黃色警用封鎖線，他們低頭鑽過去。「現場蒐證人員已經處理完畢了，不過還是要當心腳下。」羅德斯警長勸告。

梅西端詳地上凌亂交錯的鞋印，完全找不到空白的地方。警長直接踩過去，於是她有樣學樣。這間小屋長十五英呎、寬二十英呎，藏在很大的杜鵑花叢後方。從外面看來，彷彿一陣強風就能把這座小倉庫吹倒，但進去之後，梅西發現所有牆壁都經過多層強化處理，牆邊的泥土地上更是都堆著沙包。

「門鍊被剪斷了。應該說三條門鍊都被剪斷。」警長更正，並指了指小屋後方靠牆處地上的洞。老舊冷凍櫃的門被往上打開、露出洞外。

藏屍？

梅西探頭看埋在土中的冷凍櫃內部。沒有東西。她嗅嗅空氣，聞到一股薄荷味，她知道有些槍枝玩家是這種潤滑油的死忠顧客，此外還有淡淡的火藥味。奈德在地底藏了一座軍火庫。

「是槍枝。」她平淡地說。奈德的名下只登記了三把槍。他費了這麼大的工夫，不會只爲了藏三把槍。那個冷凍櫃很大，隨便都能藏個幾十把。梅西很想知道奈德如何不讓槍受潮，這樣的環境非常不適合儲藏槍枝。

「裡面有三個小型無線除濕機。」羅德斯似乎讀出她的想法。「不過得要知道冷凍櫃藏在哪裡才能找到。」他指向地上一堆剛挖出來的泥土。「不知道冷凍櫃藏得多隱密，總之這裡不是我會來找槍的地方。」

「有沒有人知道究竟有多少槍？」梅西問。

警長聳肩，望向冷凍櫃裡面。「我猜應該很多。」

「你剛才說有三條門鍊？」艾迪問。「在我看來，這等於宣告『這裡藏了貴重物品』。」他指指地上的一根細鐵棒。「如果是我，破壞幾個門鎖和三條門鍊之後，卻發現裡面空無一物，我一定會拚命戳地面，直到找出東西。」

想必凶手也這麼做了，地上到處是小洞。

「他是準備者。」梅西表明。「誰都能猜到他藏了一堆武器。」

「如果他們只是要偷槍，不必在床上殺死他。」羅德斯指出。

「他們？」梅西問，耳朵豎起。

警長防備地舉起雙手。「目前還沒有證據。只是挖土搬槍這些事並不輕鬆，而且外面有很多足跡。鑑識人員正在比對法希和托比的鞋印，排除之後看看還剩下什麼。到時就能知道有多少人進來過這裡。」

「不能排除考克斯。」艾迪指出。

羅德斯警長點頭，但梅西看出他的眼神流露懊惱。她猜想，他應該相當喜歡這個「有點秀逗」的托比・考克斯。

2

梅西開車前往鷹巢鎮（Eagle's Nest）時對艾迪說：「我想看看另外兩起命案的現場。」

她的眼角餘光看到搭檔點了點頭，他正在專心研究放在腿上的檔案。

「兩個現場都在鷹巢鎮的另一邊。」他回答：「我先找出地點。」

波特蘭分局和本德市（Bend）分局的資深常駐主管探員（SSRA）通過幾次電話之後，兩位探員立刻出發，直奔奈德．法希的祕密老窩。另外兩起命案的現場比較接近鷹巢鎮，但是距離本德分局的車程依然超過半小時。本德分局需要援手，梅西的長官派他們執行這項臨時任務時如此說明。本德分局只有五位探員，少數後勤人員，並沒有本土防恐專家。

「有鑑於死者的經歷，加上三處現場都有大量槍枝失竊，很可能有人正在準備發起本土恐攻事件。」

她回想起上司當時說的話。前兩起命案現場遺失了幾十把槍，奈德．法希也藏有大批非法槍枝。事件。這是委婉的說法，意思其實是可能有極端團體準備攻佔聯邦政府大樓。甚至更嚴重。

他們離開奈德．法希家的時候，烏雲散開了，車子駛出濃密森林，前往海拔較低的地帶，這時已經可以看到雲層之間露出幾塊藍天。車子駛離丘陵時，梅西從後視鏡看到喀斯喀特山脈幾座白雪靄靄的山峰，她一時心情激動，難得能一次看到這麼多座。小時候，她對這樣的風景習以為常。在波特蘭，通常只能看到一座山；天氣好的時候，有時能看到兩座。但在奧勒岡州中部的這個地帶，天空經常碧藍如洗，隨時能看到群山連綿。

空氣感覺也比較清新。

她開上筆直的公路，兩旁長滿高大松樹。

「嘿，樹的顏色不一樣呢。」艾迪望著窗外說。

「等到開上喀斯喀特山區就會變回去了。這種樹是西黃松，你平常看到的是喀斯喀特山脈我們那一側的針葉樹；相較之下這裡的顏色比較淡，而且樹幹顏色也偏紅。」

「我到處都看到那種像灌木的銀色植物，那是什麼？」

「三齒蒿。」

「這裡的森林植被感覺不太一樣，」艾迪表示。「雖然一樣到處是巨大的樹木，但下面的灌木不像西側那麼濃密，而且有很多岩石。」

「很快松樹就會變稀疏了，景色會變成佔地廣大的牧場或火山岩，看你往哪個方向走。」

梅西發現自己握著方向盤的手指節發白。她想都不用想，本能地開向十八歲之前居住的小鎮。

「下一個路口左轉。」艾德開口指引。

我知道。

「我是在鷹巢鎮長大的。」

艾迪猛然轉過頭，梅西感覺他的視線快要鑽進她的腦袋裡。

「眞不敢相信，妳竟然兩分鐘前才想到這件事？」艾迪說：「爲什麼之前沒提？老大知道嗎？」

「她知道。我十八歲就離家了，再也沒有回來。家庭問題，你懂的。」

他在座位上轉身看她。「感覺是個很精彩的故事，凱佩奇探員。快從實招來。」

「沒有什麼故事。」她不肯看他。

「少來，妳十八歲離家之後就沒有回去耶。是他們打妳？還是信邪教？」

她笑了一下。「都不是。」**不算是**。

「那是爲什麼？妳應該有和他們聯絡吧。電子郵件？簡訊？離家只是代表妳沒有回來這個小鎮而已吧？」他看著擋風玻璃外的樹木。「我也覺得這裡沒什麼東西值得特地開車四個小時。」

梅西抿起嘴唇，後悔說出這件事。「完全沒有聯絡，什麼都沒有。」

「**什麼**？那妳有兄弟姊妹嗎？」

「四個。」

「**四個**？然後妳竟然沒有和任何一人通電話或通信？」

她搖頭，無法言語。

「妳家人到底怎麼回事？我每個月都至少要聯絡我媽一次，否則她會剝了我的皮。」

「他們……不一樣。」**這樣說太輕描淡寫**。「可以不要現在聊這件事嗎？」

「是妳提起的。」

「我知道是我提起的，只是想晚一點再跟你解釋。」**或許吧**。她最後一次轉彎，駛進了鷹巢鎮，她知道這條雙線道會通往鎮上的鬧區。

她依照速限放慢到時速二十五英哩。鷹巢鎮的名字很氣派，暗示這座小鎮位於山丘上，昂然俯瞰山谷。但根本不是這樣。鷹巢鎮實際上座落在平地，而小鎮的海拔雖然高達三千英呎，但方圓幾百英畝都是平地。此時她正好行駛經過學校，伸長脖子仔細看。根據生鏽的告示牌顯示，這棟舊建築依然是間高中校舍，幼稚園到八年級則使用比較大的「新」校舍。但所謂的「新」校舍，是在七〇年代建造的，當時她甚至還沒出生。舊校舍後方可以看見美式足球場和看臺的燈光，球場兩側都掛上新的紅彩帶。

九月。這週應該有比賽。

「妳在這裡唸書嗎？」艾迪問。

「對。」

道路轉個大彎。左手邊的鋸木廠依然關閉著，廠房屋頂凹陷的程度比她記憶中更嚴重，窗戶上釘著老舊的三合板。熟悉的招牌也不見了。在她很小的時候，這家鋸木廠就廢棄了，但前方一直有個大招牌和布告欄。她就讀中學的那些年，鎮上的人會利用那個高高的布告欄公布活動日期，字型總是不統一，而在那更久以前，那處布告欄往往只有簡單地貼著：即將復工。

現在工廠前方只剩下一根破舊的金屬桿，梅西感到心中一陣刺痛。鎮民習慣從布告欄得知社區動態，像是長輩慶生、市集和烘焙義賣等活動。

現在大概都公布在臉書專頁上了吧。

那時，鎮上所有人都信誓旦旦地說鋸木廠一定會復工，她早已聽過太多次。有一段時間，鎮上還會努力禁止鎮民亂丟垃圾廢棄物，被臭小鬼打破的窗戶也都會維修。「遲早會有人買下來，我們只要等適合的廠商進駐就好。」

消失的布告欄，代表鎮民已經失去信心了。

鋸木廠之所以會倒閉的因素很多，經濟蕭條、聯邦修改伐木政策、保育規定變得嚴格……現在的工廠倒是很適合改裝成萬聖節鬼屋。

她繼續往前開。街道兩旁突然出現房屋，有的是平房，有的是兩層樓建築。她約略看一下招牌，很多都是以前沒看過的，但有幾個則是始終如一。鷹巢鎮警局、鷹巢鎮公所、豪華大戲院、郵局、約翰迪爾工程機具經銷處（John Deere Dealership）。她發現教堂被改建成銀髮族的活動中心，而諾伍德（Norwood）家的舊房子現在掛上了「珊蒂民宿」（Sandy's Bed & Breakfast）的招牌。

艾迪指著一家小店舖說：「嘿，那家感覺不賴。我需要咖啡因，先停車。」

梅西把車停進一個斜斜的空位，想起剛搬去波特蘭時還要特別學如何路邊停車。小鎮不需要這種技巧。珈琲咖啡館（Coffee Café）的建築以前是家二手書店，她十幾歲的時候經常在那裡流連。如今的咖啡館店面感覺乾淨新穎，櫥窗裡意利咖啡（Illy）的商標暗示著老闆十分重視咖啡品質。店面不大，卻宛如灰暗街道和老舊建築間的一朵鮮花。她來回看看街道。幾輛卡車駛過，但人行道上沒有閒逛的人。

他們推開門，迎客鈴叮咚作響。暖氣與咖啡香撲面而來，梅西滿懷感激地拉開外套拉鍊。

「兩位好。」一個十幾歲的女孩從櫃檯後面的門走出來。「請問需要什麼？」

她長相可愛、笑容甜美，綁著俏皮的馬尾。她打量他們的眼神有些好奇，但態度很有禮貌，並沒有亂發問。梅西端詳門邊黑板上的菜單，艾迪上前點了一杯她不知道是什麼的飲料，加上三倍濃縮咖啡。女孩開始煮濃縮咖啡，艾迪回頭看向梅西。「妳簡直是她二十年後的樣子。」他壓低聲音說，接著用眼神無聲詢問。

糟糕。

梅西移動位置，仔細觀察年輕咖啡師。女孩的頭髮顏色比較淺，但眼睛和臉型與她如出一轍。珍珠（Pearl）的女兒？還是歐文（Owen）的？她佩服地看著女孩的寶石鼻環。無論她是誰的女兒，她很有叛逆骨氣。梅西的父母絕對每次看到都會扯下來。

「我要一杯美式。你們有高脂鮮奶油嗎？不是咖啡專用的那種。」梅西邊說邊走向櫃檯。女孩對上她的視線，熱烈點頭，轉身繼續製造杯中天堂。

無論她是誰，她不知道梅西是什麼人。

梅西安心地鬆了口氣。

「妳住在鎮上嗎？」艾迪問女孩，梅西在心裡罵他。艾迪喜歡接觸人，最愛聽大家的故事。就連在超市排隊結帳，他也可以跟陌生人聊開。

女孩微笑。「離鎮上不遠。」

「該不會只有妳一個人顧店吧？」

女孩的眼神閃過警覺，梅西賞了搭檔的手臂一拳。

「那個……我不是變態。我只是擔心妳的安全。」艾迪很遜地說。

「不要理他。」梅西微笑地安撫受驚的年輕女孩。「他沒有惡意，也不會傷害人。」

「我爸爸在後面。」她怯怯地說，陽光開朗的表情消失了，並警惕地看艾迪一眼。

「那就好。」艾迪說：「我不是故意要嚇妳。」

女孩送上咖啡。梅西兩杯一起接過，留意到女孩的視線移動到自己外套下的左側。「你們是執法人員。」女孩往佩槍點了點頭。

「這個地區不是所有人都隨身帶槍嗎？」艾迪打趣地問。

「通常是左輪，克拉克手槍很少見。」女孩的眼眸燃起好奇。「是因爲最近發生的幾起命案嗎？我聽說今天早上有人發現奈德·法希死了。」

八卦網全面啓動。

「凱莉（Kaylie）？沒事吧？」一名高大男子從少女身後的門走了出來，有些緊張地問，男子的寬肩佔據了很大的空間。

梅西與那名男子四目相對，心臟瞬間漏停了一拍。同時，一陣震驚竄過男子的臉龐。

「靠。」他低聲嘀咕。

「爸！」

「對不起，寶貝。」

男子身材高大、深色頭髮，濃密的鬍鬚完全沒有摻白絲。梅西從未看過他留落腮鬍，不過還是立刻認出二哥。她沒有開口，讓李維（Levi）決定怎麼做。李維看看她又看看女兒，然後又看看她，這次也看到了艾迪。

「你們是從外地來調查命案的？」他問艾迪。「我不知道調查局也有參與，眞奇怪。」

梅西吞嚥一下。哥哥沒有和她相認。不過——他知道他們是調查局探員，代表他知道她的職業。他沒有完全拋棄她。

「有人申請支援，我們就會來。」艾迪避重就輕地說。

「沒聽說有人找調查局幫忙。」李維說。他看了看梅西，眼神已變得彷彿不認識她。「今天的咖啡我招待。」

「你的好意我們心領了，但我們還是付錢比較好。」艾迪回答，並從皮夾內拿出現金，斜斜看梅西一眼，眼神中傳達疑問。到底怎麼回事？

梅西無法動彈，更無法言語。她的手指像是黏在咖啡杯上，完全僵住。

「祝你們有愉快的一天。」凱莉將找零交給艾迪，自動說出送客臺詞。

艾迪將零錢放進小費罐。「妳也是。」他從梅西手上接過他的咖啡，眼神依然滿是疑問。

梅西難捨地最後看了姪女一眼，然後再看看二哥。李維已經轉身進去，沒有再看向她。她跟隨艾迪離開，走過寒冷的街道上車。她雙手捧著咖啡，無法看向搭檔。

「那個人顯然認識妳，卻什麼都沒說。」艾迪說出事實：「加上那個和妳長相一模一樣的咖啡師是他的女兒……我推測他是妳的哥哥？」說到最後那個詞，他的聲音有些卡住。

梅西點頭，喝一口咖啡。討厭。她忘記加高脂鮮奶油了。

「他竟然沒有跟自己妹妹說話？但話說回來，妳也沒有跟他說話。」他喃喃道：「我猜，無論你們之間有什麼問題，應該雙方都有不滿吧？妳知道那是他的店嗎？」

「不知道。」

艾迪嘆了口氣，端起咖啡喝了一大口。「對不起，梅西。我不該多問的。」他安靜了兩秒。「至少妳知道那是妳的姪女吧？」

「不知道。你說她長得很像我的時候我才發現，不過我不知道她是誰的孩子。」

「妳知道哥哥有小孩吧？」

「我知道他有一個孩子。」

「他沒有戴婚戒，是沒有結婚嗎？」

「對。我離開的時候，他的女友不肯讓他探望一歲大的女兒，現在看來情況不一樣了。」梅西放下咖啡，發動引擎。「趁現在天還沒全黑，我們先去看看現場。」她倒車出去。難爲情加上一點憤怒火花讓她臉色漲紅。整整十五年，家人音訊全無。

鷹巢鎮還有多少意想不到的事等著她？

3

楚門．戴利（Truman Daly）低聲罵著髒話。

他跟著那輛老舊福特小卡車開了一英哩，看著卡車在鄉間公路上歪斜飄移，駕駛刻意不理會楚門車上轉動的警示燈和警笛聲。他必須盡快決定要怎麼處理，不然那輛車很快就會開進鎮上人多的地方。楚門知道駕駛是誰，等他把車攔下、叫駕駛下車後，安德斯．比博（Anders Beebe）一定又要滔滔不絕講一堆。擔任鷹巢鎮警察局長半年來，那些話他至少聽了六次。此時，老舊福特車的一個車輪陷入了路肩的泥土裡，過度修正跑去對向車道，然後又飄回正確的車道。

安德斯肯定醉了。

楚門下定決心，加速將警用雪弗蘭太浩（Tahoe）休旅車開上另一條車道，準備輕輕撞一下老人家車子的保險桿右側，讓小卡車轉圈。沒想到楚門還沒行動，安德斯的小卡車引擎蓋便突然冒出大量白煙，開到路邊慢慢停下。楚門把車停在他的後方。眞希望局裡有錢採購隨身攝影機，他想錄下接下來的瘋狂對話。

他一手按住槍托，走到小卡車旁邊。駕駛轉動老式把手降下車窗，過程中還不時卡住。「安德斯？你沒事吧？」楚門問。

「你對我的車到底動了什麼手腳？」老人家的話糊成一片，楚門遠在五英呎外就聞到酒臭味。「我的老天爺，你怎麼弄的？」

「我沒有對你的卡車動手腳，是你的引擎故障了。」

「明明是你搞的鬼！你們這些警察弄來高級新裝備違法攔阻公民。政府灑了多少稅金在這上頭？」

「麻煩你下車好嗎？」楚門要求。他知道通常安德斯毫無威脅，但他沒有遇過對方爛醉的狀況，所以他提高警覺。

「我不同意！」安德斯開始嘶吼。楚門靠近卡車，看到裡面的長條座椅上全是空啤酒罐。

「安德斯，你今天喝了多少？」他問。

「我不同意！規定和條例都不是法律，除非我同意！」

楚門嘆息。即使爛醉如泥，安德斯的主權公民（sovereign citizen）（注）信念依舊火力全開。

「安德斯，你今天不能再開車了。我送你回家，你找人來修車。」

安德斯的眼眶發紅，淺藍色眼眸完全不看楚門的眼睛。老人臉上的皺紋比平常更深，帽子下的白髮往四面八方亂翹。「我拒絕和你產生結合。」他表明。

楚門忍住不要動怒。主權公民自有一套乍聽之下很像法律術語的詞彙，每次遇上政府官員或執法人員就會搬出來。楚門第一次聽到有人說拒絕與他產生結合時，差點回答對方自己才沒有要和他上床。

「安德斯，我也不想和你產生結合，不過我要送你回鎮上。這樣可以嗎？」

注 抱持某種政治態度的人，大多生活狀況不佳。這些人認為政府權力過大，反對徵稅、質疑政府的合法性，覺得自己不應受政府約束，可以凌駕法律之上。

「我是大地上的自由人！」老人高唱著。

「我們全都是自由人，安德斯。拜託你下車，我們看看你的引擎出了什麼毛病，好嗎？」至少安德斯已經停止對他吼叫了，不過他在駕駛座上整個搖搖晃晃。楚門懷疑他根本沒辦法走路。說不定就是因爲這樣，安德斯才決定開車。

福特小卡車的車門打開時發出嘎嘎聲響，安德斯想站穩，卻往前撲進楚門的懷中。

「抓住你了。」楚門轉頭躲開酒臭和體臭。「我扶你去我的車上。」他扶著老人走向警用休旅車，邊走邊迅速檢查他有沒有帶槍。

「我拒絕和你產生結合。」安德斯嘟囔著，楚門用雙手大致檢查一下他的褪色牛仔褲。

「我也不想好嗎？」楚門回答。小卡車駕駛艙的後座有兩把來福槍，槍管靠在車窗上，但安德斯沒有隨身攜帶小型槍枝。楚門給老人戴上手銬，扶他坐進警車後座，然後回頭去檢查小卡車。他拿出來福槍，關上車窗後拔下車鑰匙，鎖好車門。

他回到警車上，聽見安德斯已經在後座開始打呼。

這樣最好。主權公民是一群靠嘴打仗的人。楚門認爲他們的主張全是胡說八道，不過他知道他們眞心相信，只要喊個幾句話，就能不受普通法律定罪。他們可以連續好幾個小時大肆搬弄扭曲的法律措辭，而這種持續衝突實在累人。

回鎭上的車程中，他聽著安德斯的鼾聲，認爲自己這次很走運。

◆

楚門帶著安德斯穿越過小小的警局，正準備將他關進拘留所時，羅伊斯．吉布森（Royce Gibson）警員此時探頭進來皺起鼻子。

「老天，那是什麼味道？」

「老樣子，酒臭加體臭。」楚門回答。他走出牢房鎖上門。

「嘿，安德斯！」羅伊斯說：「你多久沒洗澡了？」

楚門用眼神告誡，而年輕警員被瞪後至少還知道要慚愧。

「我不受政府管束，不受美國法律約束……」安德斯口齒不清地說。

「既然如此，就當作這裡是個安全的休息站，慢慢等到你可以自己走路不用人扶。」楚門說完後，老人點點頭，躺在小床上又開始打呼。

「拒絕結合。」楚門笑著說。

「每次他說那句話，我都很納悶到底是什麼意思。」羅伊斯說：「所以我都當作沒聽見。」

「他相信只要說那句話，就可以不受法律約束。那個意思是他和我們之間的法律合約不成立。」楚門搖頭。「好好看著他。我要下班了。」

「等一下。我來是要通知你，本德市調查局打電話過來，說是波特蘭派了兩位探員來支援，他們要去那個……畢格斯命案的現場。因爲案發至今已經兩週了，他們希望我們能派人去說明……而且門上鎖了。」

楚門一整天都想著要去吃牛排配烤馬鈴薯，這下至少要延遲一小時了，甚至可能兩個小時。他的胃大聲抗議。「一定要今晚去嗎？」

「聽說他們現在已經在現場門外等了。」

楚門點一下頭走向門口，隨手拿起牛仔帽。剛才他帶安德斯進來時才剛脫掉。他重新戴上。沒有他在場監督一舉一動，誰都休想去傑佛森．畢格斯家查探。

◆

五分鐘後，楚門抵達兩週前發生命案的地點，將車停在另一輛黑色太浩休旅車後面。

有兩個人從車上下來，其中一名是女性，他略微感到驚訝。

我在鷹巢鎮待太久了嗎？以前在軍隊和執法單位時，他曾和很多女性合作過，但在這個封閉的小鎮住了短短六個月，他就變成鄉下大老粗了。他的警局一位女警也沒有，但根據其他人的說法，也從來沒有女警申請來這裡。

男探員戴著眼鏡、身穿羊毛厚大衣，沒戴帽子。他大步走向楚門，伸出一隻手。「我是艾迪．彼德森探員。謝謝你讓我們進去。」他握手的動作強而有力，堅定地注視楚門的雙眼。

女探員上前，楚門差點舉手碰帽沿致意，見到她伸出手來，便急忙制止自己。

「我是梅西．凱佩奇探員。」

她握手的力道沒有那麼強勁，但綠眸流露機警聰慧。楚門覺得自己好像從內到外都被看透了，她一眼掃過就看穿他所有的祕密。她和搭檔一樣高，但打扮很明智，有兜帽的防水外套加橡膠雨靴。

「我是楚門．戴利，鷹巢鎮警局的局長。如果可以，希望下次能提早通知。」他忍不住略微責備，畢竟他們佔用了他的時間，而且他很餓。

「很抱歉。」彼德森探員說：「我們剛剛離開法希案的現場，想趁印象還很鮮明，過來看看之前兩起案件的現場。」

楚門蹙眉。「我聽說奈德．法希遭到殺害。你們認爲和這起案件有關？」他在心中暗罵德舒特郡的羅德斯警長。他沒有分享奈德一案的詳情，這下害他看起來像個沒概念的白痴。儘管奈德的土地屬於德舒特郡，但楚門認爲他算是鷹巢鎮的榮譽鎮民；鎮上有些人週一到週五天一亮就會去約翰迪爾經銷處會合，享用難喝咖啡和八卦流言，奈德經常會加入他們一起閒聊。

凱佩奇探員轉身看向房子。「有這可能。」她在兜帽下回答。楚門看不到她嘴唇的動作，只看到溜出外套的幾綹黑色鬈髮，因淋雨而泛著光澤。

在最後幾分鐘的日光下，那棟房子與附屬建築顯得十分寂寥孤單，彷彿在等待主人歸來。空蕩蕩的感覺觸動了楚門，差點讓他陷入回憶中。傑佛森．畢格斯再也不會回家了。楚門搬來鷹巢鎮，就是爲了就近照顧傑佛森舅舅，而現在他走了。**我還有什麼理由留下來？不過短短半年，楚門根本還沒有眞正紮根於此。**

「屋子裡還有電嗎？」凱佩奇探員問：「感覺很暗。」

「有。這棟房子用的是市區的電，不過有幾個備用系統以防停電。」楚門回答。

「很好。」她點頭，兜帽動了一下。「最早出動的警察當中也包括你嗎？你有沒有看過蒐證前的現場狀況？」

「就是我發現他的。」楚門簡短地說：「我們平時固定喝咖啡的時間到了，但他沒有出現，所以我自己開門進去。」

凱佩奇看著他，表情充滿好奇。「你有鑰匙？」

那雙觀察入微的綠眸讓他很想閃躲。「他是我的舅舅。」

她的眼神流露同情。「非常遺憾，你一定很難過。你在鎮上還有其他親人嗎？」

楚門感覺一道隱形牆升起，護住他的心房。自從傑佛森舅舅過世之後，他的心牆啓動了好幾次。「沒有了，住在奧勒岡的只有我們兩個。」

「你沒有自請迴避？」彼德森問。

「這裡不是大城市，我們沒有太多調查人力。而且我希望親自監督每個步驟，才能放心相信沒有出錯。」

凱佩奇默默打量他許久，他對上她的視線。如果她要訓斥他就儘管來吧；這是他的小鎮，他有最終決定權。

「我們去看看吧。」最終她說：「請帶路，也請說明一下到目前爲止的發現。」

楚門生硬地點頭，帶領外地來的探員走向那棟房子。

他們在昏暗暮光中閃過幾個像湖一般大的水窪，彼德森探員問：「目前還沒有嫌疑人？」

「沒有。我採集到幾十個指紋，百分之九十九都屬於我或我舅舅，也沒有外人入侵的跡象。」

「但他的槍枝庫遭到洗劫。」凱佩奇說。

「對，一把都不剩。」楚門上週發現舅舅名下只登記了兩把槍，但他知道舅舅擁有至少三十種不同的槍枝。

他在門口停下腳步，從大衣口袋中拿出鑰匙。舅舅家的鑰匙掛在古董藍帶啤酒鑰匙圈上，他少年時期一直很想要。他找出鑰匙、插進鎖孔，回頭看兩位探員。

「準備好了嗎？」

4

梅西腦中閃過羅德斯警長說的話。

他說，相較於傑佛森．畢格斯案的現場，奈德．法希家簡直是優雅的茶會。

進去之後會看到什麼？

「從我發現遺體之後，裡面都沒動過，」楚門事先聲明。

梅西對局長點點頭。「我們準備好了。」楚門多停頓一下，然後推開門，帶頭走進去。

「鞋套？」艾迪進門前問。他和梅西剛才在院子裡已經戴上手套了。

「我們用吸塵器把地板上的證據全吸得乾乾淨淨。基本上現場已經解除封鎖了，但很感謝你們戴手套。」他按下電燈開關，兩盞小燈照亮了小客廳。

「基本上？」梅西問。

局長的臉上閃過心痛，每當有人提起舅舅他都會這樣。「傑佛森把所有東西留給了我，現在我是屋主。在抓到兇手之前，我都不會清理。」

梅西想像這棟老房子堆積灰塵，現場遍布蜘蛛網。*他會等多久？*

顯然這位外甥還在哀悼中。

或許該找別人帶我們看現場比較好。

然而，看到局長環顧屋內時滿懷決心的神情，她知道他絕對是最了解傑佛森．畢格斯命案的人。雖然擔心他的感受，但她必須放下。

屋裡有股濃濃的菸斗味，梅西在童年時經常聞到。奶奶最討厭「臭菸斗」，總是叫爺爺去外面抽，但他的衣服上永遠有那股味道。

小客廳裡有一張舊沙發、兩張單人椅，沒有電視機，牆上掛著幾幅褪色的駝鹿印刷圖畫。深棕色地毯嚴重結塊，經常使用的那張安樂椅前面，地毯被磨到幾乎能看見背面。這裡完全看不出有女人打理的跡象。

死者將財產全部遺留給外甥，是否代表他沒有子女？

她必須再看一次傑佛森的檔案。

「我在後面那裡發現他。」楚門走進一條窄窄的走道。她和艾迪跟了上去。牆壁上有一道歪歪扭扭的深紅棕色痕跡，盡頭是個明顯的掌印。走道一半處有一扇門，門框上到處是參差不齊的子彈孔。門板上也有許多彈孔。楚門用一隻手指推開門，後退比了個手勢，要他們進去那個黑漆漆的房間。

梅西走過去，在黑暗中盲目摸索尋找電燈開關。那是間小浴室，地板上覆蓋著厚厚的乾血，線條形成類似漩渦的圖案。對面的牆上滿是彈孔，老舊的合成地板上也有幾個。

慘不忍睹。

「他逃進浴室？」艾迪在她身後問。

「嗯。他先在廚房和人起衝突，血跡從那裡開始。我在他身邊的地上找到一把菜刀，他挨了十一槍。」局長的語調毫無起伏。「刀上有另一個人的血，所以我知道他至少砍中了對方一刀。」

梅西回頭看他。「你舅舅奮勇抵抗到最後。」

「當然，他從來不任人擺布。我猜想，有人想殺他這件事應該讓他很火大，他應該是出於憤怒而反擊，並非爲了自衛。」

他的描述令她不禁莞爾，而局長緊繃的態度也稍微緩解。

「我懷疑現在他應該正坐在天堂，很得意自己奮戰到底，但也很生氣，因爲凶手終究還是贏了。」

楚門接著說。

「感覺他很有個性。」梅西說。

「這個地方到處是很有個性的人。這麼少的人口，卻差異如此之大，我還是第一次遇到。」

「我們去廚房看看。」艾迪提議。他們三人回到狹窄的走道上，魚貫走進位在後方的廚房。

梅西看到洗碗槽裡的盤子、地板和低層櫥櫃都有噴濺的血跡。「他從流理臺上的刀架拔出刀來？」

「沒錯。」

她仔細觀察廚房四周。「這裡沒有彈孔？」

「對。」楚門回答：「彈孔都集中在浴室。」

「是強行侵入？」她問。

「沒有跡象顯示。」

「這裡的血屬於你舅舅，還是其他人的血？」艾迪問。

「都有。」

「也就是說，有人在廚房裡激得你舅舅揮刀？眞想知道他們聊了什麼。」梅西說。

「既然結局那麼慘烈，我猜應該很精彩。」楚門淡淡地說。他似乎沒有感到不快，梅西很高興局長在感傷的狀態下不介意一點小玩笑。

幽默是平撫心情的好工具，而且隨手可得，警察經常使用。沒有任何不敬之意，只是調查人員在面對醜惡人性造成的悽慘場面時，藉此保護自己的心靈。

「爲什麼調查局突然關心起我舅舅的命案？」楚門低聲問：「是因爲失竊的槍，對吧？我知道奈德・法希的家在荒郊野外，防禦可堪比武裝碉堡。他的槍也不見了？」

艾迪向梅西互看一眼，聳了聳一邊的肩膀。

「奈德・法希有涉及反政府活動的前科。」梅西說：「這件事加上槍枝遺失，引起了本土反恐單位的注意。」

「奈德不是恐怖份子。」楚門表明，眼神越來越憤慨。「他只是個意見很多的老人家，每次天氣一變壞，他的膝蓋就會讓他痛不欲生。他不是會跑去聯邦政府大樓放炸彈的那種人。」

「你來鷹巢鎭多久了？」梅西平淡地問。

「半年。」楚門昂起下巴。「不過高中的時候我每年暑假都會來舅舅家。我知道這個地方如何運作。」

梅西的心跳停了一拍。就算這男人認出她來，他也沒有說出口。她不知道傑佛森・畢格斯的外甥暑假會來玩。楚門・戴利感覺比她大幾歲……她的哥哥姊姊中可能有人和他同齡，加上當時的她還太小，並不在他的注意範圍內。

「就算你暑假都在這裡，依然算是外人。」她點破。「鎮民或許對你很親切，但你無法得知他們的祕密。你只能看見他們想讓你看的部分。」

他瞇起棕眸看向她。「妳這麼認爲？」他的語氣表明，他認爲她只是隨便亂說。

她聳肩。「我在小鎮長大，我懂他們的心態。你必須要紮根幾十年，還要有很多家族淵源才能打進最核心的圈子。」

局長臉上閃過奇怪的表情，看來她戳到了他的痛處。她猜想，雖然他很希望得到鎮民接納，但這位任職短短半年的局長恐怕踢過不少鐵板。

「他們遲早會信任你。」她給予鼓勵。「只是需要時間。」

「還是大城市比較好，」艾迪幫腔：「只要走路當心，大家就相安無事。」

楚門沒有回答，梅西知道她揭露了他想否認的事實。她不得不承認，這位局長擁有不少優勢：性情直率，長相很可靠，而且戴牛仔帽的模樣彷彿一出生就戴在頭上般自然。在鷹巢鎮，這三項都能爲他加分。她沒看到婚戒，想必他已經榮登小鎮黃金單身漢榜首。深色短髮、棕色眼眸，此人相當賞心悅目。長相好看、工作穩定，這樣的男人是小鎮女孩心目中的夢幻首選。

「基本上，最近發生的三起命案，現場都有大量槍枝遺失。」艾迪把話題帶回一開始的問題。

「你們認爲有人在囤積槍枝？」局長問。

「目前無法確定。」梅西回覆：「我們來這裡就是爲了查明。這些人是因爲槍枝而遭到殺害嗎？或者只是有人連續三次挖到寶？」

「但是槍枝遭竊這種案子應該不足以勞動調查局，特地從其他地方派人過來。」楚門說出想法。

「本德分局的探員應該就可以處理了。你們還有什麼事沒告訴我？有外星人，對吧？你們是真實版的穆德和史卡莉（注）。」

梅西多希望這是她第一次聽到有人講這笑話。

「請相信我們像你一樣，希望徹底查明你舅舅命案的眞相。」艾迪嚴正地說。

楚門看他一眼，眼神凌厲得足以融化鋼鐵。

「既然你知道有人被你舅舅砍傷或割傷，我猜想傑佛森遇害後，接下來幾天鎮上都沒有出現帶傷的人？」梅西引開話題，以免局長一拳打掉艾迪的眼鏡，教訓他高高在上的語氣。

「這個方向我查過了。沒有人去醫院急診，我放了消息出去，要留意有刀傷的人。」

梅西在高中時，有一年暑假在小小的鷹巢醫院打工，負責看顧大廳櫃檯。醫院只有七張病床，會計帳冊完全要用手寫，一個檔案櫃就能放下所有帳目資料。她知道鎮上哪些人一個月繳五元，分期償還一千元的醫藥費。這樣的人相當多。

「如果我在殺人的時候受傷，絕不會去急診室。」艾迪說出想法。

「我也問過獸醫。不過這一帶的人大多具備基本醫療技能，因爲受傷的時候，專業的醫療人員往往在很遠的地方。」

梅西點頭。十歲那年，她看著母親爲父親縫合腿上一道很深的傷口。他拿著一瓶烈酒，口中咬著一塊厚皮革，不時拿出來灌一口酒。既然老婆能幫他縫合，何必花錢看醫師？她母親是鎮上極受敬重的助

注 美國知名科幻影集《X檔案》的男女主角，皆為FBI探員。

產士兼自學醫師。

「你認為會是誰做的？」她仔細觀察局長的表情。

廚房的氣氛稍微改變了，艾迪一臉期待地看著局長。梅西很想知道，死者的外甥是否會直接了當說出答案。雖然說出所知道一切對他最有幫助，但鷹巢鎮的人不相信外人。沒錯，楚門．戴利本身也是外人，但調查局探員更是等於在深色外套上用鮮黃大字印著「外人」兩個字。

楚門的下巴微微移動，梅西幾乎能看到一波波沮喪從他肩頭滾滾落下。

「我不知道。」他輕聲坦承。「相信我，我晚上睡不著都在想這件事。家裡的每張紙我都看過了，也調閱過他所有銀行的交易紀錄。我實在想不通。雖然很不想這麼說，但我認為他單純只是和朋友吵架，鬧得一發不可收拾。我認為凶手之所以搬光他私藏的槍枝，只是因為很值錢。」

梅西很想相信他。從他語氣中淡淡的絕望，聽得出他真的毫無頭緒。局長的眼神非常真誠。在調查局任職六年以來，她偵訊過很多說謊的人；有些人能唬過她，有些則沒有。

至於現在，她相信這人把知道的事都告訴他們了。

「那些槍枝能夠追蹤嗎？」艾迪問。

楚門做了個苦臉。「只有兩把有登記。」

爐子上方的時鐘顯示已經快要八點了，她和艾迪還要去旅館辦理入住手續。「我想明天白天再來一趟，看看這塊土地的其他地方。」她對局長說：「也要去另外那個現場。」

「打去局裡留言就好，我會來這裡和你們會合。」楚門說完後變得垂頭喪氣，垂下的肩膀流露無奈認命。比起他們剛進來的時候，此時屋裡感覺更安靜了。

「謝謝你。」這趟導覽加上這個男人，讓這起案件多了些人情味。梅西下定決心要查明傑佛森・畢格斯命案的眞相，不只是爲了死者，也是爲了他的外甥。

5

「酒來囉，局長。」

黛安（Diane）微笑著拋完媚眼後，將啤酒放在他面前，楚門還來不及道謝，她便已經跑去服務另一位顧客了。楚門拿著冰涼的酒杯，端起來放在鼻子下方幾秒。帶探員去查看舅舅的房子讓他心情很糟，但啤酒花與柑橘的氣味讓不久前緊繃的感覺慢慢消失。

這間酒吧沒什麼格調，但鎮上就只有這一家。店裡的木地板極度需要整修，每張桌子都搖搖晃晃的，不過這裡的服務堪稱五星級，漢堡更是大勝他在聖荷西吃過的所有食物。除了約翰迪爾經銷處，這裡是鎮上男人最常聚會的地方。在此處可以愛說什麼就說什麼，不會有任何麻煩。雖然偶爾會有人動拳腳，但楚門至今還沒有爲了酒吧打架而出動抓人。

這是個好地方。

有人用力拍拍他的背，害他手裡的啤酒灑了出來。麥克．必文斯（Mike Bevins）在旁邊的凳子坐下，掛著大大的笑容。

「該死。」楚門抓起紙巾擦手。

「抱歉，我沒看到你拿著啤酒。」麥克將鴨舌帽往上推，上面印著奧勒岡大學美式足球隊的鴨子標誌（注）。

「少來，你明明看到了。」

麥克對上黛安的視線，指指楚門的啤酒，舉起一隻手指。黛安點了點頭，拿出杯子放在正確的酒桶下。

楚門以前暑假過來小鎮上玩的時候，固定和一群朋友一起混，麥克就是其中一個。每年暑假他們都能立刻重拾友誼，彷彿楚門從不曾離開一樣。楚門接下警察局長的職位時，麥克是第一個來道賀的人，並把他當作鎮民般眞誠對待。他們之間的友誼一直都很輕鬆坦誠，也幸好有麥克，楚門搬來小鎮之後才能順利適應。他隨時願意介紹楚門認識新面孔，在議會中也力挺楚門到底。

楚門很慶幸能有麥克撐腰。

「工作順利嗎？」他問麥克。

「還是一樣狗屁，一天過一天。」這時黛安送酒過來，麥克點頭致謝。「老頭又在逼我。」

楚門知道麥克的父親希望他多負擔家業，扛起必文斯家的大牧場。那座牧場有如一臺巨型機器，需要十多個工人才能維持運作。楚門知道麥克一心只想逃離，夢想搬去波特蘭，開課教授求生技能，客層鎖定中產階級的郊區居民，因爲他們有錢可燒。麥克最愛躲進荒野兩個星期，只靠背包裡的東西生活。十八歲時的楚門覺得這樣很酷，但現在他比較喜歡舒服的床鋪、熱水澡，以及剛煮好的咖啡。

麥克的父親並不支持兒子追夢，希望他繼承自己的事業。

麥克眼看就快四十歲了，楚門懷疑他可能不會眞的離開。

注 奧勒岡大學美式足球代表隊的吉祥物「奧勒岡鴨」，為迪士尼授權使用的「唐老鴨」形象。

「你打算怎麼做？」楚門問，知道麥克想發洩鬱悶。

「不知道。」麥克一口氣喝掉三分之一的啤酒。「等時機到了，我自然會知道。聽說調查局從波特蘭派人來調查那幾起命案。」

楚門不介意改變話題。「沒錯，對此我很感謝。要查明這幾起殺害末日準備者的案子，人手越多越好。」

「你不覺得他們排擠你、搶你的案子？」

「怎麼會？你知道我們鷹巢鎮警局多缺資源嗎？我幾乎什麼都要靠德舒特郡和州警幫忙，早就習慣和其他單位友善相處了。」

麥克望著啤酒。「很遺憾你舅舅出事。我知道之前已經說過了，但很難想像你該有多難過。」

「謝了。」

他們平靜地默默對坐著。與麥克待在一起，他從來不覺得有必要瞎聊。

「調查局派了幾個人來？」

「兩個。」

「這麼少？」麥克揚起眉毛。「才兩個人能有什麼用？」

楚門想起梅西．凱佩奇，她那專注的神情還有提問。「很有幫助了。他們在這裡唯一的任務就是調查這些案子。我總是得同時處理好幾件事，郡治安處的警長和本德調查局的人也是。這兩位探員的主要工作就是找出那些殺人凶手。」

「凶手不只一個人？」麥克傾身靠近，瞇起眼睛。他身上有砍伐木頭的氣味，楚門發現他的深色厚外套上有淡淡的鋸屑。

「還不知道，先不要說出去。」

麥克緩緩點頭，思忖楚門說的話。

「眞的啦。」楚門說：「我們還不確定凶手是否不只一人。」

「聽說奈德．法希家的一大堆槍枝都不見了……我覺得凶手應該不只一個人。今天早上你有過去嗎？」

「沒有。那裡屬於郡治安處管轄，不過我會找時間去看看，因爲他們認爲與傑佛森的案子似乎有關。」他聽見自己說出舅舅的名字時，聲音有些哽住。真的好難說出口。

「想必很挫折吧。」麥克說：「畢竟以前你工作的城市那麼大，我敢說你八成不習慣應付管轄單位一大堆的狀況。」

「多少有一點。」楚門承認。「在這裡，我的轄區比較小，但更能掌握接觸的人，不會覺得總是遇到新狀況、新面孔。來這裡幾個月之後，這裡的人我都看熟了。」

「再過一陣子，每次有人犯罪，你只要花幾分鐘就知道是誰幹的。這裡的人不太有創意。」

「太有創意的犯罪很難搞。」楚門承認。頓時一陣回憶閃過，他急忙封鎖思緒，抹去人中的汗水。

應該只是啤酒泡沫吧？

「我敢說你一定遇到過很多詭異的鳥事。」

他開始感到焦躁。「還好啦。」他再喝一大口啤酒，急著想轉變話題。運動。汽車。女人。

楚門還沒想出轉移話題的方法，麥克已經接著問下去。

「你遇過最奇特的狀況是什麼？我看過一篇報導，有個警察在嫌犯的背包裡找到一隻手。完整的一隻手欸，連戒指都還在。」

「……我沒遇過那種事。先失陪一下。」楚門走向洗手間，他現在需要先拉開與麥克之間的距離，也想逃避湧進腦中那段腐蝕性記憶。他用力推開男廁的門，同時回憶掙脫而出。

楚門在死巷底找到那輛燃燒的廢棄車輛時，引擎蓋下正冒出淺灰色濃煙。瑟琳娜．瑪戴羅（Selena Madero）警員把車停好，他則回報他們已抵達現場。十多個人圍著那輛車、看著車燃燒，有人在攝影，有人在講手機。

「後退！」楚門對圍觀群眾大喊。「所有人離開那輛車。發生了什麼事？」他詢問距離最近的女性，她懷裡抱著一個幼兒。她一手抱著女兒，另一手抓著脖子上的護身符。

她用西班牙語回答，但語速太快他聽不懂，婦人的雙眼睜得很大。

「她說不知道。」瑪戴羅警員幫忙解釋：「她聽見有人大喊，然後就聞到煙味。」

「車上有人嗎？」楚門問。

那個女人驚恐地看他一眼，聳肩搖頭。

「有沒有人知道車上是否有人？」他大聲詢問其他圍觀群眾。火舌已經燒到輪胎，從水箱罩冒出濃煙開始變成黑色。

沒有人回答。幾個人舉起雙手做出「我不知道」的手勢。

「可惡。」楚門嘀咕著，並看看瑪戴羅警員。她很年輕，是這一批的新進警員，現在正注視著他等候指示。

「怎麼辦？」她小聲問。

「先讓閒雜人等遠離那輛車，我們的首要目標是維護所有人的安全。」

突然，一道淒厲尖叫讓他猛轉過身。一位頭髮花白的婦人全速奔向那輛車，大喊著西班牙語。一個男人在她經過時一把攔住她的腰，阻止她衝過去。她揮拳打他，但他不放手。

「她說她女兒在車上！」瑪戴羅警員衝過去。

「瑪戴羅！」楚門大喊。他跟著跑了兩步又停住，無法順暢思考。他該怎麼做？車輛前方的火勢變大了，黑煙更加濃密，令他卻步。滅火器。楚門衝向警車的後車廂，希望這個決定沒錯。

一陣驚呼聲此起彼落。

楚門回頭一看，血液頓時凝結。

車子後座有個年輕女子，她的臉靠在窗戶上，嘴巴大大張開，眼神滿是驚恐。她的臉緊貼著玻璃，彷彿無力支撐身體，楚門立刻明白女人的雙手被反綁在身後。她母親的尖叫變得更加淒厲，而抓住她的那個男人對上楚門的視線，詢問是否該放手讓她跑向車子。楚門搖頭。

瑪戴羅抓住後車門的把手，試圖用力拉。「鎖住了！」她大喊。濃煙飄向她的頭和肩膀，一時間遮住了她的身影。

群眾中有幾個人跑過去試另一邊的門。

楚門急忙拿出滅火器和破窗器，兩手拿著東西奔向車子。火勢迅速變大，群眾紛紛後退，用手掌和手臂遮住臉抵擋高溫。

瑪戴羅沒有離開，她用小手電筒瘋狂敲打車窗。車上的女人對上楚門的視線，他加快腳步——

車子瞬間爆炸。

瑪戴羅的輪廓在爆炸中一閃而逝，高溫和衝擊有如一面牆，將楚門往後彈飛。

他的頭狠狠撞上水泥。

楚門在廁所冰冷的自來水下搓揉雙手，然後拿一張紙巾沾水後用來擦臉。顫抖停止了。

他望著鏡中倒影。我應該去拉開瑪戴羅，而不是去拿滅火器。他依然能夠看見在那火光中，瑪戴羅的輪廓和車上那女人的臉。一次一次又一次。他的心臟猛烈撞擊胸口。

五件你摸到的東西。

他一手握住冰涼的金屬水龍頭，讓水流過另一隻手，專注地感受水的流動；然後用濕濕的手梳整了下豎立的頭髮，摸摸袖子的粗布料，刻意用膝蓋去頂洗手臺，迎接輕微痛楚。

四件你看到的東西。

他專注看著自己下巴上的小疤。一。他臉上的其他傷痕都癒合消失了，但他依然很清楚在哪裡。這裡有一道淺淺的痕跡，那裡有一片顏色不同。二、三、四。他的呼吸放緩。

三件你聽到的東西。

天花板上唯一的喇叭播放著略帶雜音的歌曲。洗手臺裡的水聲。酒吧裡隱約傳來的說話聲。

兩件你聞到的東西。

他結束心中的清單。這是心理醫師教他的，在恐慌症發作時，用這五個步驟控制情緒，他的心跳就能放慢，停止流汗。他迅速確認自己的狀況。十分鎮定，十分清醒。他在心中後退一步，不帶感情地檢視其他被封鎖的記憶。

瑟琳娜．瑪戴羅警員住院兩天後，因嚴重燒傷而不治。車上那個女人，她被男友反綁雙手，扔在起火的車裡，只因爲她想要分手。救護車抵達時，她已經死了。

楚門出院後繼續請病假，去找警局的心理醫師諮商。他穿著防彈背心，擋掉了大部分飛散的燃燒碎片，但大腿上依然有兩處燒傷。一年之後傷口還是很敏感，不時會搔癢灼熱。彷彿隨時提醒他這件事。

受害者在爆炸前的驚恐表情，侵蝕著他的內在、腦袋、心靈。他無法理解，怎麼會有人對另一個人做出那種事？尤其還宣稱曾經愛過那個女人。那個男友最終受審、被判刑。除了楚門自己短暫出庭作證時，他完全不看相關報導。他無法忍受聆聽死者母親的證詞——她一直求女兒不要和那個人交往——也無法忍受醫檢官描述遺體的狀況。

要是我早點到就好了。

要是我沒有跑去拿滅火器就好了。

那會有什麼不同嗎？

心理醫師教他如何面對倖存者罪惡感，教他如何控制恐慌症，但醫師始終無法讓楚門恢復對人類的信心。楚門差點放棄執法工作。

後來，他接到一通從鷹巢鎮打來的電話，他立刻抓住這個機會，彷彿有人拋來一條救生索。每個人都彼此熟識的小鎮，一座鄰里互助的小鎮，這種地方不會有人放火燒死女朋友。

這個機會在他心中照亮出一條改變的道路。在那裡，他不必應付幫派份子或大量遊民。在那裡，他可以找回「人」的身分，不再只是穿制服的警察，不再只是求助的對象。

他和心理醫師討論這個工作機會，醫師說：「任何地方都有爛人，小鎮、大城、非洲村落。你不可能逃避得掉。」

楚門知道醫師說得對，但他來鎮上一趟後，重新檢視這個高中時度過暑假的地方……汽車爆炸時他內心熄滅的火苗重新點燃了。他感到一股衝勁，想要跟隨這股新生的能量，緊緊抓住其源頭。爆炸事件之後，他失去方向，在人生路上飄盪，尋找能讓自己感到活著的事物。

他願意跟隨那種感覺去到鷹巢鎮。

楚門從廁所走出，大步踩在酒吧嘎嘎作響的地板上。這個決定沒錯。這個小鎮熱情歡迎他，這裡的人想要他、需要他。他不再是穿著制服、佩戴警徽的無名臉孔，他有朋友、有目標，晚上睡得很安穩。

不過剛才恐慌症發作，今晚恐怕很難入睡了。

6

梅西張望著旅館房間外的走廊，確定艾迪沒有出房門。他好像已經在休息了。她躡手躡腳地從他門前經過，走下鐵樓梯，前往停車場。她打開太浩休旅車的尾門，然後探頭進去掀起毯子，毯子底下藏著一個耐重背包，是她離開波特蘭之前放進去的。二十分鐘前，艾迪幫忙把行李搬下車，接過一瓶她從後車廂拿出的水，但沒有問毯子底下的東西是什麼。

這種行為一點也不奇怪。來喀斯喀特山脈的人，都會多準備一些補給品。

既然如此，她又何必要藏？她從背包拿出肉乾、杏仁醬、新鮮芹菜，留下冷凍乾燥的糧食。她很不願意把背包留在車上過夜，畢竟常會有人打破車窗偷東西。不過要是早上艾迪看到她拿著背包，一定會問東問西，她才不想回答，但也不想把東西放在旅館房間。各種常識都不允許她不帶背包上路。

是常識？還是偏執？

她在心中清點背包裡的東西，思考還需要拿什麼進房間，然後從側口袋拿出李德門（Leatherman）多功能蝴蝶刀。她將背包塞回後車廂深處，重新蓋上毯子。

那個背包讓她感到安心。即使車子在荒郊野外拋錨，她的補給品可以讓他們撐上好幾天。

他們投宿的旅館位於本德市外圍，距離市中心車程大約十分鐘，又小又破舊。市區剛好在舉辦大型活動，所有稍微像樣的旅館早在幾個月前就都預訂一空了。波特蘭調查局的行政助理將資料交給他們的時候滿懷歉意，承諾過幾天一定會幫他們換旅館。

梅西其實並不介意。小旅館很好，比較不會引人注目，而且她喜歡可以從房間看到車子的感覺。萬一發生任何狀況，她只要抓起背包，短短二十秒內就能逃出旅館。

回到房間後，她鎖上門、拉上門閂、掛上門鍊。這扇木門出乎意料地厚實，確實地將冷風隔絕在外。她從房間另一頭搬來椅子，卡住門把。最後她打開門旁邊的窗戶又關上，確認門窗重量與鎖的安全程度。這扇窗戶同樣具有防寒設計，面對本德市的寒冬時非常重要。

本德市是戶外運動愛好者的天堂。山上有一流的滑雪場，河流可以泛舟，還有綿延數英哩的自行車道及慢跑步道。高海拔沙漠的氣候通常是夜間乾燥寒冷，白天晴朗，冬季略有雪。本德市的九月通常是典型的秋老虎天氣，十分舒適，但她和艾迪造訪時剛好遇上暴風雨的尾巴。氣象預報說，接下來整個星期都是大晴天。

她拉起厚重的窗簾，開始檢查房間的每一處角落，看看床底下、打開每個抽屜。把小房間整個看過一遍之後，她嘆息一聲坐在床上，打開杏仁醬，用芹菜挖著吃。鹹香、清脆、油滑的滋味在口中爆開，她不禁愉快地閉上眼睛。他們去了本德市的速食店，艾迪點了漢堡，但她宣稱不餓。老實說，她餓扁了，非常想吃她自己準備的真正食物。

她一邊吃，一邊打開筆電瀏覽當地新聞網站。沒有報導提到奈德・法希的命案。接著她看了看國內重大新聞及股市表現，最後是國際要聞。

沒有值得擔心的事引起她的注意。都只是日復一日、毫無變化的世界日常。

今晚可以安心入睡了。

梅西將肉乾放在芹菜上咬一口，靠著床頭板回想今天的經過。她離開鷹巢鎮已經十五年了。從波特蘭前來的路上，她做好心理準備可能會遇見家人，但沒想到才剛進鎮上就發生了。李維老了不少，但她瞬間就認出哥哥。他不肯與她相認一事讓她很受傷，但她先在內心做了緊急處置，在傷處貼上一塊ＯＫ繃。現在，在這安靜的旅館房間裡，她緩緩撕開ＯＫ繃，等著心痛如大浪來襲。

沒有發生。

她蹙眉咬下一塊肉乾，專注思索著爲什麼自己只有淡淡的失落感。是因爲她變成熟了，可以大方面對家人的摒棄？李維和她年紀最接近，小時候他們兩人會一起在穀倉玩捉迷藏、蓋樹屋、在溪裡游泳。他一直是她最好的玩伴，直到他十四歲那年，朋友強迫他丟下十二歲的妹妹。

凱莉是個怎樣的孩子？

梅西離開鎮上時，李維的女兒才一歲。李維和女友未婚生子，這件事成爲鎮上眾人嚼舌根的熱門話題。他女友不讓李維見孩子，她父母完全雙手贊成，說這個年輕人很惡劣，永遠不會有出息。梅西的父母也非常生氣，但理由不同。

有一天晚上，她耳朵貼著爸媽的臥房門偷聽，他們把十九歲的李維罵得狗血淋頭。

「你沒有穩定的工作，打算怎麼養孩子？」

「上帝發明避孕不是沒道理！」

「現在你要負責孩子的生活了，像個男人吧。」

雖然女方不願意見李維，但爸媽不在乎，他們認定他必須設法撫養孩子。

家庭第一、團體第二。

梅西的父母，卡爾（Karl）與黛博拉（Deborah），他們對這個信念奉行不悖，在鷹巢鎮上建立了一個緊密的小團體。屬於凱佩奇這個小團體的每個人，都必須有所付出、有所貢獻。依賴別人生活的人、不能信賴的人，慢慢地再也不會受邀參加烤肉會和野餐會。卡爾身邊的親朋好友和家人，都有同樣且唯一的目標：無論世上發生什麼災難，他們都要活下去。他們相信要為末日準備、注重個人衛生、勤於學習。她腦中響起父母的格言。

結交苦幹實幹者，而非信口開河之人。

慎選朋友。

勤儉樸實。

家人優先。

但這些在她身上卻非如此。

◆

他的車停在旅館外的路邊，人坐在車上，看著二三二號房的窗簾中間透出一道窄窄的光芒。兩個小時前，梅西．凱佩奇與另一個探員來到旅館。他們在她房門外講了幾分鐘的話，然後男探員進了自己的房間。梅西曾短暫出來，從休旅車上拿出一個背包，之後他就沒有看到兩人出房門了。

他很好奇那個男的會不會去她的房間，不過他的房間一小時前就熄燈了。窗簾透出不規則閃爍的光，他知道男探員在看電視。

十一點。*我為什麼還在這裡？*他在座位上動了動，靴子裡的腳趾縮起又放開，想藉此加速血液流動。媽的，冷得要死，但他不敢發動引擎開暖氣。

梅西房間的燈終於關了。

他望著被窗簾遮住的大窗戶。*她要睡了嗎？我該走了嗎？*

接下來終於有動靜。

她的房門被打開，梅西走了出來。她身上的衣服不是睡衣和睡袍，不像是要去敲搭檔的門爽一下。她全身黑衣，手中拿著一個小包包，接著關上門，默默站在門外的走廊上，觀察、聆聽。

他沒有移動，卻感覺她好像可以直接望進他的車子。他刻意停在暗處，避開旅館停車場的燈光。

她不可能看見我。

但她往他的方向看了很久。他的心跳加速，前額冒出汗珠。終於，她邁步走向樓梯，小跑步下樓。

他仔細聆聽，但她沒有發出半點腳步聲。梅西解開車門鎖，開門時駕駛座的燈並沒有亮起。

很聰明。

不久，她發動車子，駛離停車場。他轉動鑰匙跟上，沒有開車燈，但他不擔心被其他車輛看到。這一帶的店面八點就打烊了。

他立刻察覺她並非駛往鷹巢鎮，也不是要去本德市。四十分鐘後，他看看油錶，想著是否該回頭。

她帶他駛向喀斯喀特山，沿著丘陵開了一陣子，接下來是一連串的彎路，轉得他頭暈眼花。她的車速始終沒有改變，他猜測她應該沒有發現自己。

她到底要去什麼鬼地方？

他猛然往右急轉，以爲她的車燈會出現在前方。竟然沒有。她的車消失了。

「媽的！」他開始加速，尋找她可能轉進去的道路。他被帶到陌生的濃密森林地帶，伐木道路交叉穿過整片丘陵。可想而知，這裡到處都沒有路標。

要找到開出去的路非常困難。

他於是放手一搏，再次右轉。沒有看到車尾燈。他罵了一句髒話，把車停在路邊望著黑夜。

現在該怎麼辦？

難道她是故意的？她是不是發現我了？

他憤怒地打開車頭燈迴轉。看來，今晚無法得知她離開十五年後，再度回到鷹巢鎮的理由了。

反正還有明天晚上。

7

隔天一早，梅西與艾迪坐在本德分局的會議室中，雖然空間不大，但有種嶄新的氣味。坐在對面的是主管探員傑夫．蓋瑞森（Jeff Garrison），以及情報分析員達比．柯萬（Darby Cowan）。這間分局一共只有五個人，包括情報分析員、後勤專員、行政助理各一名。

難怪他們會向波特蘭求援。

顯然本德分局對服裝要求不怎麼高，傑夫穿著牛仔褲，達比的褲子是防水、防刮的高科技布料，梅西在戶外運動專門店看過。達比的外表看不出她是資訊專家，她感覺像隨時要出發去攀登三姊妹火山。她將長髮編成鬆鬆的麻花辮，動作十分矯捷，似乎每個星期都有去跑馬拉松。梅西猜測她應該四十歲左右。

傑夫．蓋瑞森與梅西年齡相仿，以主管探員而言，氣場算是相當溫和。梅西見過的分局主管往往看起來都壓力很大，畢竟管理分局責任重大。但傑夫不一樣，事實上，他握手時微笑的表情，讓她立刻放鬆下來。梅西很羨慕這種天分。他和艾迪立刻發現雙方都熱愛壽司，艾迪請他介紹當地的好餐廳，他立刻開始鉅細靡遺地解說。梅西對此不感興趣，便轉頭看向快速發著資料的達比。

「因爲你們是從波特蘭來的，我認爲有必要簡單介紹一下，你們會在喀斯喀特山這一側遇到的居民類型。我不想用**派別**這個詞，因爲感覺有點負面，而且隨便貼標籤不太好。」高挑的情報分析員解釋：

「然後再說明死者的人際關係，以及導致他們成為目標的可能性。」

梅西沒有告訴他們自己就是在鷹巢鎮土生土長。這不需要特別說明。不過她很好奇，傑夫是否已經得知了她出身背景？無論如何，她想聽聽達比對那些類型的描述。

「三名死者是末日準備者，鎮上所有人都知道這件事。」達比開始說明。「準備者也分很多種，但基本上這些人都相信，自然或人為造成的災難，可能會暫時或永遠改變他們的人生。」

達比繼續說：「你們應該都在電視上看過，有些準備者會有點瘋瘋癲癲，不過其實他們大多是勤奮善良的好人，只是喜歡有備無患。他們準備的方式主要是糧食、保全、衛生，以及找到可以平安居住的理想地點。一般而言，這些人不會主動惹事。他們很低調，通常會繳稅，盡量不讓人發現他們的生活方式。他們不想張揚，也不想讓人知道家裡有大量物資，以免外星人摧毀大城市的時候，暴民會來搶劫。」

艾迪冷哼一聲。

「他們儲存大量槍枝，但通常沒有暴力傾向。」達比說。

梅西沒有開口，注視著資料。

「另一類則是主權公民。」達比嘆息。「即使我做了大量搜尋，依然無法理解他們的邏輯。我只知道，他們對法律與憲法的解讀和一般人完全不同。他們不認為自己是美國公民，不認為有必要繳稅給國家，而且自認不受多種法律管轄，即使觸法也不必接受審判。他們通常自稱『自由人』。有些官員認為他們是危險人物，但這些人通常只是搞出一大堆文件，塞爆司法系統。就算只是收到一張四十元的交通罰單，他們也有辦法搞出兩大箱文件，還可能因為惹怒法官而被判藐視法庭，得進監獄關個兩天。不過他們大致上也沒有暴力傾向。」

「死者當中有這類型的人嗎？」艾迪問。

「沒有直接關係，不過奈德．法希有幾個遠親屬於這類人。」達比看著手上的文件。「下一組是民兵。有幾個小團體歸類在這裡，但性質差異很大。他們之間的信念天差地遠，有些只是小型的反聯邦政府組織，有些則是想自己建立國家的狂熱瘋子。我無法簡單介紹這類型，因為各組織間的信念與行動差別太大，不滿的地方和暴力程度都不相同。」達比重新坐下。「這就是這個地區的基本居民指南。你們也會遇到很多牧場工人、原住民、老嬉皮。」

「沒有瘸幫、血幫（注）或黑手黨？」艾迪開玩笑。

「沒有。」達比露出淺笑。

「那有正常人嗎？」他問。

「很多啊。」傑夫回答：「本德地區有很多移居過來的家庭和退休人士，他們喜歡自然美景和戶外活動，還有四季分明的氣候和清新空氣。鷹巢鎮比較鄉下、與世隔絕，住在那裡的人通常紮根很深，很少有外地人搬過去；那裡的經濟蕭條，沒有工業可以吸引找工作的人。」他和善的棕眸對上梅西的雙眼。「不過妳應該早就知道了吧。」

達比抬起頭，看看梅西又看看傑夫。「什麼？我錯過了什麼嗎？」她洞察的視線停留在梅西身上。

注 瘸幫（Crips）為美國南加州沿海的最大幫派，初衷是為了保護黑人不受傷害；血幫（Bloods）是美國非裔街頭幫派，為了抵制瘸幫而成立，成員遍布全美。這兩個幫派因經常對立而廣為人知。

「我在鷹巢鎮長大，不過已經十五年沒有回來過了。」

達比揚起眉毛。「不會吧。那我對居民的分析正確嗎？」

「非常出色，看來這裡的狀況沒有多少改變。」梅西說。

「確實沒有。」傑夫說：「過去三十年，本德市的人口大幅增加，但鷹巢鎮幾乎維持相同的人口數。」

梅西傾身向前。「達比，妳研究過當地鎮民，誰最可能襲擊準備者？」

「我不知道。」達比回答：「每次命案過後，這裡噤若寒蟬的狀況很嚴重。通常發生這種案件，都會有人大嘴巴。有人會說死者喜歡跟朋友炫耀新槍……有人會吹噓說他做了什麼，讓死者不會再找麻煩……多少會有。」

「你們認為三起案件都是同一個人犯下的？」梅西問。

傑夫撇撇嘴。「目前還沒有掌握到確切的證據，無法將三起案件串連起來。到今天早上，我們只知道凶手用了三種不同的槍──口徑全都不同。現場發現的指紋和鞋印也都不一樣……不過，天曉得凶手有沒有留下指紋。相同之處則是現場都有武器遺失，而且死者都是廣為人知的末日準備者。」

「會不會有你們還沒發現的死者？」

達比搖頭。「我們這裡發生凶殺案的機率非常低，今年還沒有其他未偵破的命案。」

「昨天我們才終於搞清楚狀況。」傑夫說：「我們得知德舒特郡發生兩起命案，但警長和局長都沒有要求協助。我明白為什麼：他們都以為自己轄區的命案是獨立事件。後來，他們發現第一起命案的被害人伊諾克・芬契（Enoch Finch）擁有的槍枝失竊了。」

「我注意到了。」梅西問：「這是怎麼回事？」

「嗯，因為伊諾克獨居，而且不和人往來，所以沒人知道他持有那麼多槍枝。案發之後一個星期，他的某個親戚來鎮上整理遺物，就是他提出槍枝不見了。警長只知道伊諾克名下登記的那把槍失蹤，但那個親戚發誓說上次來訪時，伊諾克給他看過至少二十把來福槍和手槍。」

「我發現一個共通點。」梅西說：「這些死者擁有的槍枝，都遠超過登記的數量。」她用筆點點桌面。「凶手知道他們偷走的槍枝是非法持有的嗎？」這件事值得思考。

「還有其他東西不見嗎？」艾迪問。

「那個親戚並不確定，他說屋裡其他東西似乎都跟以前一樣。」

梅西看了達比一眼。「所以，知道芬契的槍枝遺失後，你們開始思考這兩起案件是否有關聯。」

達比點頭。「我一聽說第三位死者收藏的槍枝也不見了，立刻向傑夫報告，他認為我們需要更多探員支援。這起事件有可能會爆發成為本土恐攻事件。」

傑夫說：「我的人手太少，要處理的事務太多，我們這裡也沒有本土反恐探員。雖然達比能給我們很即時的資料，但具備本土反恐經驗也很重要。」

「你知道我原本隸屬網路犯罪組吧？」艾迪說。「我才剛借調到本土反恐單位幾個星期而已。」

「也就是說，你可能毫無用處？」達比問，眼神閃著淘氣。

「試試看就知道囉。」他笑著回答。

梅西急忙插話：「好，回到我的問題，凶手是否只有一人？」她問達比。「妳的直覺是什麼？先不看證據的話。」

「很難說。在這個通常一年只有三起命案的地方，短短兩週內就接連發生三起，而且三起案發現場唯一不見的都是大量槍枝，邏輯告訴我這絕不會是巧合。」達比在座位上動了動。「在我看來，感覺不像是單一凶手犯案，光是大量槍枝這點就不像。一個人要這麼多槍做什麼？」

「說不定是一小群人聯手犯案。」艾迪提出。

「那爲什麼沒有謠言？」達比問：「爲什麼沒有消息走漏？就像我剛才說的，永遠都會有人大嘴巴。」

「才過兩個星期而已。」梅西說：「或許再過一段時間，就會有人開口了。」

「沒有及早察覺案件之間的關聯，是我們的失誤。」傑夫說。

「你們沒有做錯。你們一察覺狀況不對，便立刻聯絡了我們。我們會留在這裡進行調查，隨時告訴你們進展。」

主管探員做了個苦臉。「我還是覺得是我太疏忽。」

「疏忽？」達比生氣起來。「我很清楚這間分局有多少調查中的案件。可憐的梅莉莎根本忙不過來，我們應該雇用更多後勤人員。」

「沒有預算啊。」傑夫回答。

每個地方的主管都會用這句話推託。

梅西進入調查局之後，曾和七位主管共事過。從她的經驗判斷，主管訓練課程一定教過怎麼說這句話。

「如果沒有其他事，我們想趁天還亮的時候去查看現場。」梅西說：「不過我和奈德．法希的鄰居約好了，所以要先去找他問話。警長會載他去鷹巢鎮警局和我們見面。」

傑夫翻看面前的文件，找到鄰居的名字。「托比．考克斯？你們要去見的人是他？」

「對，他好像經常幫奈德做事。據警長所知，除了托比，至少十年沒有其他人進過那棟房子。」

「這份警長報告上說托比．考克斯低能。」傑夫對上梅西的視線。「這應該不是醫師的診斷，就連用詞也很有問題，但我感覺得出來，警長認爲他的證詞難以採信。」

「我們會評估托比說的內容，判斷他是否可靠。還有別的事嗎？」

在座的四個人互看。

「沒有？那我們就出發了。」梅西站起來。

傑夫和她握手，眼神和善。「祝你們一切順利。」

8

梅西與艾迪將車停在小小的鷹巢鎮警局前面。

警局的位置和梅西小時候一模一樣。她屏息走進去，以爲會看到白髮蒼蒼的史密斯太太。從梅西剛出生的時候，史密斯太太就負責接聽電話、管理警局行政事務。梅西相信那位好管閒事的老太太一定會一眼就認出她，但沒想到史密斯太太的辦公桌後面，竟然坐著一個非常年輕的男子，體格有如美式足球的進攻前鋒。

看到他們，男子露出笑容表示歡迎。「你們是調查局的人嗎？局長在等你們。」他桌上的名牌寫著路卡斯·英格倫（Lucas Ingram）。他的笑容很有感染力，梅西不禁懷疑這人高中畢業了沒。

說不定他是哪位警官的兒子。

艾迪伸出手。「你是路卡斯？這裡由你打理？」

「沒錯，歡迎光臨我的天地。如果需要任何東西，跟我說就好。」路卡斯站起來握手，他比艾迪高很多，而艾迪並不矮。

「你幾歲啊？」艾迪忍不住脫口而出。

「十九歲。我負責前臺的工作已經一年多了，做得非常好。」路卡的大臉上表情變得有些防備，梅西推測，他可能經常要爲擔任這個職位辯護，畢竟這份工作通常由女性從事。

「看得出來。」她對年輕人說：「他們很幸運能有你幫忙。」

「還有，我不想當警察。」路卡斯又說：「每個人接下來都會問這個問題。我喜歡整理局裡的東西，盡可能讓他們的工作順利。我比較想坐在這張辦公桌後，接電話、派遣調度，才不想開警車出去巡邏。」

「看來你是天生的管理人才。」梅西說。

「沒錯。」路卡斯燦爛一笑。

「如果你管理完調查局的人了，可以麻煩你幫他們準備咖啡嗎？送來我的辦公室，讓我們好好談事情。」一道熟悉的聲音傳來。

楚門．戴利無聲無息出現在接待區。「早啊，兩位探員。」他對梅西與艾迪頷首致意。

「早安，局長。」艾迪也打聲招呼，梅西同樣頷首。

局長的模樣似乎昨晚沒睡好，梅西很好奇他爲什麼失眠，是因爲舅舅的命案，還是工作壓力。守護鷹巢鎮應該不是什麼太艱辛的工作。

「羅德斯警長已經送托比．考克斯過來了，一小時後會再來接他，所以我建議你們快點開始問話。」他轉身走下一條窄窄的走道，讓梅西與艾迪自行跟上。

「今天早上他的心情不太好，別被影響了。」路卡斯偷偷低聲告訴他們，又提高音量問：「你們的咖啡要加什麼？」

「黑咖啡就好。」梅西和艾迪異口同聲回答，她不想被嫌麻煩，所以省掉了平常必加的高脂鮮奶油。他們跟著局長走向他的辦公室，走道兩邊的牆上掛了很多照片。梅西很想停下腳步慢慢研究，相信一定會認出裡面的一些人，但她保持視線向前，注視局長的背影。來到局長辦公室後，裡面有個年輕人已坐在摺疊椅上耐心等候。他們進去時，他抬起頭看了過來。

托比．考克斯有唐氏症。

梅西不明白爲什麼羅德斯警長沒有在報告中說清楚，但或許是因爲他無法分辨。有些人對此不了解，而有些人則單純是混蛋。

「托比，這兩位是調查局來的梅西和艾迪。他們來問你奈德．法希的事。」

年輕人站起來和他們握手。近距離一看，梅西才發現他年紀並不小，不禁推測他到底幾歲。托比握手的力道不小。

「我是不是認識妳？」他問梅西，握著她的手不放。

她的腦袋迅速轉動。她對考克斯家族沒印象，也不知道鎮上有個唐氏症的孩子。

「應該沒有。那、那個──」她竟然結巴了一下。「你在鷹巢鎮住了多久？」

他仔細觀察她，不理會她的問題。「咖啡館。妳很像凱莉。」他終於滿意了。「妳非常像凱莉，只是她沒有那麼老。」他得意地說。

艾迪咳嗽一聲。她的眼角餘光看到楚門在笑。

「我從二十歲開始住在鷹巢鎮，我們十年前搬來這裡。」他回答，顯然因爲自己破解了謎團而開心。

「我就知道妳很像這裡的某個人。」

楚門回答：「我也覺得她們很像，托比。兩位請坐。」

梅西突然擔心是否該請托比的父母一起前來。她不確定托比的權利，當然，也還不清楚他的心智能力如何。她對唐氏症的了解有限，但知道他們個別的能力差距很大。她看看楚門，他坐在位子上，以信賴的眼神看著托比。梅西最後判斷，如果局長認為有問題，應該不會讓他們見他才對。

「你多常去奈德．法希家幫忙？」梅西開始詢問，拿出筆和小筆記本，直接進入正題。「你家和他家很近嗎？」

「我家距離奈德家四分之一英哩。除非他打電話叫我不要去，不然我每個星期一和星期三都去他家幫忙三個小時。」托比的視線接觸很不錯……呃，還算不錯。他的一隻眼睛有點鬥雞眼，不過他的回答很直接。梅西微笑，很高興有個可靠的證人。

「上星期三你有沒有去幫忙？」托比在接下來的星期一發現奈德遇害。

「有。那天要砍柴，星期三幾乎都要砍柴。他砍，我拿去堆好。他沒有打電話來取消，所以我星期一也去了。」他低頭看著握拳放在腿上的雙手。

「你一定很害怕吧？」梅西溫柔地說：「他是你的好朋友？」

「喔，不是。奈德是我的雇主，不是朋友。他脾氣很壞，就連我爸媽也說他脾氣壞。」

他率直的回答讓梅西得咬著下唇憋笑。「你喜歡幫奈德做事嗎？」

「喜歡。他需要人幫忙，因為他的背和膝蓋一直很痛。幫忙他是做好事。」

「他有沒有給你錢？」艾迪問。

「有。」

梅西與艾迪等他回答多少錢，但托比沒有自動接著往下說。梅西很好奇，是他不知道，還是從小大人就教他不要談錢的事。她父母從來不說他們賺了多少錢，或是買東西花了多少錢。唯一提到錢的時候，就是說沒錢。而這種狀況很常發生。

「昨天你去的時候，大門有沒有上鎖？」艾迪問。

托比轉頭看他，專注端詳他的臉。「我喜歡你的眼鏡。很酷。」

「謝謝。」艾迪回答，並眨了眨眼。「呃……我剛才問了什麼？」

「你問我大門有沒有上鎖。」托比說：「有，我先敲了幾次門。我每次都會敲門，可是那天奈德沒有來開門，我自己開門進去。」他再次往下看。「這樣應該不會有問題？」

「托比，你做得很對。」梅西安慰他。

「我發現他死了。」他輕聲說：「他的頭上有一個洞。」

「你做了什麼？」艾迪問。

「我跑回家告訴爸媽，他們打電話給警長。」他低下頭。「奈德說過，山洞人會來殺他。」

梅西想起羅德斯說到這個謠言時，一臉難為情的模樣。「你有沒有看過山洞人？」

「沒有。」

「奈德有沒有說過看見他？」

托比整張臉皺了起來，努力地回想。「沒有。因為我問山洞人長什麼樣子，奈德說他不知道。不過他說山洞人很高大，非常壞。」

「為什麼奈德認為山洞人想殺他？」艾迪問。

「因為山洞人就是那樣，」托比回答：「他偷走別人努力的成果，然後殺死他們。他很懶惰。」他強調。

在奈德這樣的準備者眼中，懶惰是最大的罪過。

「你有沒有在奈德家裡看過很多槍？」梅西問。

「沒有。」托比停頓一下。「不過小屋裡有很多。」

「哪個小屋？」

「要從小路過去的那個。從房子那裡看不見，槍埋在地下。」

「你有數過那些槍嗎？」梅西問。

「沒有，可是有一次奈德說他有二十五把。那已經是很久以前的事了，他可能後來賣掉了一些。」

「你最後一次看到槍埋在地下，是什麼時候？」

托比伸手抓了一下稻草色短髮，努力思考。「去年夏天。」他終於回答：「我記得很熱。」

梅西又想到一個問題。「奈德還有把其他東西埋在地下嗎？」

「我知道的只有槍。呃，他的化糞池也埋在地下，不過大家都這樣做。」

「你有沒有看到陌生人去找奈德？」梅西謹慎地問，擔心這個問題太廣泛。她意識到他們的問題必須越直接越好。

托比聳肩。「要去奈德家一定會先經過我家。有時候我會看到不認識的車子經過。」

「托比父母的房子離馬路有一段距離。」楚門出聲解釋：「你應該沒辦法看到所有經過的車子吧？」

「沒錯，我得在外面看才行。從屋子裡只能聽見聲音。」

「週末的時候，你有沒有聽見任何人經過？」梅西問。

「有。」

她又等待了片刻，最後終於問：「托比，你有沒有看見車子？」

「沒有。」

梅西默默嘆息，換個問話的方向。「上星期三，你去幫忙砍柴的時候，有沒有人去找奈德？」

托比因專注回想而皺起前額。「沒有，那個星期三沒有。」

「其他的星期三有人去找他？」

「對，幾個星期前。有人把車停在他家前面，他大聲罵他們。他叫他們『快滾蛋』。」

「他們沒有下車？」艾迪問。

「沒有，他揮舞斧頭衝向他們的卡車，那些人立刻把車開走。」托比笑嘻嘻地說：「好好笑喔。他超生氣的。」

梅西揚起一條眉毛看楚門，他聳一下肩。

「這件事我完全不知情。」楚門說：「可能是觀光客，甚至可能是討債的人。」他傾身向前，兩隻手臂放在桌上。「嘿，托比，奈德討厭什麼人？他有沒有經常罵的人？」

托比迅速回答：「雷頓．昂德伍（Leighton Underwood）。還有山姆大叔。」

梅西猜測他所說的山姆大叔，應該是她的頂頭上司，也就是美國政府。但她依然在筆記本裡寫下，和昂德伍的名字並列，以防奈德真的有個叫山姆的叔叔。

「昂德伍是誰？」她問楚門。

「應該是和他土地有相連的人。我知道雷頓也住在那一帶，但他不像奈德那樣經常來鎮上。至於他們之間是否有嫌隙，可能要問別人了。」

「托比，除了槍枝外，奈德的家中還有沒有讓他覺得很得意的東西？」梅西問。

「他的食物，他真的很得意。他經常說他儲存的食物足夠讓他撐到阿共（注）垮臺。他也很喜歡他的菜園。我們花很多在整理菜園，建了很高的柵欄，不讓小偷跑進去。」

「食物確實很重要。」梅西贊同。「如果讓你再去一次奈德家，你能不能看出少了什麼東西？」

托比聞言，立刻在位子上坐直身軀。「我不要去他家！他死掉了！不要逼我進那棟房子！」他緊握雙手，用力到指節發白。「我不想看到他變成鬼。」

楚門從辦公桌後走出來，一手緊緊按住托比的肩膀。「沒有人會逼你去。」他直直注視梅西的眼睛，看她敢不敢違逆他。

梅西無意強迫托比，也知道那樣只會造成反效果。不過她相信托比的記憶力不錯，只要以正確的方式發問，他們絕對能得知更多關於奈德．法希的內幕。

「托比，你知道奈德已經不在那裡了吧？」她說：「他的遺體已經被運走了。」

托比還是不肯看她。「去哪裡了？」他緩緩地問。

「他被交給特殊的醫師，專門研究死掉的人。這個醫師知道怎麼找出線索，抓到殺死他的人。」梅西回答。

「醫檢官。」托比終於再次抬頭看她。「像《CSI犯罪現場》一樣。」

注 即共產主義。

「沒錯。我們想知道是誰對奈德做出這種事，所以要去他家找線索。可是如果凶手偷了東西，我們也不會知道。我相信，如果有東西不見，你一定會發現的。」

她還沒說完，托比又開始搖頭。「我不想去。」

梅西看到楚門扣住托比肩膀的手更緊了些。「沒關係，托比。不過要請你再考慮一下。我們眞的很需要你幫忙，這樣才能查出到底發生了什麼事。」

這時，路卡斯敲了敲辦公室的門，送咖啡進來。「羅德斯警長來了。」

「我們快結束了。」楚門回答。他看了看艾迪與梅西。「還有要問托比什麼事嗎？」

「暫時沒有了。」梅西又問：「如果以後還有其他問題，可以再找你嗎，托比？」

「可以。」

楚門送他離開辦公室。

艾迪靠向梅西。「妳怎麼想？」

「只要我們知道該怎麼問，他是很好的證人。」

「我也這麼覺得。不過恐怕他沒有看到有助於破案的事。」艾迪看看筆記。「我們要追查雷頓．昂德伍，還有一輛某天停在外面的不知名車輛。看來得找奈德的好麻吉聊聊了。」

「奈德的好麻吉每天凌晨五點會在約翰迪爾經銷處聚會。」楚門回到辦公室。

「雷頓．昂德伍也會去嗎？」艾迪問。

「偶爾。」

梅西看看艾迪，在心中評估優先順序。他們必須加緊追查奈德的案子，因爲案發時間還很短，但另外兩起案件也有許多待了解之處。她難以決定。

「哪裡可以租車？」艾迪問楚門。「我們可能需要多一輛車，分頭行動能做的事比較多。」

我怎麼沒想到？

「我可以派人送你回本德市，這樣比較省時間。」楚門提議。

艾迪點頭後，局長對著門口大聲說。「路卡斯！叫羅伊斯回局裡，我有點事要派他去做。」

楚門看著梅西。「妳打算做什麼？」

「我想找雷頓．昂德伍談談。現在就去。」

9

調查局探員梅西．凱佩奇開她的黑色休旅車跟在楚門的車後面，由他帶路去雷頓．昂德伍的家。儘管雷頓與奈德．法希的土地接壤，但去他家的路卻是完全反方向。要進入那裡的土地非得繞一大圈，楚門懷疑雷頓就是喜歡這樣。

想起托比．考克斯說梅西和咖啡館的凱莉長得很像，楚門命令手機撥號，聽著嘟嘟聲。托比一說出凱莉的名字，楚門立刻恍然大悟，難怪他會覺得梅西很眼熟。如果單看長相，凱佩奇探員簡直可說是凱莉的母親，加上兩人都姓凱佩奇，楚門強烈懷疑她們真的是母女。他聽說李維．凱佩奇的妻子，很多年前就拋下他和襁褓中的女兒離開了。看來她回來了。

不過，她竟然變成調查局探員？

有個人絕對知道完整的故事。

「喂？」艾娜．史密斯（Ina Smythe）虛弱的聲音在車內響起。

「嗨，艾娜，我是楚門。」

「講話清楚點，你的聲音好像在罐頭裡。」

「對不起，我在開車。我只有一點時間，艾娜，我想問妳李維．凱佩奇的事。他太太不是拋下他走了嗎？可以跟我說說她的事嗎？」

多虧艾娜·史密斯的協助，楚門才得以融入鷹巢鎮。她在鷹巢鎮警局的櫃檯坐了四十年，楚門到職前半年才退休。當初也是她主動聯絡，告訴他局長的位置有空缺。「楚門，沒人想接。他們不得不考慮雇用外來的人，你也知道這樣會搞得多糟糕。你算是鎮上的熟面孔，又有足夠的資歷，而且你舅舅在議會也有人脈，要不要考慮搬來鷹巢鎮定居？」

剛好當時他正想換個環境。

艾娜咳了三下，聲音在他的車子裡迴盪，然後她才回答他的問題。「蒂爾潔（Deirdre）？她不是他老婆。雖然他一直吵著要結婚，但蒂爾潔始終沒有嫁給他。女兒一歲的時候，她跑去南加州的什麼地方，把孩子丟給李維。她父母打官司爭取監護權，但法院判給了李維。眞明智。她父母腦子裡只有他們自己，我很高興在那之後不久他們就搬走了。但我不確定他們有沒有和外孫女聯絡。」

蒂爾潔這個名字讓楚門洩了氣。她改名了嗎？若非如此，那麼梅西·凱佩奇又是什麼人？想必是他們家的親戚吧，畢竟她和凱莉·凱佩奇的相似程度太驚人。不過凱佩奇家的人從來沒有在他面前提到什麼親戚。

「妳聽說過一個叫做梅西·凱佩奇的人嗎？」楚門問。

「**梅西？梅西·凱佩奇？你怎麼會知道這個名字？**」

「看來妳認識這個人。」他的好奇程度已然破表。

「我當然認識她，但爲什麼問？是誰提起那孩子？」

「沒有人提起她，是我遇見她。」

「**她在這裡？在鎮上？**」

「對。有這麼嚴重嗎？」

他的車裡突然變得一陣安靜。「艾娜？妳還在嗎？」

「嗯。我只是在想……在回想當時是怎麼回事……不過有太多我不知道的事。」她說了一串很精彩的髒話，楚門不禁莞爾。「我很想搞清楚腦袋裡的整個來龍去脈，但我的記憶大不如前啦。」

「她是誰？」

「怎麼？她是凱佩奇家最小的女兒啊，卡爾和黛博拉的孩子。」

楚門差點錯過轉彎。他只知道凱佩奇家有四個孩子，他們在鷹巢鎮相當活躍，但從來沒有人提過還有第五個。梅西不是凱莉的母親，而是她姑姑。

「可是她高中畢業之後就離開鎮上，沒再回來過。」艾娜接著說：「我想不起來她離開的原因，不過她家裡的人都很生氣，我猜一定有什麼祕密……可惡，那孩子到底做了什麼？」艾娜在電話另一頭發出氣急敗壞的聲音。「肯定是很嚴重的事，但我怎樣都想不起來。」

「唉，至少妳回答了我的問題。至於八卦，等妳想起來再告訴我吧。」

「她回鎮上做什麼？」

「她是波特蘭調查局借調來的探員，被指派來調查傑佛森的命案，以及伊諾克・芬契、奈德・法希的案子。妳應該聽說奈德的事了吧？」

「當然啦。雖然我的記憶衰退了，但我耳朵還沒聾。那個壞脾氣的臭老頭老愛亂揮斧頭，看來這次惹上不該惹的人了。」

楚門納悶，難道亂揮斧頭是奈德的習慣，只是他從來沒聽說？

「你說梅西．凱佩奇那個小丫頭現在是調查局探員了？她爸一定會氣死，他不太喜歡聯邦政府。」

「我不會說她是個小丫頭。」梅西的身高幾乎和他差不多。他知道卡爾和黛博拉在離鎮上不遠的地方經營一座小牧場，他們家的盲人女兒蘿絲（Rose）與父母住在一起，而其他三個成年子女則是已經各自獨立，分散在德舒特郡各地。

現在竟然多了一個梅西。

楚門面露微笑。托比說她很像凱莉的時候，梅西一句話都沒說；她假裝不知道他說的是誰。換言之，她不打算公開自己是凱佩奇家的女兒。*為什麼？*

「對了，艾娜，可以先不要說出去嗎？她好像不想讓人知道她回來了。不過，如果妳想起來當年的事，拜託告訴我。我很想聽那個故事。」

艾娜嘆口氣，但勉強同意。「路卡斯的表現還可以嗎？」她接著問。「希望他還沒有鬆懈。他十五歲那年，我看到他在整理我的食譜，就知道他很適合接手我的工作。我有沒有跟你說過？他把我的食譜全存進那個叫平板的玩意兒了。現在我可以把文字變得很大，就連這雙老眼也能看得清清楚楚。」

「妳的外孫表現非常好。」楚門說：「而且很喜歡這份工作。」

「那就好。」她的語氣十分滿意。

「還有一件事，艾娜。妳有沒有聽說過這附近的森林有個山洞人？」

「什麼？」她問。

「山洞人。」楚門重複，感覺臉紅了。

「我至少四十年沒聽人提過了。」

「妳聽說過？」楚門的聲音提高八度。

「我記得以前聽過有個老人住在山洞裡。他討厭小孩，要是不小心闖進他的地盤，就會被他殺死。」她回想。「小時候的我好害怕，就連長大後都還是不敢一個人去森林太深處的地方。不過，我猜這個故事的用意就是這個吧。嚇小孩子，防止他們做蠢事。」

「就像父母會說，如果不乖就會被怪物抓走一樣。」

「對，類似那種故事。或許一開始眞的有事實根據。如果說有反社會的怪人，違法躲在州政府管轄的森林裡過原始生活，我對此一點也不覺得驚訝。」

山洞人的故事難道有一絲真實性？

難道眞的有個憤怒的山中野人，爲了搶奪槍枝而殺死那些末日準備者？

他已經不知道該怎麼想了。

楚門掛斷電話，並承諾下週末會去探望老人家。他盡量設法每個月至少去找艾娜．史密斯喝一次咖啡。艾娜是傑佛森舅舅的好友，有時楚門懷疑他們究竟好到什麼程度，不過他們雙方都不曾暗示有戀愛關係存在。高中時的楚門只是從雙方的眼神中猜想可能有鬼。他來鷹巢鎭過暑假的時候，看過他們兩個互相使眼色，而且只要兩人在一起，氣氛就會變得不同。高中時，楚門兩度因爲幼稚的惡作劇被抓進鷹巢鎭警局，艾娜總是會幫他說話，關個四小時後就讓他離開拘留所。

上個月喝咖啡時，他問她當時爲什麼不立刻放他出來，她哈哈大笑地回答：「你活該在裡面待四個小時，而且顯然應該再久一點才對。我認爲那是個適合讓你反省的好地方。」

她說得沒錯。

楚門蹙眉。艾娜現在的記憶好得很，就連四十年前發生的事，她都能如數家珍。她也從不會搞混十八個孫兒的生日。

但為什麼她想不起梅西．凱佩奇離開鷹巢鎮的原因？

還是她故意不告訴我？

種種想法在腦中盤旋了幾分鐘，接著他最後一次轉彎，開向了雷頓的家。凱佩奇探員不想聲張。昨晚她說過自己在小鎮長大，為什麼沒說就是他的小鎮？

既然她想保密，就讓她保密吧。

她的身分遲早會曝光。這裡可是鷹巢鎮呢，藏不住祕密的地方。

他把車停在雷頓家前濕答答的路邊。梅西不要他陪同，但他堅持要來，他爭辯說雷頓遇到陌生人會先開槍再問話。這種說法不盡然眞實——儘管雷頓確實每次應門都會拿著槍——但楚門希望掌握偵察進度。如果殺死他舅舅的凶手也殺死了奈德．法希，他希望立刻知道。他打算盡可能緊盯這兩位探員，並貢獻局裡的小會議室作為他們的工作基地，這樣他們就不必來回奔波，而他們接受了。

一聽說兩位探員的住宿地點是家破爛旅館，位在鷹巢鎮與本德市中間，他立刻打電話去珊蒂民宿。明天珊蒂就能空出兩個房間。他裝作隨口說說，向探員推薦珊蒂民宿。「老闆會為客人準備自助式早餐，菜色很豐富，有雞蛋、薯餅和超美味培根。」楚門想打動兩位探員。梅西似乎沒興趣，但艾迪兩眼發亮，等不及想搬出那間寒酸至極的旅館。他們約好晚一點要去民宿見珊蒂。

只要能緊盯著調查局探員的進度，他什麼都願意做。

他下車，往後走向梅西的休旅車。他們兩個開的車款一模一樣，唯一的差別在於楚門的車門上有警局標誌。梅西關上車門，拉起外套兜帽。她的厚大衣兜帽上有一圈黑色假毛皮，襯托出她的綠眸。現在他知道她是凱佩奇家的女兒，因此馬上聯想到他們家長子歐文的眼睛，也像她這般明亮有神。楚門判定這雙眼睛在梅西臉上比較好看，長在男人臉上太浪費。除了那雙綠眸，她全身都是黑色。黑髮、黑大衣、黑長褲、黑靴子。

「這裡積水很嚴重。」她評論。

楚門同意。通往雷頓家的車道上有好幾個像小湖一樣的水窪，就算他的車是四輪驅動，他也不想開過去，更別說雷頓還會亂開槍。把車停在路邊是明智的選擇。

他們兩人走上車道，小心挑選下腳的地方，以免靴子被爛泥吸住拔不起來。

「雷頓！」楚門把雙手圈在嘴邊大喊。「你在家嗎？」

回應他的，是霰彈槍的轟然巨響。

10

梅西被推倒在爛泥中，楚門整個人壓在她身上，害她無法呼吸。

「雷頓！我是戴利局長！不要開槍！」

他的喊叫害她右耳耳鳴。「下去！」她抱怨道。她落地時臉朝下，吃了一嘴土。她用手肘戳他的腹部。「**快下去！**」

「頭不要抬起來。」他厲聲說：「雷頓？我是戴利局長！」他再次大吼。

「局長？」屋裡傳來男人的聲音。

梅西抬起頭，想找出說話的人。

「沒錯！你現在還要開槍嗎？」

「和你在一起的人是誰？」

「也是警察。」

梅西揚起眉毛，不過也算相當接近事實。

「對不起。」屋裡的人說：「我只是對空鳴槍啦，沒有瞄準**你們**。」

「我想也是。」楚門回答。他離開梅西站了起來。

她跪站起來，檢查身上的衣物。**可惡**。她的膝蓋、大腿、外套下半部全滴著泥水。不過至少碎石路面讓她的胸口和手臂沒有弄髒。楚門對她伸出一隻手。她鬱悶地看他一眼，然後握住。「你知道他會對我們開槍？」她問，用濕透的手套抹抹膝蓋。

「我不確定他不會。」

有差嗎？

「反正只是對空鳴槍警告而已。」

她停止抹褲子，抬頭看他。

楚門迎上她的視線，聳一下肩。「這一帶的規矩不一樣。」

他說得沒錯。曾幾何時，她也非常了解這裡的規矩。難道她住在都市太久了嗎？

「對不起，害妳弄得一身泥。」他從大衣口袋拿出一包面紙遞給她。

她對他手中的面紙搖頭。「這個恐怕擦不掉。」

「去跟雷頓借條毛巾好了。看到妳滿身泥，他應該會很過意不去。」

他似乎很真誠，她偷看一眼他的臉，確定這位局長不是在嘲弄她。真的不是。他的棕眸滿是關心。

她看看他的衣服，除了靴子沾到一點泥，他大致上躲過了髒水。

「看來我幫你擋了爛泥。」她說。

「非常感謝。」他嘻嘻一笑，而她心中的最後一絲惱怒也消失了。楚門．戴利局長的笑容足以讓路上的行車停下來。他大概靠這個笑容讓不少女人為他傾心。從第一次見面以來，身材高大的局長幾乎一直很嚴肅，這可以理解，畢竟他的舅舅慘遭殺害。不過在雷頓家外面這片下著雨的樹林中，他顯得放鬆許多，儘管不到一分鐘前才有人對他們開槍。

「局長？你要進來嗎？」雷頓大聲問。

「馬上來。」

「你確定他不會攻擊我們？」梅西問。

「他已經說了他沒有瞄準我們。」

她努力克制翻白眼的衝動。「姑且相信你。」

「非常好。」他們繼續小心翼翼在爛泥中跋涉，往雷頓家走去。這棟房子沒有門廊，水泥臺階的上方是一塊大水泥，大門在右側。雷頓．昂德伍站在敞開的門口，霰彈槍夾在一隻手臂下，槍口對著另一邊。梅西片刻後才意識到，這個姿勢代表著他不會攻擊。在波特蘭，光是看到有人拿著霰彈槍站在門口，她就會轉身奔逃。

「我的眼鏡壞了。」雷頓瞇起眼睛看著他們。他的個子很高，感覺自尊心很強，白髮濃密，只是前額髮線後退了幾吋。梅西站在臺階最底層，老人家從頭到腳地打量她。她對此人沒有印象，就算他認識她父母，八成也不記得她了。

「我們可以進去嗎，雷頓？」楚門問。

「那個人是誰？你說和你一起來的人也是警察，我非常確定鷹巢鎮警局沒有女警，除非是你昨天剛雇用的。」他的臉上滿是質疑。

「我是調查局探員。」梅西說：「我們在調查奈德．法希的命案，他是你的鄰居。」

雷頓昂起下巴。「聽說那個王八蛋把自己害死了。」

「好了，雷頓——」楚門緩頰。

「可以先借條毛巾嗎？」梅西問：「你剛才開槍害我跌進爛泥裡。」

雷頓瞇起眼睛看她的褲子。「沒問題，快進來吧。我再次道歉，不過我眞的看不清楚外面的人是誰，只看到你們的兩輛黑色大車。你們也知道那代表什麼。」他讓開，揮手要他們進去。「不用擔心鞋子上的泥巴。不要踩到地毯就好，等一下我再擦地。」

梅西一進門就聞到牛絞肉和洋蔥的濃烈香氣，胃開始咕嚕叫。她沿著沒有地毯的地面往右進入廚房，爐子上沒有煮東西。「我們的黑色大車代表什麼？」

雷頓匆匆忙忙從她身邊走過，把槍放在牆角。他打開一個櫃子，拿出一條棕色毛巾。她道謝之後接過。毛巾幾乎徹底磨平了，好幾處地方抽線破洞，但梅西已經很感激。

「妳知道那種車都是誰在開吧？聯邦政府的傢伙。」他壓低聲音。「他們全都開那種黑色大型休旅車，通常會一次出現好幾輛。」他說完後大笑。「看來我也沒有錯得太離譜，妳確實是聯邦調查局的人。」

「請叫我梅西。」她擦拭著大衣，髒水讓棕色毛巾的顏色變得更深。「爲什麼你認爲聯邦政府的人會來你家？如果眞是政府的人，你也會先開槍再說？」

雷頓搓搓滿是鬍碴的下巴。「嗯，先開槍確實不是迎接客人的好方法，不過最近我比較容易緊張。我有幾個月沒繳房貸了，一直接到催繳電話。」

「那是貸款公司打的，不是政府。你拖欠貸款的狀況，應該還不到引起政府關切的程度。」

「你多久沒繳了？」楚門輕聲問：「要不要借一點錢？暫時周轉一下等狀況好轉？」

梅西驚訝地看向他。局長打算自掏腰包嗎？

「我不要再貸款了。」雷頓沒好氣地說：「我受夠了。」

「你知道嗎？鎮上有專門解決這種問題的短期急難救助貸款。」楚門接著說。

雷頓臉上燃起希望，但又迅速熄滅。「我家不在鎮上。」

「你算是我們的榮譽鎮民啦。你經常在鷹巢鎮消費，對吧？我會幫你向財政課爭取。」

老人家整個人好像縮水了。「我不想失去房子。之前看醫師花了一筆錢，所以才會繳不出貸款。」

楚門拍拍他的肩膀。「這種事誰都會遇到，所以我們才設立救助基金。好了……離你家最近的鄰居就是奈德．法希。週末那幾天，你有沒有發現什麼異常狀況？」

梅西很佩服楚門的手法，他幫忙解決雷頓的難題，沒有多說什麼就接著談其他事，彷彿幫人向財政課爭取貸款只是他每天的例行工作。或許眞是如此。她很好奇這個神祕的緊急救援基金金源從哪裡來。

「我從這裡看不到奈德的房子。距離我至少有半英哩。我們兩家的土地以一條從喀斯喀特山流下的小溪作爲分界，不過一到夏季時小溪就會乾涸。今年秋天重新有水的時候，溪流方向改變了，往我這邊的低窪地移動了至少一百碼。奈德說根據土地權狀，我的那片地有一半都該歸他。我可不這麼想。」如果人的耳朵會冒煙，現在雷頓的頭應該消失在濃煙中了。

「這感覺很不公平。」梅西表示同情。對這裡居民而言，土地非常珍貴，他們會誓死守護。雷頓以爲聯邦政府要來沒收他的土地，所以看到人就亂開槍，這樣做確實不對，但至少現在她能理解讓老人如此敏感的原因。「也就是說，你距離奈德的土地──眞正屬於他的土地──其實有一段距離，所以看不見那裡的狀況。」

「對。」

「最近有沒有聽到槍響？」楚門問。

「其實經常聽到，不過可能是來自麥克勞或海克特家。有時候很難分辨方向。」

梅西端詳老人。他會不會爲了奪回一百碼的土地而殺死奈德・法希？他給人的感覺很正直，但她不想妄下論斷。

「你有沒有訂新眼鏡？我不希望你射中無辜的人。」楚門說。

「訂了。上星期我去了本德市一趟，明天就可以去拿。」

「那就好。」梅西說完後蹙起眉。「要不要找人載你去眼科醫師那裡？」

「爲什麼？」雷頓一臉困惑。

「你看得見路嗎？能開車嗎？」

「五十年來我都開同一條路去本德市，就算閉著眼睛也沒問題。」

梅西決定不再延續這話題，拉回本次拜訪的主題。「我猜，你應該不清楚誰會殺害奈德・法希吧？你應該已經耳聞傑佛森・畢格斯和伊諾克・芬契的命案，我們在找這三起案件的共通之處。」

雷頓搔搔一隻耳朵。「奈德經常激怒別人，他有點太愛亂揮斧頭。有一次我罵他是印第安人，結果他差點扒了我的頭皮。」

梅西心頭一緊，咬住臉頰內側。

「不過他不會眞的傷人，也不太惹事。他經常說些爲了預防世界末日而做準備的事，我聽得快煩死了。妳知道，那簡直像是他的信仰。他聲稱自己可以生存好幾個月，不需要商店、也不需要依靠電力取暖。」他的臉上浮現傷感。「看來那些準備都白費了。」

「你知道他有多少槍嗎?」梅西問。

雷頓用奇怪的眼神看了她一下。「重要嗎?一個人有權想要多少槍就有多少。但我從來不認為有必要準備超過五把左右……槍再多,一次也只能用一把。」他蹙眉專心回想。「這些年,我大概看過他拿三把不同的槍。他比較愛用斧頭。」

他的說法不符合梅西的猜想,不過斧頭這部分倒是跟其他人的說法一致。

她和楚門向雷頓道謝,感謝他願意與他們談話,接著將毛巾還給老人。「謝謝你借我毛巾。」

「對不起,害妳嚇一跳跌進爛泥裡。」他道歉,非常紳士地微微鞠躬。

出去之後,她問楚門有什麼看法。

局長往前走了十英呎之後才回答,顯然在整理思緒。「我不太確定是否有從他那裡問出新資訊。雖說小溪改道造成土地糾紛一事有點意思,但我不認為那是殺人動機。」

「我也這麼想。」梅西等候片刻,不過他似乎說完了。「鎮上真的有急難救助金嗎?」

楚門做了個苦臉。「其實沒有,不過我會盡我所能幫他保住房子。事情都是這樣開始的,妳知道。」

「什麼事?怎麼開始?」

「那些反政府的人。這就像骨牌一樣,通常第一塊倒下的骨牌就是房子遭到查封。因為發生了一些個人困難……例如生病積欠大筆醫藥費,或是失業找不到工作。他們必須在養孩子和付房貸間做出選擇。猜猜他們會選哪個?」

梅西知道他說得沒錯,同樣的事她看過太多次了。

「家族住了幾十年的房子就這樣突然沒了，就連信用評分也完蛋。他們需要遮風避雨的地方，需要工作，也需要治療受傷的自尊。趁骨牌倒下之前阻止就簡單多了，如果雷頓只是需要一點現金周轉，那就借他吧。」

「這樣做說不定有風險。」梅西扮演反對派。「要是他把錢全拿去買A片呢？」

「現在網路上什麼片都有。」楚門悻悻然說：「只有笨蛋才會花錢買A片，不過我懂妳的意思。我會找時間和雷頓詳談，問清楚他到底欠了多少債務，為什麼會繳不出房貸。以前『急難基金』的事，都由艾娜·史密斯處理，現在由我接手。畢竟路卡斯才十九歲，恐怕不會有人想跟他掏心掏肺。」

「你眞的很好心。」梅西一直有點怕史密斯太太，總覺得她是恐怖的暴君，不過那時她只是個青少年，對事物的看法似乎還不太正確。她想知道，自己的看法還有多少是錯的。

楚門聳肩。「大家願意告訴我他們的難處。」

她對這位警察局長的看法慢慢成形。他十分維護轄區的居民，並且願意聆聽；他看待權力的態度很正確，而且似乎不需要吹捧。這些在梅西眼中都是優點。「艾迪會先去租車公司拿車，然後才去伊諾克·芬契案的現場。」梅西說。「我們可以現在就去你舅舅家嗎？我想看看白天的樣子。」

局長看一下手錶。「現在是午餐時間了，妳應該會花時間吃飯吧？」他斜斜地瞥她一眼。

梅西知道能簡單快速吃一頓飯的地方，都在鷹巢鎮的鬧區。「我包包裡有可以塡肚子的東西。如果你想去吃飯，我可以去現場和你會合。」

楚門停下腳步，轉身看她。她也停住，對上局長的棕眸。他的眼神帶著一絲挑釁。

「如果妳想知道鎮上發生的事，最好的辦法就是讓鎮民看見妳。讓大家知道調查局在找殺人凶手。

而且我認為要讓鎮上的人看到，調查局探員不是刻板印象中的那樣，躲在黑墨鏡、黑西裝後面。我認為讓調查局探員成為熟悉面孔，能有助於獲得鎮民的配合。妳的模樣很親切，而且溫和有禮，大部分的鎮民都會認為妳沒什麼殺傷力。」

「沒什麼殺傷力？」梅西憤聲質問。

「我可沒說他們的想法很正確喔。」楚門再次秀出迷人的耀眼笑容。「我知道妳絕對是高手中的高手，否則也不會被派來這裡，不過，讓鎮民放下防備對我們只有好處。如果妳想坐在車上吃那種肉粉和營養劑做的高蛋白補給棒，那就隨妳吧。」

他的眼眸依然閃耀挑釁。

可惡。他說得沒錯。

下一個認出她的人會是誰？

11

楚門選了生意最好的餐廳。

既然凱佩奇探員藏著祕密不想告訴他，他就讓她緊張一下。剛才他說鎮上的人會認爲她沒什麼殺傷力，刺傷了她的自尊，不過這樣做確實對她只有好處。他看著她猶豫不決的神情。她不想被人認出來，但希望做有助於調查的事。他知道自己贏了。短短不到一天的時間，他已經感受到她有多重視自己的工作。

他幫她打開餐廳的門，然後脫下帽子。梅西一走進去，便立刻閃到一旁觀察整個餐廳。她依然戴著兜帽。

餐廳裡的客人很少。

楚門感到非常失望。遲早有人會認出梅西．凱佩奇，他希望到時自己能在場。就算只是看她跼促不安的樣子也值得。他笑了。*為什麼我這麼期待？*

通常他不會以別人的困窘爲樂，但梅西在跟他玩遊戲，他打算先搶下一分。她緩緩脫下兜帽，楚門指著最後一個卡座說：「妳先坐吧，我要去和幾個人打招呼。」她點頭，大步走過去。

楚門過去和兩位老人家講話，他們只點了咖啡，不停續杯。老人們都沒有問起與他一起來的女人是誰。他看到一個不認識的母親帶著兩個幼兒，便停下來打招呼。他送兩個小男生一人一張警徽貼紙，母親說他們住在橡樹街。這位母親很風騷，大大的笑容、假假的笑聲。他發現她的視線投向他的左手無名指，他也看看她的。沒戒指。他默默嘆息，摸摸兩個孩子的頭，然後客氣地告辭。

梅西在研究菜單，他從走道過去，只能看到她的側臉。即使看不到她的眼睛，她依然十分令他驚艷。她的下顎線條精緻，鼻子稍微有點翹。完全看不出她是調查局探員。

直到她轉頭用質疑的眼神看著你。

她的頭腦似乎總是在分析、處理資料。楚門很高興地發現，她不說多餘沒用的話。他最討厭那些總是誇誇其談的人，也討厭那些用大量廢話掩飾自己疏忽犯錯的人。話多不代表頭腦好。

他坐進卡座。「這裡的漢堡很棒，蘑菇配瑞士起司。」

梅西點點頭，但視線沒有離開菜單。「我不太喜歡漢堡，不過謝謝你的推薦。這裡的墨西哥沙拉好吃嗎？」

「我沒吃過。」

「局長，你好嗎？」服務生來了。

「很好，多謝關心，莎拉。妳家那幾個小鬼沒闖禍吧？」

「這星期只破壞了冰箱門，不過今天才星期二呢。你還是要老樣子？」

「對。梅西？」

梅西看著服務生。「咖啡加高脂鮮奶油和墨西哥沙拉，謝謝。不要起司。」

「配料幾乎都是起司。」莎拉說：「換成加量橄欖和莎莎醬好嗎？」

「感覺不錯。」

莎拉離開後，他敢發誓梅西鬆了一口氣，但也可能只是他的想像。她放在椅子上的包包傳來手機震動聲。她拿出手機查看螢幕顯示。「奈德·法希的驗屍報告出來了。」

「寫了什麼？」他耐心地等她打開郵件滑動閱讀。梅西專注看著小字，眉間出現一道細紋。

「這個已經知道了，這個也是，這個也是……」她喃喃說。

「有什麼新發現嗎？」

「有了。推估死亡時間在週六午夜到週日早上六點之間。」她的表情變得柔和。「他的膝蓋和背部有嚴重風濕，洛哈特醫師從沒看過那麼糟的案例。眞可憐，難怪大家都說他壞脾氣。他一直深受疼痛折磨。」

「死因依然是槍傷吧？」

「對。子彈找到了嗎？郡治安處的蒐證人員應該搜索過了。」

「還沒有人告訴我。」

「我發郵件問傑夫。」

「傑夫？」

「本德調查局的主管。」

她的臨時上司。

梅西抬起頭，眼神流露滿意。「現在只要專注調查那段時間就可以了，這非常有幫助。」

「嗨，戴利局長，你今天過得好嗎？」一道聲音傳來。

楚門抬頭，看到芭芭拉·強森（Barbara Johnson）的圓臉對他微笑。這位退休高中老師是他在鎭上很欣賞的人，很可能是因為她總是正向有活力，與她相處總能讓他心情變好。「非常好，芭芭拉。我來介紹——」

「梅西・凱佩奇？」芭芭拉的語氣滿是震驚。楚門還來不及眨眼，梅西已經站起來擁抱芭芭拉。她們兩人稍微後退凝視對方，然後大笑著再次擁抱。芭芭拉伸手抹眼淚。「噢，孩子。眞高興見到妳！這些年我一直好擔心妳。」她們再次後退，芭芭拉上下打量梅西。「妳的樣子非常好，看來妳很適合城市生活。」

「謝謝妳，強生老師。」

「妳可以叫我芭芭拉，妳現在不是學生了。」她看著楚門說：「梅西是我的得意門生。我一直相信她會有所成就。」

梅西也擦了擦情緒激動而泛出的淚水。「謝謝妳，老師——芭芭拉。」她彆扭地說：「妳不知道，妳的讚許對我來說有多重要。妳一直是我可以依靠的人，我有什麼事都能跟妳說。」

「這些年妳去了哪裡？怎麼都沒回來看看，現在才出現？」芭芭拉問：「我經常遇見妳父母，不過他們從來不提妳的事。」

梅西看看楚門，眼神流露內疚。「這件事很難解釋，可以改天見面再說嗎？我現在在執勤中。」

「局長不會介意——」

「芭芭拉，拜託下次再說，好嗎？我很想和妳聊聊這些年的事。」她急忙說：「只是現在我們沒什麼時間。」她用眼神懇求楚門配合。

楚門非常想邀請和善的老師與他們一起用餐，單純是想看看梅西的反應。「我們眞的很趕，芭芭拉。

吃完飯馬上就要走了。」

芭芭拉的表情流露濃濃失望，她很難得會這樣，楚門對此感到有些心痛。

「好吧。」芭芭拉舉起一隻手指在梅西眼前搖晃。「妳一定要來找我喔，不准偷偷跑掉。要是妳敢偷溜，我說什麼都會抓到妳。」

「我保證。」梅西承諾。

芭芭拉又多聊了兩句後就離開了。梅西坐回到座位上，莎拉正好過來送餐。楚門默默地在漢堡裡加上番茄醬和黃芥末，在麵包上畫圈圈。他把麵包放上去，咬一口，慢慢咀嚼。他沉默地等了足足一分鐘，梅西依舊忙著用叉子戳沙拉，視線緊盯食物。楚門終於開口。

「好吧……凱佩奇探員，看來妳應該有事要告訴我。」

◆

梅西吞下一大塊玉米脆片，感受著食物一路刮著自己的食道。她咳嗽著端起水杯。楚門咬了一口漢堡，沉著地看著她咀嚼。

他知道多少？

她在心中默默編出各種藉口，同時不斷戳著沙拉，覺得這些藉口全都行不通。

說實話就好，只是不要全部說出來。

「我在鷹巢鎮長大，但十八歲離開後就沒有回來過。」她放膽看他一眼，對上他的視線。楚門對此似乎並不驚訝，由此可見，他擺出撲克臉的功夫十分高明。

他再咬一口漢堡，番茄醬滴到了盤子上。他持續注視她的雙眼，揚起一條眉毛。**然後呢？**

「我和爸媽吵架。」她聳肩。「青少年的問題，你知道的。對事物的界線、對人生的看法……我想試試能叛逆到什麼程度。」她又戳了沙拉幾下，現在已經沒胃口了。「總之，我一直沒有理由回來。」

「可是妳應該有和父母保持聯絡吧？」

「沒有。」

「從來沒有？」

「沒有。」

「電子郵件？或聖誕卡？」

「我們雙方都沒有任何表示。」

「可是妳有四個哥哥姊姊，總該有和他們聯絡吧？」

梅西臉色發白。「你早就知道了？」

「托比．考克斯說妳長得很像凱莉．凱佩奇的時候，我就想通了。我原本以爲妳是凱莉的母親，她也離開很多年了，但艾娜．史密斯告訴我妳是誰。」

梅西放下叉子，眼前彷彿瞬間發黑，幾乎只剩正前方的視野。「史密斯太太跟你說了什麼？」

「她想不起來妳離開鎮上的原因。」

太好了。

「妳怎麼沒立刻告訴我妳是鷹巢鎮的人？」他皺起眉頭，喝了口汽水。「妳該不會想趁沒有人認出妳，盡快完成工作之後離開？」

「差不多是那樣。」梅西一動也不動地坐著，壓抑著想要逃出門外的衝動。「我不太喜歡這個地方。」

楚門點頭，似乎接受了這個說法，但梅西看得出來，他知道事情沒有這麼簡單。他不打算逼她說。至少現在不會。

「妳的上司知道妳是這裡出身的嗎？」

「在波特蘭的上司知道。她一定告訴了本德市的主管，因爲他提起過。」

「所以他們才派妳來？他們認爲妳對這個地區會有獨特的了解？」

梅西愣了一下。會是因為這樣嗎？「是因爲我手上的案子處理得差不多了，剛好該接新工作。」

「彼德森呢？爲什麼派他來？該不會他在喀斯喀特山脈這一側也有什麼家族關係吧？看起來不太可能。」

「之前他和我合作過，那件案子剛剛結束調查。我們配合的成效不錯。」

「還有其他我該知道的事嗎？」楚門問。他垂下視線，專心用薯條清理盤子上的番茄醬。

「沒有了。」

「很好。」

沉默籠罩兩人之間幾分鐘，梅西繼續吃著沙拉。以這種小鎮餐館而言，這裡的莎莎醬非常美味。

「局長，你好啊。」一個沙啞的聲音打斷他們用餐。

梅西抬起頭，呼吸頓時凝住。喬賽亞・必文斯（Joziah Bevins）。記憶中的他和眼前比較老的模樣融合。如今他臉上的皺紋多了三倍，頭髮變得稀疏雪白，而且有些駝背。他老了！

爸也一樣老了嗎？

媽呢？

她的喉嚨緊繃，她迅速眨了幾下眼睛。

「嗨，喬賽亞。我們只是來吃個飯。」楚門說。

喬賽亞的視線轉向梅西，笑容慢慢消失。他的眼神似乎認出了她，又好像沒有。

「這位是梅西．凱佩奇，是從波特蘭調查局來的。」

這下他完全認出來了。「哎呀，梅西．凱佩奇，好久不見。我沒聽說妳在調查局工作。妳長大了，把我們小鎮拋在腦後了，是吧？」他的眼神流露好奇與謹慎。

她總覺得他還會摸她的頭，說好乖的小女生。要是他敢要求她笑一個，她會用力踩他的腳。這些話以前他都對她說過，但那時她沒有想踩他的衝動。當然，在那個時候，她還以爲這種話是可以接受的。

眞有意思，她變了很多。

「很高興見到你，喬賽亞。」說出他的名字感覺好怪，在她腦中，他依然是必文斯叔叔，不然就是：「混帳必文斯。」她聽見父親的聲音說出這句話。

「妳去探望過父母了嗎？」喬賽亞問。

為什麼大家的第一個問題都是這個？「還沒有，我才剛到。」

他點頭，而從老人的眼神看得出來，他腦子裡的齒輪和機件正在轉動。喬賽亞看看楚門，然後視線又回到她身上。「來調查那幾件命案？」

「我們向調查局申請支援。」楚門說：「鷹巢鎮警局和郡治安處的資源都比不上他們。」

「很遺憾你舅舅出事。」喬賽亞對楚門說。「多年來，他一直是我們社區的一份子。」

「謝謝你，喬賽亞。」

喬賽亞說完再見之後，便坐到餐廳吧檯前，牛仔帽放在旁邊的椅子上。

這整段過程，梅西一直憋著氣。小時候，喬賽亞讓她怕得要命，看來現在依然如此。

「老天，我還以為妳要吐了呢。」楚門說。

梅西呆望著他。「什麼？」

「剛才看到他的時候，妳的臉色整個發青。看來你們有過節？不是每個人都像芭芭拉・強生一樣，能得到大大的擁抱？」

「他和我爸的關係不太好，從小大人就叫我盡量迴避他。」

「妳已經是大人了，應該可以自行判斷要和誰往來。我猜，他和妳父親為一些事起過衝突？」

「這樣說還不足以形容。」

「喬賽亞・必文斯在鎮上廣受愛戴，妳父親也很受人敬重。」

「從以前就是如此。」

「我不該介紹妳嗎？」

「你總得說的。」

「我可以不說出妳的姓氏和調查局的事，不過這樣感覺很沒禮貌。妳希望我以後都這樣做嗎？」

梅西瞪他一眼。「我才不怕別人知道。」

楚門笑了。「喔，是嗎？我差點相信了呢。」

12

二十年前

「可惡，黛博拉！一定是必文斯的手下幹的！」

「你沒有證據，卡爾。你只是瞎猜！」

梅西躲在樓梯頂端，聽著父母吵架。他們很少大聲說話，家裡更是從來沒有人大吼大叫。儘管他們壓低聲音，卻還是吵醒了十二歲的梅西，她偷偷溜出和珍珠與蘿絲共用的房間。屋裡很黑，只有樓下隱約露出的昏暗黃光。這表示他們在廚房吵架，只打開了排油煙機的小燈。

「有人開槍殺死了那頭牛，那可是上好的牛啊！」

「卡爾，難免會發生意外。」

「才不是意外。必文斯又來找我加入他的圈子，他要我把我們整群人帶過去。我永遠不會答應，我跟他說過很多次了。」

「他只是擔心，所以想要加強他的勢力。你的能力非常寶貴，他的獸醫連你的一半都比不上。」

「不只是我而已，黛博拉。他也要妳。」

媽沉默不語。梅西想像著母親做出聳起單邊肩膀的習慣動作。她不是虛榮的人，但她知道這一帶沒有比自己更厲害的助產士。住在這個區域的女性，懷孕時都會來找母親幫忙，一直到生產為止。就連那些有醫療保險、能夠去本德市看真正醫師的孕婦，也還是會來找母親，聽聽她的意見。梅西對此深深引以為榮。

「我知道那頭牛是被人故意射殺的。」父親說完，氣勢減弱了一些。「正好我昨天又拒絕了必文斯一次，哪有這麼巧的事？」

「我們又能怎麼辦？」母親問。

這陣沉默持續很久，梅西往前拉長身體，等待父親的回答。會讓父親不滿的人只有喬賽亞．必文斯一人。卡爾．凱佩奇從來不說別人壞話，只有必文斯叔叔例外。即使如此，梅西猜測他很少把心裡的話全部說出來。

「不能怎麼辦。」

梅西鬆了一口氣，靠在樓梯扶手上。她不希望父親和必文斯叔叔起衝突。說不定會有人死掉。兩個哥哥宣稱父親不怕喬賽亞．必文斯，但父親的沮喪惱怒讓梅西很害怕。平常他忙於照顧家庭、為末日做準備，但這次的事似乎真的激怒了他。

「我們有自己的計畫。」黛博拉安撫。「誰都無法改變。我們結交了很多好人，他們會支持我們。必文斯只是嫉妒而已，他想強迫別人遵循他的意願，卻不知道那樣無法贏得敬重。他看到你受人敬重，所以心裡不舒服。」

父親沒有說話。

「去睡吧。」

廚房安靜下來，梅西聽見關燈的聲音。家裡變得一片漆黑。她四肢著地爬回房間，摸索著尋找床鋪。

「他們沒事吧？」黑暗中傳來蘿絲的低語。梅西的床鋪上方傳來微微的鼾聲。珍珠一旦睡著，什麼都吵不醒她。

「嗯。爸認為喬賽亞．必文斯殺死了黛西。」梅西望著黑暗，想像自己是蘿絲——永遠看不見。蘿絲對此似乎不太在意，不過梅西每天都感謝上帝，凱佩奇家失明的女兒不是自己。她恐怕無法像蘿絲那樣認命。

「媽會讓他冷靜下來。」

「她已經勸過他了。」

「可憐的黛西。」蘿絲小聲說：「牠很乖，我叫牠就會來，每次都站著不動等我。」農場裡的所有動物都會站著不動等蘿絲。梅西敢發誓，牠們對蘿絲比較體貼，彷彿知道蘿絲看不見牠們的大蹄子。梅西有幾頭心愛的牛，其中也包括黛西。她感覺熱淚從眼角滾出，落在枕頭上。父親告訴她黛西死掉的時候，她沒有哭。但此刻在黑暗中，她可以安心哭泣，哀悼黛西溫柔的靈魂。

「這樣得買新的牛才行了。」梅西用力吞嚥一下口水。「她很重要。」

「有兩頭母牛再過幾個月就要生產，不會有問題。」蘿絲說。

梅西有一搭、沒一搭地講了幾句之後安靜下來，腦中從死去的牛想到家裡的牧場。產奶、繁殖，必要時也可以殺來吃。但牛需要大量飼料、牛棚，生了病也要治療。他們必須擁有正確數量的牛，讓收益大於開銷。父親為了養活一家人，自有一套科學理論，每件東西都有其價值。原始種蔬菜種子：高價值。腳踏板縫紉機：高價值。CD隨身聽：低價值。

就連買來當聖誕禮物也不行。

梅西能理解，但不代表她喜歡這樣。

◆

「我想從外圍建築開始看。」梅西說。

她和楚門抵達他舅舅家。在無情的日光下，這棟房子比前一天晚上顯得更加淒涼，彷彿知道主人不會回來了，只能默默接受。她跟隨楚門穿過屋前的草地，走向通往屋後的車道。她發現屋頂的所有排水管，將所有雨水引到了大塑膠桶子裡。這種水不能飲用，但可以用來洗衣服、沖馬桶。他們的靴子踩在碎石地上發出聲響。

「你打算怎麼處理這片土地？」梅西開口，單純是爲了打破沉默。自從抵達這裡後，楚門就很少開口，整個人再度變得緊繃。

梅西比較喜歡他沒有烏雲罩頂的模樣。

「我還沒決定，有些法律手續需要處理。幸好房貸早就繳清了，我現在只要付物業稅就好。」

「這裡應該可以賣不錯的價錢。」梅西說。「面積有多大？」

「十一英畝。現在我還沒辦法考慮出售的事。」

梅西猜想，等十一月物業稅的通知單來了，應該能加快他思考的速度。

楚門打開沉重的大鎖，取下穀倉雙扇門中間的鐵鍊。木板褪色變形，感覺撐不到一個月就會倒塌。他抓住其中一邊的門把，用盡全身力氣去推。門咿呀地打開。梅西想像著，他舅舅到底有多強壯，竟然能經常開這扇門。她走進屋中，想給眼睛一點時間適應昏暗的環境。楚門撥動一個開關。

「噢！」

老舊破爛的外觀完全是騙人的。裡面的水泥地十分乾淨，隔熱牆也被粉刷得精美，裡面的溫度可說是相當舒適宜人。「他把槍藏在這裡？」

「對。」

楚門帶她走向穀倉後方，打開一個木櫃，裡面是巨大的槍枝保險櫃，沉重的金屬門微微打開。楚門把櫃門整個打開，讓梅西確認裡面空無一物的樣子。

「你知道密碼？」她問。

「不知道，所以到現在都只能這樣開著。如果以後還要用，就得請專家來處理。」

「發現的時候已經被打開了？」

「對。」

「也就是說，有人和你舅舅感情非常好，甚至知道密碼。」

「也可能是他自己開給別人看。」

梅西想了一下。「我不認識你舅舅，不過根據你的描述，他不像是會做那種事的人。你認為他會給誰看？」

「我想不出來。他誰都不相信……或許只有艾娜·史密斯是特例。不過她不會想要他的槍。」楚門停頓一下。「她現在行動非常不方便，從房子到穀倉的距離雖然短，但她恐怕很難走完。」

梅西研究穀倉裡其他的地方。牆邊放著造型簡潔的訂製櫥櫃和很深的大桶子。「我可以到處看看嗎？」

楚門揮手。「儘管看吧。我無法判斷有沒有其他東西遺失，在我看來，所有空間都塞滿了東西。」

她打開槍櫃旁邊的櫃子，門是單薄的膠合板。

「裡面是柴油。」楚門說。

梅西點頭，心中評估有多少加侖。傑佛森．畢格斯的存貨很充足。

「我沒有發現汽油。」他表示。

「如果要長期存放，柴油比汽油安全，而且保存期限比較長。」

她打開穀倉另一頭的幾個櫥櫃。裡面東西被堆得很滿，有製作罐頭的工具、裝滿蔬菜水果的玻璃罐……各種罐頭食品。她輕輕觸摸貼在櫃門內側的護貝表格，上面記錄了他汰舊換新的規則系統。

「從來沒聽過奶油罐頭這種東西。」楚門評論。「應該不好吃吧。」

「味道就像普通奶油一樣。」

他指著一大堆粉紅色大鹽塊。「我舅舅沒養牛，但這裡的鹽足夠供應一座城市。誰會需要這麼多鹽？」

「我猜他大概打算有天要用來引誘野生動物。」梅西說：「這樣比狩獵簡單，讓獵物自己過來。」

她找到幾堆食品等級的空桶，還有幾個裝滿烘焙材料的密封桶。釣魚用具、醫療用品、各式工具，世上所有種類的電池。這些豐富的物資令她震撼。

「眞不敢相信那些人竟然只偷走槍，爲什麼不拿走這些東西？」她輕聲問。

「搬運應該非常困難。」楚門說。

「不過這可是好幾年的準備成果呢。非常出色的準備工作，簡直像黃金一樣。」

「對某些人而言啦。」

她看著他。「如果有一天供電系統崩潰，你就會慶幸有這些東西。」

他沒有說話。

「你知道你舅舅是準備者嗎？」

「當然。以前暑假來玩的時候，我花很多時間幫忙。另外一個木屋裡堆滿了多年來我砍的柴。」他五味雜陳地看看那些堆滿物資的櫥櫃。「儘管如此，我並不認同這種生活方式。」

「這不只是一種生活方式。」梅西說：「是一種人生哲學。讓自己不需依賴其他人，自給自足。」

「沒有人能只靠自己活下去，我們都需要其他人。」

「最終是這樣沒錯。不過如果你必須躲藏一個月，你能做到嗎？」

「當然。」

「你能在十分鐘內準備就緒嗎？」

「不行，我得先去買東西。」

「那你打算如何準備夠吃一個月的糧食？」

「去戶外活動用品店，買一堆冷凍眞空的乾燥餐包。」

「百分之九十九的人都會有同樣睿智的想法，你得在店裡和他們搶。」她回頭看一排排的罐頭。

「只有一件事讓我覺得奇怪，就是儲藏的地方不夠安全。誰都可以拿把斧頭砍斷鐵鍊，開門偷走他的物資。通常準備者會把物資藏得很隱密，擔心發生緊急狀況時會有人來搶劫。鎮上的人知道你舅舅儲存了這些東西嗎？」

「應該吧，雖然他很少說這些事。」

「或許他想利用穀倉破爛的外觀作爲掩護，讓人想不到裡面有東西可搶。你開門的時候，我眞的大吃一驚。」

楚門認眞打量她。「妳是在信奉這種人生哲學的環境長大的，對吧？聽說凱佩奇家也相信要預做準備。」

「所有人都相信，但並非每個人都會行動。而且也不見得知道該怎麼做。」她看看四周。「你舅舅做得很好。」

「但這樣無法解釋他的槍枝爲何失竊，還有竊賊如何得逞的。」

梅西驚覺自己太專心在研究那些東西。他們來這裡是爲了搜索證據，找出殺害他舅舅的凶手。完美儲備的糧食與用具害她分心了。「如果你不知道該怎麼處理這些東西，我很樂意幫忙。」

楚門瀏覽櫥櫃。「我相信鎭上應該有很多人需要這些食物。」

她想阻止他把這些寶物隨便送人。「每個人都需要食物，要給懂得欣賞的人才不會浪費。」

他用奇怪的表情看著她。「這是食物，是每個人的基本需求。」

「這些東西可以決定一個人的死活。」

「彼德森探員知道妳是囤積狂嗎？」

梅西愣住。*他只是想激怒我。*「你舅舅並不是囤積狂，他很聰明。我敬佩有遠見的人。」

「我也是。不過，如果遠見徹底佔據了他們的人生，那就不對了吧？」他朝大門一撇頭。「想看其他的東西嗎？」

她點頭，跟著他走出去。

◆

他們走向旁邊的小屋，楚門吁了一口氣。

傑佛森．畢格斯一直有點不太正常。帶梅西去看舅舅的偏執聖殿時，楚門心裡一直七上八下，沒想到她竟然十分佩服。她不但沒有表現出震撼、驚訝，看著那些物資的表情，簡直和他舅舅一模一樣。狂熱，得意。每當舅舅看著辛苦的結晶時，楚門總覺得他都在心中默默清點計算。

梅西的表情就像那樣。

她出身自奧勒岡州中部的準備者家庭，最後怎麼會加入聯邦政府，成為調查局探員？

她的過去和現在差異太大，令他不禁好奇。他用眼角餘光觀察她。她有著都市人光鮮亮麗的外表，像他住在郊區的妹妹一樣。他很好奇，她是否刻意拋開出身鄉村的背景，還是隨著時間自然地逐漸改變。此刻她做的事、說的話，感覺都像在農場長大的孩子，但他猜想，如果身處現代美術館，她應該也一樣自在。

他打開小屋的門，接著後退幾步。這裡應該不需要研究太久，因為裡面全都是砍好的柴，沒有其他東西。梅西看看裡面，然後點頭。「他有溫室嗎？」

「有一座小的。」他帶她走到柴薪小屋後面，去看那座玻璃小溫室。他唸高中時曾經幫忙換過兩塊玻璃，都是他玩棒球打破的。楚門的視線立刻找到那兩塊玻璃：過了這麼久，狀態竟然還不錯。

梅西走進去，深吸一口濕潤的空氣，然後立刻奔向幾株盆栽。「檸檬樹！還有萊姆！」她掩藏不住興奮。「這些矮果樹簡直是液體黃金呢。」

楚門揚起眉毛，覺得沒什麼了不起，在他看來，她大力稱讚的那些樹又矮又醜，而且果實很小。她在溫室裡四處觀察，研究葉片，不停自言自語。他在門口耐心地等她慢慢看，終於梅西心滿意足地嘆口氣走出溫室。

「你舅舅非常聰明。他的車在哪裡？我猜他應該不只有一輛車吧？或許還有四輪機車或某種類型的摩托車。」

她再次令他驚訝。「和房子相連的車庫裡有一輛卡車。他也有一輛很舊的吉普車，以前我唸高中時他會讓我開，但只限於這裡，不能開出去。他還有一輛摩托車，但從來不准我碰。」

「我們去看看。」

他們回到房子那裡，楚門走去停車的地方，拿出掛在車子後視鏡上的遙控器，打開車庫門。梅西探頭看看車庫內部。和他說的一樣，一輛卡車、一輛老舊吉普車、一輛摩托車。她繞過車子走進去，但視線看向別的地方。楚門跟著看過去，發現一面牆邊放著好幾臺發電機。

「他有水井嗎？」她問。

「有。水的味道很噁心。」

她微笑。「千萬不要賣掉這棟房子，這可是難得的寶地呢。雖然有些人會認為離市區太近，但他下足了工夫，絕對可以自給自足。」

「我才不想住在這裡。」他的語氣很像在鬧脾氣。

「我想進去看看，你介意嗎？」

他推開與房子相連的門以示回答。她進去時經過他身邊，他嗅到一絲香氣，很像剛出爐的檸檬方塊餅味道。是她的洗髮精？他們默默在屋裡走動。該說的話，楚門前一天晚上已經說完了，沒必要為了打破沉默而說些廢話。他發現她看向他幾次，想知道她在他臉上看出什麼。

心痛？

復仇的渴望？

她停在長長的走道上，指著牆上裱框的褪色照片集錦。「看著這個，你心裡有什麼想法？」

楚門走過去仔細查看，雖然每張照片他都記得很清楚。那是舅舅和朋友的側拍照，大多是一九七〇年代拍攝的。他迴避她的視線，皺眉思索她的問題。「我想到舅舅一個人獨居。以前我們也會起爭執，但內心深處我知道他很關心我。每次開學回家的時候，我都很想知道他會不會思念我。」

「你沒考慮過轉學來這裡嗎？」

「我才不要。這裡很適合暑假過來發洩精力，但我不想住在這裡。」

「你來玩的時候，有沒有認識其他同齡的人？」

回憶湧上心頭，有的好，也有的壞。「有。」

「原本掛在這裡的東西是什麼？」她指著牆上一塊淡淡的四方形痕跡。

「鏡子。那天早上我來的時候，發現鏡子破了。」

梅西注視那塊比較白的牆，因爲掛著鏡子太多年，沒有沾染上灰塵髒污。

她後退幾步，探頭看向昨晚已經調查過的浴室，但這次她看的不是地板。

「這裡的鏡子被子彈打破了，對嗎？」

「沒錯。」楚門回答。她睜大眼睛研究牆壁的樣子令他不安。「怎麼了？」

她轉身走進他舅舅的臥房，查看每個角落。「這裡原本有鏡子嗎？」

楚門蹙眉。「據我所知沒有。」

「屋裡還有其他鏡子被打破嗎？」她的音調提高了八度。

他略微思索。「沒有，爲什麼這麼問？」

她搖了搖頭，重新回到走道上。她停在以前掛鏡子的地方。「應該只是在打鬥中掉了下來……太靠近浴室。大概是有人撞到。」

「我也是這麼想。妳有其他想法嗎？」

她的綠眸對上他的雙眼。「我剛才突然想起別的案子。」

他不知道她說的是哪一起案件，不過她顯然很努力掩飾眼神中的驚恐，由此可見應該是慘案。

「我要打電話給艾迪。」

他的天線瞬間豎起。「爲什麼？」

「或許他在奈德．法希家發現了我沒留意到的東西。」

「例如？」

「例如破掉的鏡子。」

梅西在傑佛森．畢格斯家的前院來回踱步，低聲罵著艾迪。

「快接、快接。可惡！」轉進語音信箱了。她留言要搭擋立刻回電，然後再傳一條內容相同的簡訊。

◆

自從楚門說鏡子破掉後，她的心跳就一直沒有恢復正常。

不是同一個人。絕對不是同一個。不可能是同一個。

會是同一個人嗎？

不會，他逃走了。

手裡的手機突然響起，她嚇得差點鬆手。「艾迪？」

「是我，怎麼了？」

「你在哪？」她問。

「我在伊諾克．芬契的家。妳一定不會相信，屋裡的東西幾乎全被搬光了，看來親屬認爲可以隨便進來，想拿什麼就拿什麼。」他的語氣充滿不齒。「警長告訴他們已經蒐證完畢，房子交給了一位親戚，不過才短短三天前而已！這裡簡直像被聖誕大折扣的人潮肆虐過一樣。」

「浴室的鏡子是不是破了？你有沒有留意到？」

艾迪沉默許久。「的確有破掉，但為什麼這麼問，妳怎麼知道？」

梅西的膝蓋差點發軟。

「梅西？妳為什麼這麼問？」

「說不定是親屬搬東西的時候弄破的，感覺他們不會太細心。」她說。

「我可以確認一下案件調查報告。」艾迪回覆：「不過，問一下當時在場的警員會比較快。妳還沒有回答我的問題。」

「傑佛森．畢格斯家浴室的鏡子也破了。」

「嗯我記得。應該是被子彈打中的？」

「走道上有個小鏡子也破了。」

「我不懂妳的問題是什麼。」艾迪有點不耐煩了。「鏡子很容易破，有人亂開槍的話更是如此。」

「你有沒有看過奈德．法希家的浴室？」

「沒有。」

「我們必須確認他家的鏡子是否完整。」

「老天，梅西。到底為什麼？」

她用力吞嚥了一下。「鷹巢鎮以前也發生過命案，凶手總是打破現場所有鏡子。」

艾迪沉默。

「我沒有妄下論斷，艾迪。」

「有沒有抓到凶手？」

梅西緊抿雙唇。「……沒有。」

13

楚門覺得自己好像被人當面甩門。

他拿出五元紙鈔放在加油站商店的櫃檯上，店員幫他結帳，一包多力多滋。

剛才在傑佛森家，梅西打了一通電話給搭檔，接著說她得走了。他追問著要她給出答案，她只是搖頭。「艾迪說伊諾克．芬契家浴室的鏡子也破了，不過那天去奈德．法希家的時候，他並沒有留意鏡子的狀況，所以我們得去看看。」她擠出一個生硬的笑容。「一定只是我想太多了。這個想法可能毫無根據，我不想浪費你的時間。假使眞有什麼重要的關聯，我會再告訴你。」

她說完後，就這樣開車揚長而去。

丟下他受盡疑問折磨，得不到答案。

破掉的鏡子。

他回到辦公室，搜尋有這項特徵的刑案。找不到。他正要塡寫暴力犯罪緝捕計畫（ViCAP）的查閱表單，卻發現只有「破鏡子」這單一條件並不足以進行搜尋。必須有更多資料來縮小查找的範圍。

他頓時感到無能爲力，看來只能等梅西說出她知道的事。他可以打電話給羅德斯警長打探一下。警長在此地區已執法超過二十年，很可能知道梅西說的案件。

但她想到的案件也可能並非發生在本地。說不定是她在波特蘭遇到的，也可能是更久之前的工作。

可惡。

他抱著滿肚子的不甘心，把零錢放進加油站商店的小費罐。

「下次見，局長。」

楚門終於抬頭對上高瘦店員的視線。「抱歉，席德，我剛剛在想事情。」他在心中責備自己。他必須全心全意對待任何眼前的人，將他們擺在第一位。每個人都值得他尊重，而他的工作有很大一部分就是要知道如何聆聽、何時聆聽。

「我聽說你舅舅的事了，眞的很遺憾。」席德粗聲說著，低下頭，有些不好意思地看著楚門。他的頭髮垂落下來，讓楚門更看不清他的臉。

楚門很感動。這個年輕人非常害羞，這是他說過最貼心的話。

「謝謝，席德。祝你今天順利。」楚門轉身，便一頭撞上麥克·必文斯。

「嗨，楚門，你在忙什麼？」

他們兩人握手，抬槓了幾句，麥克的跟班們魚貫走進店裡。

克瑞格·雷佛提（Craig Rafferty）一看到楚門，不但沒有迎視他的雙眼，反而把頭轉了過去。

混蛋。

這個鎮上有些人永遠不會接納我。

他必須接受這個事實。那些人有各種理由，有些只是單純死腦筋，有些則是討厭公務人員。而有些人只是因爲他並非出生在喀斯喀特山脈這一邊，就永遠將他視爲外人。

他不確定克瑞格·雷佛提的理由是什麼，但他對楚門的態度一直很差，從他們青少年時代剛認識時便是如此。

楚門不懂爲什麼麥克還繼續與克瑞格來往，不過他們兩個都爲麥克的父親喬賽亞．必文斯工作，因此楚門猜想麥克只是單純不想撕破臉。

楚門對麥克頷首道別，走向車子的途中，想起了自己第一次認清克瑞格有多混帳。

「跳啊，楚門！不要像個小娘們！」

楚門抓住繩索鞦韆往後退，他沒有穿鞋，踩在泥土雜草上必須特別當心。他緊抓住繩索，憋氣往前衝，然後縱身一跳。繩索將他甩到湍急的水面上，他在空中停留瞬間——然後放手。

不斷下墜。

冰冷的河水拍打著他的身軀，皮膚感到刺痛。在水底，肺部哀求著想獲得空氣，但他只能緊閉著嘴。臉龐四周都是氣泡，他用力踢水、划水，奮力將身體推上水面。出水之後，他猛吸了一口氣。

好冷！

河岸上的大夥歡呼喝采。楚門甩掉流進眼睛的水，開始往河岸游去。水流將他沖到距離落水處有段距離的地方，因為逆游而上，他的手臂用力過度而不斷顫抖。他再度聽見叫喊聲，於是抬起頭，看到克瑞格．雷佛提盪到水面上。楚門踢著水邊滑邊旁觀。克瑞格害怕的表情很好笑，落水時產生的巨大水花相當精彩。岸上再次響起歡呼，繩索盪了回去，換麥克抓住，在河岸上助跑。楚門往前划了幾下，但眼睛看著麥克，說不定他又會在空中來個倒頭栽。

但麥克沒有跳，他的視線緊盯著水面。岸上傳來驚呼。

四個人指著水面不斷大喊。

楚門轉頭看他們指的地方，恐懼瞬間襲上心頭，以為有什麼吃人怪物出現了。他沒料到出現眼前的竟是克瑞格，臉朝下在河水中載浮載沉，被水流迅速沖往下游。

「楚門！」他聽見麥克大喊，壓過其他人的聲音。

他沒有絲毫猶豫，當下立刻改變方向，努力游向克瑞格。他的手臂肌肉已經相當疲憊，冰冷的河水讓雙腿的力量迅速流失。但他堅持下去，視線鎖定克瑞格的頭髮。

抬起你的頭啊！

克瑞格消失在水面下，楚門胸口的恐慌洶湧而出。他估算克瑞格可能的流向，更加拚命地游著，雙臂與雙腿不斷用力往前划。克瑞格的背浮出水面，楚門調整方向準備去攔截。

就快到了！

楚門深吸一口氣沉到水中，用盡全力往前游。他的指尖摸到了皮膚。他奮力抓住克瑞格的腳踝，接著任由水流將他們往下游沖，手沿著克瑞格的身體往上移動，將對方的臉轉過來離開水面。

「克瑞格！克瑞格！」楚門不斷拍打他的臉。

沒有反應。

他們此刻仍在河中繼續往下漂，不可能施行人工呼吸。楚門一手勾住克瑞格的頸子，另一手划水，試圖往河岸游去。他游得不夠快，河水一直將他們往下沖，但最後他終於快接近河岸了。

「該死！」

楚門預估到時上岸之處，水中將全都是大石頭，以高速的水流撞上一定會受傷。他將克瑞格換到另一邊，騰出左臂準備攀住岩石。

猛烈的衝擊讓他肺部的空氣瞬間擠出，開始往下沉。他的右臂仍死命勾住克瑞格的頸子，下定決心絕不放手。最後，他掙扎著浮出水面呼吸，水流將他壓在岩石上。至少他們不再往下漂流了。楚門評估河岸的距離：只差十五英呎。

如此得近。

但他已經沒體力了。他大喊克瑞格的名字，掐著他的嘴唇，用最大的力氣戳其肋骨。他很慶幸水流將他們壓在大岩石上，讓痠疼的肌肉得以稍微休息，但現在他又要拚命不讓克瑞格沉下去。水流不斷拉扯著克瑞格的腿，企圖使他繞過岩石繼續往下漂。河岸上傳來動靜，其他朋友終於趕到了。他們割斷擺盪用的繩索，其中一人幫忙綁在麥克腰上。麥克涉水走來，扶著岩石以免被水沖走。

他終於到達楚門和克瑞格的身邊。「你們還好嗎？」

「他沒有呼吸了。」楚門喘著氣說。

「如果我先帶他上岸，你在這裡可以撐住吧？」

「我哪裡都不會去。」他奮力移動手臂，放開克瑞格的頸子，這才發現自己手臂早已僵住。麥克抓住克瑞格的腋下，讓他仰躺漂浮。

「拉我回去！」麥克大喊，岸上的人將他們拉過去。

他們慢慢往河岸移動，楚門看著克瑞格沒有意識的臉。

快睜開眼睛！

另外兩人涉水過去幫忙把克瑞格拉上岸。大家圍了上去，楚門看不見克瑞格了。有人開始壓胸急救，打赤膊的肩膀上下移動。麥克轉頭看向楚門。

楚門無法自行離開岩石。

一個朋友幫忙抓住繩子，麥克再次涉水過去。到達楚門身邊時，他問：「你不能移動嗎？」

「媽的，沒錯。我的腿動不了，整個麻掉了。」

「全身放鬆，轉過來。」麥克迅速讓他仰漂，就像剛才拉克瑞格回岸上時一樣。楚門望著藍天，以及河岸上巨大的蕨類，任由麥克拉著他前進。

他感覺自己彷彿變成癱軟的嬰兒。

岩石不斷摩擦他的臀部，他翻身在水中四肢著地，全身每條肌肉都在發抖。其實只差幾英呎就能上岸，他本來想自己爬過去，但幾個人過來抓住他的手臂、扶他站起來。他小心翼翼地往前走，因為泡在冰寒的河水中太久，雙腿已經失去知覺。他回頭，看到克瑞格側躺著開始嘔水。

他頓時安心了，兩腿差點一軟跪倒在地。

麥克帶楚門走向一塊岩石，扶他坐下。楚門彎下腿時膝蓋一陣劇痛。

「你還好吧？」麥克問。

「嗯。」

「克瑞格安全了。」

「我看到了。」

「了不起啊，大英雄。」麥克微笑看著他，藍眸瞇起。

「我才不是什麼英雄。」楚門說：「你們都會做同樣的事，只是我剛好在水裡。」

「這河水冰得要命。」麥克說：「源頭可是喀斯喀特山脈的融雪呢。」

「可不是嗎。」

此時克瑞格坐起身來，抹抹嘴，看著圍住他的大夥。「怎麼回事？」

「楚門救了你的小命。你落水時暈倒了。」

楚門坐在冰冷的岩石上深呼吸。克瑞格看他一眼，只對上他的視線一下，然後立刻轉開。

楚門沒有力氣說話。

在那之後，克瑞格再也沒有正眼看他。楚門以為自己賭命救了克瑞格，應該能得到他的接納，沒想到反而比以前更被當成外人。那年暑假，麥克好幾次叫他大英雄，但楚門要他別再提此事。「我只是剛好人在那裡，沒什麼了不起的。」

不過，如今過了十多年之後，每次見到克瑞格．雷佛提，他都會想起當年的那件事。

別人想怎麼看待我，我實在管不了。

有些人一心想排擠他，他只能不予理會。鎮上還有很多好人，不遺餘力幫助他融入。

楚門早已下定決心，鷹巢鎮就是他的家。

14

奈德．法希家浴室鏡櫃的鏡子破了，布滿參差不齊的裂痕。

梅西望著鏡子，將湧上喉嚨的膽汁硬是吞回去。這棟房子只有一間浴室，她迅速走了一圈確認是否還有其他鏡子。沒有了。

是單純巧合嗎？

「我們不能確定是怎麼回事，說不定兩年前就破了呢。」艾迪說。

梅西點頭，但她全身的細胞都在大聲抗議說他錯了。

「托比．考克斯應該會知道。」他接著說：「如果他真的經常來這裡，一定多少用過廁所。」

「他應該就住在這條路的前面。」梅西緩緩說著。

「我去開車。」

「走路過去吧，距離不到一英哩。我需要吹吹風。」

梅西走到外面，深吸一口氣後走上碎石路。奈德家的位置比鷹巢鎮其他房子高，厚重的烏雲遮住三分之一的樹木。雨已經停歇，但濃密針葉仍繼續滴著水，樹林裡不時傳來水落下的聲音，空氣中滿溢著濕氣與腐土的味道。道路一側豎立一道淒涼的鐵網柵欄，蜿蜒穿過針葉樹與灌木叢。這道柵欄顯然擋不住想出去的人。或者想進來的人。

「拜託告訴我到底怎麼回事。」艾迪終於忍不住問：「這起案件讓妳想到什麼？」

梅西再度深吸一口氣。「我高中快畢業的那年，鷹巢鎮上有兩位女性慘遭殺害。她們兩個都死在自己家中，歹徒闖入搶劫殺人，時間相隔兩週。警方一直沒查出凶手是誰，但他打破了屋內所有鏡子。浴室鏡、化妝鏡……全部都被打破了。」

「妳怎麼會知道？」

她聳肩。「所有人都知道，這個鎮很小。從此大家晚上便會開始鎖門。」

「後來就沒有再發生了？」

「對。」可以這麼說。

他們默默走了幾分鐘。「那兩位女性也是遭到槍殺嗎？」

「不是，是被勒斃。而且還遭到性侵。」

「證物呢？」

「不知道……那時我只是個高中生。我相信檔案裡一定有，只是不知道在哪裡。」

艾迪停下腳步，梅西跟著停住，他的棕眸擔憂地看著她。「我看不出來這和我們的案件有什麼關聯。我們的死者是男性，而且只有槍枝遺失。當年的案子，凶手顯然喜歡暴力侵犯女性，感覺和現在的案子完全不同。」

他說得對。「可是鏡子都破了。誰會做那種事？」

「長得很醜的人？」

她無力地笑了笑。自從在傑佛森・畢格斯家發現鏡子破掉，她的胃就不停翻攪。這些案件一定有所關聯。

「先不要做出定論，我們先去找托比．考克斯問清楚。」艾迪說：「說不定他能解釋。」

他們繼續往前走。梅西聞到燒柴的煙味，左手邊有一條沒有標示的車道。「應該就是這裡了。」她說。

他們才走了三步，就聽到有人出聲說話。「嗨，調查局探員。」

托比．考克斯站在樹林裡，棕色外套和褲子讓他與四周的樹木融為一體。

梅西的心跳瞬間加速，艾迪的手迅速伸向佩槍，但他的外套拉鍊拉起來了，根本拿不到。

「我看到你們的車經過，猜想你們是要去奈德家。」托比繼續說：「我打算在這裡等你們的車離開。」

好吧，有點詭異。

「你有沒有想到其他事要告訴我們？」

托比盯著艾迪看了幾秒。「沒有。」他停頓一下，又說：「屍體搬走了，對吧？」

「對。」梅西說。

「你們有沒有看到鬼？」托比的表情非常認真。

梅西與艾迪對看一眼。「我沒有。你呢？」她問艾迪。

「沒有，到處都沒看到。」艾迪幫腔。

「奈德說他家有好幾個鬼。他說，那些鬼都是在那棟房子裡被殺死的人。」

奈德竟然把托比嚇成這樣，希望他滿意了。先是山洞人，現在又是鬼。

「我一直在找，可是從來沒看到過。」托比接著說：「奈德說，它們通常晚上才會出來。」

「不用怕啦，根本沒有鬼。」艾迪對他說。

「我爸媽說奈德太壞心，不能上天堂，所以現在很可能已經變成鬼，永遠在他的農場裡作祟。」

梅西突然不太想見托比的父母了。「才不是這樣。假使我是鬼，才不想待在這種又冷又下雨的山裡，一定會去晴朗溫暖的地方。鬼想去哪裡都可以，對吧？我絕不要留在這裡。」

托比歪頭看她，思考她說的話。

「我們去過兩次了，什麼都沒看到。」艾迪保證。

「你有沒有用過奈德家的廁所？」梅西問，搶先拋開鬼的話題。

「有時候會。不過如果我們在外面做事，奈德會叫我不要浪費水，去樹旁邊尿就好。」

艾迪咳嗽一聲。

「廁所的鏡子之前有破掉嗎？」梅西問，揮開擅自溜進腦中的畫面。「現在鏡子上全是裂痕。」

托比努力回想。「我有一段時間沒去了。」

「你一定還記得吧？鏡子上的裂痕像很大的蜘蛛網。」

「我不記得有那種東西。」托比最後終於總結。

梅西原本懷抱著希望，但現在全破滅了。托比無法確定，而鏡子又可能早就破了。

一定是我太神經質，尋找不存在的關聯。

「謝謝，托比。你幫了大忙。」她揚起一邊的眉毛看向艾迪，他點頭表示也沒有其他問題了。兩人告別後接著轉身往車子走去，托比沒有說話。梅西走了大約二十步之後回頭看，他依然站在樹林裡，目送他們離去。

他很寂寞嗎？

「結果還是無法確定。」艾迪嘆氣。「或許可以看看妳高中時發生的那兩起案件，這個方向確實值得追查。」

「不用了，我們還有別的事要做。」梅西說。

「我倒是很驚訝，那麼多年前的命案，妳竟然還記得。」

兩位受害女性的臉孔清楚地刻印在梅西腦海中。「鎮上很難得發生命案，那時震撼了全鎮。我的大姊珍珠，與其中一位死者是朋友。」

「那眞可怕。」

「可能因爲這層的關係，我記的比其他人清楚。」

「我敢說妳姊姊也記得。我還是認爲不該忽略那兩件舊案。」

梅西刻意踩上水窪，測試雨靴的防水能力。艾迪說得沒錯，她遲早得找珍珠談談。想到這裡，梅西焦慮的程度立刻破表。有什麼好焦慮的？她是我姊姊，她還能做什麼？拒絕見我嗎？

很有可能。

「你說得沒錯，當地警方的報告可能是最好下手的地方。」她承認。「我們也需要問達比有沒有發現什麼，她正在網路上搜尋是否有人出售失竊槍枝。」

「她不知道失竊的槍枝種類，應該很難有成果……爲什麼我有種感覺，偷走槍枝的人並不打算出售？」艾迪說。

「那些槍是死者家中最值錢的東西。」梅西反駁：「賣掉就是一筆收入。」

「我認爲那些人會想自己保留。」艾迪蹙眉。「達比負責調查是否有民兵活動，對吧？或許會有什麼傳言，說有人打算聚眾做什麼事。」

「例如佔領野外求生設施？」

艾迪嗤笑。「或是更大的行動。更要命的那種。畢竟遺失的槍枝非常多，到底是誰在蒐集槍枝？」

「還有蒐集來做什麼？」梅西輕聲說。在外人眼中，鷹巢鎮只是個地圖上馬路邊的小點，沒有任何危害，很適合逃避大都市的煩擾；很適合退休養老，也很適合讓小朋友認識大自然。這裡絕不是本土恐怖組織的大本營。

「當年的命案是當地警局負責偵辦嗎？還是郡治安處？」艾迪問。

「不清楚。」梅西說：「印象中，警察局長來找過珍珠問她朋友的事，不過我不確定那起案件有沒有擴散到市區範圍外。」

「幸好戴利局長喜歡我們。」

梅西對此不作回應。

「眞慶幸他推薦了鎭上那家民宿。剛才我去看了一下，那裡味道好香，像身處麵包店一樣。」艾迪的語氣變得輕快。「光是這一點就大勝我們現在住的破旅館，那裡只有芳香劑的味道和陳年菸臭。」

「沒有那麼糟啦。」

「我對旅館的期待和妳很不一樣。」

「能睡就好了。」

「對啦，不過如果有現煮咖啡、超大淋浴間、新潮的裝潢，不是更加分嗎？」

梅西聳肩。「我只需要一張床和牢固的鎖。」

「拜託妳享受一下人生，好嗎？局裡以前給的住宿費比現在更大手筆呢，稍微有點要求不算浪費公帑。再忍耐一個晚上，我們就可以搬走了。」

「你認爲我們會在鷹巢鎮待多久？」她問。

艾迪深呼一口氣，看著凝結的白霧在冷風中消散。「該多久就多久吧。」

頭痛從她的後腦杓開始蔓延。對她而言，她希望越快離開鷹巢鎮越好。

15

梅西覺得自己像在作賊。

沒有骨氣，在暗處偷偷摸摸，等待屋裡的人離開。

她賭了一把，猜想爸媽應該像以前一樣，每週二晚上固定會去社交聚會。她向老天祈求今天不是他們作東。唉，她甚至不確定他們還有沒有參加，但這是她所能想到蘿絲會獨自在家的唯一機會。

我也可以先打電話啊。

稍微打聽一下，應該就能查出蘿絲的手機號碼，但她不希望蘿絲接聽時爸媽剛好在場，於是只好像小偷般偷偷摸摸地待著。

七點五十分，父親的老舊小卡車駛出車道，加速開上了公路。她看到前座有兩個人的身影。

有些事真的永遠不會變。

她不給自己機會改變心意，轉動車鑰匙慢慢開上車道。他們家離公路相當遠，這是她父母典型的想法。車道沒有標示，謹慎地蜿蜒經過幾片田地和樹叢，讓他們家與外界相隔遙遠。她花了好久的時間才開出彎彎曲曲的車道，終於把車停在熟悉的房子前面。她注視了三十秒，讓躁動的神經安定下來。

和以前一模一樣。

這棟白色房子是父親親手建造的，她在此度過的歲月十分幸福。小時候的她整天忙個不停，完全沒空閒坐下來、夢想不同的人生。此外，爸媽教導她要珍惜所擁有的一切事物。現在的孩子似乎只想著他們沒有的東西，想方設法讓父母買下。

看來我老了。

抱怨年輕人不像話，這讓她正式變成「上一個世代」。

我真的想這麼做嗎？

她非常思念蘿絲。多年來，每當想起二姊，她都會心痛不已。最近幾年稍微減輕了一些，但思念依然在她骨頭裡糾纏不去，有如骨折後沒有妥善癒合。回到鷹巢鎮後，這份渴望更是日與俱增。兩個姊姊她都愛，但她最懂蘿絲的心。蘿絲比她大四歲，她從來不覺得二姊是盲人。蘿絲像其他人一樣，能奔跑、玩耍，就算膝蓋破皮瘀血，她也不曾放慢腳步。

二姊有如喜悅的化身，從不會因為天生失明而怨恨命運，至少梅西沒聽過她抱怨。但梅西替她抱不平。不知多少次，梅西因這樣的不公平而哭泣，這個世界的一切都靠視覺運作，但二姊永遠看不到一絲一毫。她祈求上帝將蘿絲失明的苦難移轉到她身上，但又整天擔心會真的實現。

一次又一次，她向失明的姊姊描述顏色，但蘿絲無從想像。蘿絲知道草地是綠的、天空是藍的，卻曾未看過真正的顏色，從未體會過細微的色彩變化。對她而言，顏色只是毫無意義的描述。對蘿絲來說，草地是柔軟的或刺刺的或乾燥的，會發出清脆聲響或毫無聲響；天空無法觸及，沒有觸感也沒有聲音。

大家常問蘿絲一些蠢問題。梅西知道他們只是好奇，但每次都是同樣的那些問題。

「妳看得見什麼？」

「妳要怎麼搭配衣服？」

「妳會夢見什麼？」

衣服的問題，母親想到了好辦法，蘿絲的褲子全都是牛仔褲，冬天長、夏天短。「牛仔褲最百搭。」母親這麼說。此外，蘿絲的洋裝也比其他女生多，因爲洋裝可以單穿，不需要搭配。

蘿絲說她的夢境就像日常生活一樣。「我在夢裡嚐到味道、聽到聲音、聞到氣味。只是沒有東西可看。」

她最喜歡聲音。大雷雨，烤肉的滋滋聲響，任何樂器。

家裡其他的小孩就像老鷹般地守護著蘿絲。要是哪個蠢小鬼以爲藏起蘿絲的手杖很好玩，就等著瞧吧，凱佩奇家的四個孩子會去找他算帳。

梅西朝著安靜的房子前進幾步，心裡有種甩不掉的感覺，她犯了嚴重的大錯。

李維有沒有告訴她我回來了？

李維沒有聯絡梅西。她有點希望二哥有這麼做。她已經累了，不想繼續假裝過去不存在。

她和李維、蘿絲共同擁有一個祕密，這十五年來從未說出去。

梅西刻意重重踏上木臺階，讓蘿絲知道有人來了，儘管姊姊此刻絕對已經知道有輛車停在房子前。陌生的引擎聲會讓蘿絲知道，回來的並不是爸媽。

梅西伸手敲門。

幾秒過後，門的另一邊傳來二姊堅定的詢問。「是誰？」

梅西閉起眼睛，姊姊熟悉的嗓音讓她一時忘了呼吸。

「蘿絲，我是梅西。」她微微哽咽。

梅西等待著。

門鎖一個接一個打開。大門敞開，一臉震驚的蘿絲站在門口。「梅西？」她準確朝著梅西的臉伸出手，手指抽動，等不及想觸摸。

「是我。」她握住蘿絲的手，拉到她臉上。二姊的臉亮了起來，雙手在梅西的五官與頭髮上輕柔舞動。

「跟我說話。」蘿絲懇求。「我需要聽到妳的聲音。」

「呃……妳氣色很好，蘿絲。真的，妳完全沒變。」確實如此。蘿絲的臉上沒有皺紋，依然像以前一樣透出祥和光輝，梅西十幾歲時對此就很羨慕了。二姊比她矮幾吋，感覺依舊健康、很快樂。「我如今在調查局上班，住在波特蘭。」

蘿絲摸到梅西臉頰上的淚痕，手指停住。

「我好想妳，蘿絲。」

蘿絲擁抱她。「噢，老天。」她邊說，用鼻子深深吸氣。「妳的氣味還是一樣，梅西。」

梅西大笑，眼淚再次湧出。「怎麼可能啦。」

「真的，相信我。不過妳的頭髮留長，而且變瘦了。」

「這倒是真的。」梅西同意。

蘿絲拉著她進屋。「快進來，快進來！爸媽不在家，他們去參加聚會了。」

「我知道。」梅西承認。

蘿絲轉身，對妹妹露出疑問的神情，失明的雙眼在眼瞼下微微轉動。她從不曾眞正睜開眼睛過。有些一出生就失明的人，永遠都不會睜開眼睛。

「妳故意選在這個時間過來？」蘿絲輕聲問。

「對。」梅西觀察二姊美麗的臉龐。

「妳不想見他們。」

「我想，但我認爲他們不想見我。」

蘿絲握住梅西的雙手。「妳怎麼能確定？我們不能繼續讓那件事造成家人之間的隔閡。我們必須告訴他們眞相。」

梅西僵住。「不行！他們選擇和我斷絕關係，挖出過去的事毫無意義。要是說出那件事，會對我們的人生造成多大的影響，妳能想像嗎？我和李維可能會進監獄！」

「我相信警方一定能理解——」

「我們隱瞞了十五年？」梅西拚命讓語氣穩定下來。「我們隱瞞得越久，罪責越嚴重。」恐慌瞬間湧起，她的腋下開始冒汗。

我不該來的。

蘿絲的鼻翼略微翕張。「別緊張。妳不希望我做的事，我就不會去做。」

梅西做了幾次深呼吸。這不是她想像中姊妹重逢的場景。

「快進來吧。」蘿絲懇求。「我需要多聽一點妳的聲音。」

梅西跟隨她走進屋子後面的小廚房，這裡也是吃飯的地方。蘿絲拉著她在熟悉的橡木餐桌邊坐下。

窗簾還是以前的那條——只是褪色了，梅西急忙眨眼忍住淚水。蘿絲在廚房裡忙來忙去，雙手篤定而準確地找出泡茶需要的器具。梅西的內心慢慢放鬆，她往後靠在椅背上。

流理臺上放著熟悉的濾水籃與木杵，梅西嗅到糖煮蘋果和肉桂的淡淡香甜。她的視線自動飄向爐子，煮罐頭用的鍋子依然放在那裡。她閉上眼睛深吸一口氣，回憶起往事……

「輪到妳壓蘋果了。」十二歲的梅西對二姊大聲說：「我已經壓兩批了！」

蘿絲接過木杵，沉著地繞過濾水籃壓蘋果，糖煮蘋果的果肉從小孔落下，留下光滑的果皮和硬硬的籽。梅西多盛一些滾燙的蘋果放進濾水籃，小心不碰到姊姊的手。她們兩個都因為做蘋果醬罐頭而被燙傷過許多次。

「那一批可以拿出來了。」蘿絲說，梅西看看時鐘。二姊的內在時鐘總是如此精準。梅西從滾水中撈出玻璃罐，放在流理臺上降溫。加上這些就有四打了，但是還有三籃蘋果要弄。

玻璃罐偶爾發出的聲響提醒著，降溫的罐頭完成密封了。

她往後退了些，稍微欣賞一下一排排漂亮的罐頭，蘋果醬黃中帶粉。媽一定會很高興。蘋果醬是家裡消耗最快的罐頭水果，這是父親和兩個哥哥的最愛。不過，老天呀，她好討厭製作的過程，又熱又黏膩。

「快去切下一批蘋果。」蘿絲下令。

梅西拿起大菜刀，不服氣地對著二姊的後腦杓揮舞。

「要是不小心砍到我，妳就要一個人壓所有的蘋果了。」

梅西對著失明的姊姊默默吐舌頭。

她睜開雙眼。「妳在做罐頭。」

「不是一直都這樣嗎？」蘿絲回答。二姊的動作如舞者般優美。她知道從水龍頭到爐子要走幾步，不用摸爐子也知道要把舊水壺放在哪裡。小時候，梅西試過閉起眼睛做事。她還算不差，但蘿絲才是眞正的高手。

「妳的茶要加牛奶嗎？」

「不用，謝謝。」梅西說。她沉默許久，端詳著二姊。蘿絲的深色長髮仍然像以前一樣，但臉龐少了可愛的嬰兒肥。現在的她感覺……更像個大人，笑容依舊令人驚艷；嘴唇微微撇著，帶來一種俏皮的魅力，梅西從小一直很羨慕。現在也一樣。「妳過得好嗎，蘿絲？」

她立刻後悔不該這樣問。「呃，我的意思是，過去十五年有發生什麼事嗎？」

蘿絲微笑。「我懂妳的意思。我很快樂，我在教堂開了幼幼班，一週三天去教小朋友。媽偶爾會幫一點忙，但主要還是我自己打理。」

「那太棒了。」梅西並不感到意外。蘿絲一向喜歡小孩。她很想問蘿絲有沒有談戀愛，有沒有吻過男人。以及，她會不會擔心未來，因爲爸媽遲早有一天會不在。

我在想什麼？我敢說現在她照顧爸媽比他們照顧她多。

蘿絲從來不會因失明而影響她的獨立自主。

「我現在負責養雞。媽不太騎馬了，所以由我帶馬去運動，菜園也都是我在顧。」

梅西在青少年時期最討厭這些工作。除了遛馬。「妳似乎過得很不錯。」

「梅西，現在的世界不一樣了。」她的臉發亮。「妳知道最棒的是什麼嗎？科技讓我的生活更加輕鬆。」

「爸沒意見嗎？」

蘿絲大笑。「他常提醒我不可以依賴。不過以前沒有科技的時候我活得很好，以後也可以。我來展示一下，妳的電話是幾號？」她從口袋拿出手機，用語音指令傳簡訊給梅西，然後將手機放在一個茶杯上方，開啓應用程式。手機正確辨認出那是個紅色的杯子。「無論電子郵件、網站、文章、簡訊、書籍，手機都可以讀給我聽。」

「這太神奇了，蘿絲。」梅西好愛二姊臉上興奮的表情。她明白姊姊對高科技的看法。梅西工作時會用上所有電腦工具，輔助她達成盡善盡美的成果，但假使有一天那些工具全部消失，她內心也已做好準備，隨時可以迎接黑暗時代。

蘿絲裝了一盤手工餅乾放在桌上。「妳想念這裡的生活嗎？」她溫柔地問。

「不。」梅西的回答很篤定。「但我想念你們大家。」

「妳從來沒有打電話回來，也沒有寫信。」蘿絲輕聲說。

「爸非常明顯地表態了，而媽也站在他那邊。」

「她本來就應該支持他。」蘿絲補上一句。

梅西愣住，很想大吼說母親可以自行做決定。黛博拉．凱佩奇不必凡事順從丈夫，放棄自己的想法。但梅西只是拿起餅乾咬了一口。

我沒立場說教。

「妳還會想起那天晚上的事嗎？」蘿絲小聲問，將茶包放進兩個杯子，背對著梅西。要不是廚房裡非常安靜，梅西可能會聽不見。

「每一天都會。」

蘿絲轉身，梅西發現她端杯子的手指節發白。她將兩個杯子放在餐桌上後坐下。「水還要幾分鐘才會煮開。」

「蘿絲，我會回來這裡，那件事也是部分原因。妳知道調查局正在偵辦最近發生的準備者命案吧？」

蘿絲點頭，一手依然握著杯子。

「妳知道三起案件現場的鏡子都破了嗎？」

蘿絲整個人一震，手中的杯子瞬間滑了出去。梅西及時抓住，沒讓杯子掉下桌。她先握住蘿絲的手，再將杯子放回她手中。她的手十分冰冷。

「他死了。」蘿絲低語。

「他們有兩個人，只死了一個。另一個逃跑了。」

「我們三人發過誓，永遠不會說出當時發生的事。」

「我們會遵守那個承諾。」梅西安撫她。

「當時他們殺死了珍珠的朋友，還有另外那個女生。」

「我們無法確定是否如此。」

「或許那人沒有眞的死掉。」蘿絲講得太快，所有的話糊成一團。「說不定他只是受傷了，現在又回來殺人。」

「最近的命案可能是逃走那個人幹的，就是妳聽見的那個人，只是我們沒看見他的長相。」

「我不確定那天晚上的聲音我是不是眞的聽過。」

「妳很確定。」梅西糾正。「妳的聽覺很敏銳，那天晚上，妳確定之前在別的地方聽過那個人的聲音。妳非常確定。如果現在妳有所疑慮，單純是因爲時間過了太久。但我記得當時妳很確定。」

蘿絲的內心似乎開始恐懼瑟縮。「我後來再也沒聽過他的聲音。我一直很仔細聽，整整十五年……每次只要遇到男人，我都會認眞聽，想要找出那晚的人。」她不禁哆嗦。「我在夢裡也還會聽見。」

梅西很心疼。「妳有沒有問過李維，他怎麼處理死掉的那個人？」

「妳剛離開的那段時間，我問過幾次。他總是不等我說完就打斷。他不想談那件事。」

「我們都不想談。」梅西輕聲說。

「李維只肯透露，永遠不會有人發現那具屍體。」蘿絲緊握在手中的杯子在桌面上顫動。「他打算殺死我們，梅西。我們能活下來是運氣好。」

「我知道。」

「噢，梅西。妳認爲他沒死嗎？李維會不會弄錯了？難道另外那個人這麼多年來一直都在鷹巢鎭？」

「我想……我必須找李維談談。」

梅西站起身，走向房子東側的一扇窗前。她摸摸牆壁，感覺到那塊已然變平整的地方。油漆的顏色依舊完美融合。

「現在還看得出來嗎？」蘿絲問，沒有把頭轉向梅西。「有時候我很擔心會太明顯。我幾乎可以感覺到。」

「沒有人能看見那個彈孔。」梅西仔細查看地板，想起當時自己清理掉的鮮血。她和蘿絲一起忙了好幾個小時，深怕警察會找到痕跡。那一夜，她們仔細刷洗了每一吋地板和好幾吋牆壁。

「蘿絲，那時候我們別無選擇。」

「眞的嗎？」

16

那天夜裡，梅西無法入睡，但並非因爲她有耗不完的體力和做不完的工作。今晚的她太過精疲力竭，以至於根本無法放鬆入睡。去見蘿絲彷彿情緒乘坐雲霄飛車，徹底燒光她的體力。但能夠再次見到二姊也值得了。

然而，此刻她躺在床上望著天花板，暴戾的過往回憶躲藏在旅館房間的昏暗角落，蠢蠢欲動。老舊建築裡的所有聲響她都聽得一清二楚。有人在沖馬桶，有人從她房間外走過，有人用力關車門。她努力隔絕這些聲音。

空間一安靜下來，十五年前的回憶便猛然湧出。鮮血、恐懼、內疚。

梅西關上閘門，再三確認門閂有鎖好。

在黑暗中，她沿著小徑回家，慶幸作業已經在學校寫完了。春天時的農場瘋狂地忙碌，等到她可以上床睡覺，往往都已經將近十一點了。想到那些住在市區的女同學，她不禁感到嫉妒。不用照顧牲口，不用去菜園除草，還有很多時間可以看電視。

多麼截然不同的人生。梅西與家人選擇過不一樣的生活，自有他們的道理。她引以為榮，但不表示她對此總是很喜歡。

等到哪天不再有汽油可以讓汽車運行，不再有食物裹腹，那些同學就會後悔了。

現實的人生自然會給她們惡補，讓她們學會種菜。

今晚爸媽不在家。他們去波特蘭進行每半年一次的大採購，但母親很不放心留他們三個在家，因為珍珠的朋友不久前才遭到殺害。梅西的父親認為她只是瞎操心。

「沒有人比我們家的孩子更會照顧自己。」

母親只好勉強同意。爸媽會用一整年的時間列出一份清單，全都是在喀斯喀特山脈這一側買不到的東西。昨晚他們花了好幾個小時討論那份清單，比較價格和需要的程度高低，評估要不要買超低溫藥物保存箱、微型水輪發電機，以及其他六樣東西。梅西聽到最後很不耐煩。她不在乎他們要買什麼。她愛爸媽，但有時候他們太認真看待這末日準備工作。其他人都會全家去度假，而她家只會省吃儉用和存錢。

至少歐文和珍珠可以隨心所欲了。他們兩個都已經結婚，在鷹巢鎮上有自己的家，不過歐文還是會經常來找父親，請教該如何進行準備工作，找他和李維幫忙裝太陽能板。歐文每天都越來越像父親——太嚴肅看待人生。以前的大哥會玩短距加速賽車，躲在威爾森家的穀倉後面喝啤酒，現在怎麼會變成這樣？

她從後門進屋。「蘿絲？還有派嗎？」她大聲問。一想到姊姊做的蘋果派，她的肚子便咕嚕地叫。蘿絲做的派好吃得不可思議，她的嗅覺讓她能抓到派皮烤得最完美的瞬間，不需要依靠顏色。

屋裡沒有傳來回應。梅西在門口脫掉濕答答的雨靴，掛好外套。她只穿著襪子進廚房，打開每個櫥櫃尋找剩下的派。蘿絲知道點心烤好之後一定要藏起來，否則會被李維吃光。派剛出爐的時候梅西有吃了一小塊，她做好心理準備，李維可能已經把剩下的全吃光了。

她好希望他快點結婚搬出去。他已經生了一個小寶寶，只需要說服凱莉的母親就行了。

房子另一頭，父親的書房傳來重重的碰撞聲和輕微的破碎聲。

「蘿絲？妳沒事吧？」梅西繼續翻找櫥櫃，好希望自己能有蘿絲的嗅覺，這樣就能立刻找到派。

「可惡！李維！」她打開洗碗機，看到空空的玻璃派盤。

更多碰撞的聲響傳來。梅西用力關上洗碗機，趕去看二姊撞倒了什麼。大門是敞開的，她經過時順手關上，跟隨聲響走進書房。

她繞過轉角，看到姊姊倒在書房的地板上，全身都是血，一個男人跨騎在她身上。那男人抬頭，梅西嚇得動彈不得，正轉身想逃跑時，男人從後面撲了過來，她跟著跪倒在地。

梅西倒在玄關，對方的體重壓在她背上，害她無法呼吸。她試圖反擊，用盡全力拳打腳踢，頭用力往後撞上他的鼻子，並聽到令人滿意的清脆聲響。

「賤貨！」

他抓住她的頭髮，把她的頭往後扯，另一手握拳揍她的臉頰。梅西的一束頭髮被扯掉，她痛得眼淚直流，脖子更因為過度伸長而抽痛。她停止反抗的動作。

他會殺死我。

蘿絲已經死了嗎？

那兩個女生就是這樣被殺的嗎？

他就是凶手嗎？

他放開她的頭髮，用力壓住她的背，在她耳邊說話。他的呼息吹在她的皮膚上，感覺熱熱的。梅西聞到恐懼與亢奮的氣味，酸腐又油膩。她的頭腦拒絕理解他說的那些恐怖話語。

他開始拉扯她的牛仔褲後腰。

她的內在深處爆發了，她瞬間拱起背，手肘往後揮，決心要打中他的臉。她的手肘落在他的眼眶上，他大聲慘叫，雙手摀住眼睛。梅西急忙從他身體下方爬出來，一陣瘋狂猛踢，後悔自己剛剛把靴子脫了下來。接著她跌跌撞撞地狂奔，幾乎無法保持平衡，一心想去書房查看蘿絲的狀況。

二姊四肢著地趴著，鼻子、嘴巴都在滴血，洋裝前襟被扯破，露出胸罩和腹部。梅西震驚地停下腳步，然後急忙跑過去幫助姊姊。蘿絲往後縮，舉起膝蓋，顫抖的手握著父親的手槍，瞄準梅西。

「蘿絲！我是梅西。」

她立刻放下槍。「梅西？」蘿絲的聲音發抖。

「槍給我。」梅西拿走姊姊手中的槍，轉身剛好看到襲擊她們的人繞過走道牆角。「待在這裡！」

她大聲命令蘿絲，然後衝出去追那個人，腎上腺素一波波湧進她的四肢。

開槍、開槍、開槍。

她很習慣拿槍。她用父親的槍射擊過幾百次了。

他逼我們練習，就是爲了這種時刻。

她繞過轉角時，正好看到那個人猛然轉向。他往廚房衝去，但臨時又改變主意跑向大門，因此差點跌倒。梅西雙腳站穩，瞄準，開了一槍。但有兩聲槍響同時發出。

那人倒在起居室的地板上。

她保持射擊姿勢，心臟好像快要從胸口跳出來，耳朵只聽得見自己的喘氣聲。

地上的那個人不再動作。

「梅西？蘿絲？」李維的大喊聲從廚房傳來。

「我們沒事！」她回答。

哥哥從廚房走出來，站在轉角處張望，看到她手裡的槍及地上的人，他瞪大雙眼。在那個人的身體下方，鮮血正迅速蔓延開來。

「老天，梅西！妳也開槍了？」

她看到哥哥舉著槍。難怪那個壞蛋會突然改變逃跑路線。

「他襲擊蘿絲，還有襲擊我。噢，天啊……」她轉頭往姊姊的方向看去。「蘿絲？妳沒事吧？」梅西手中的槍依然瞄準那個人，無法移動。

梅西身後傳來蘿絲的聲音。「我沒事。」她的聲音顫抖，但不像剛才那麼虛弱。「他死了嗎？」

「好像是。」梅西看著哥哥。「你去看看。」她的腳動彈不得。

「我也開槍了。我在外面聽到妳尖叫。」李維說。

梅西不知道自己尖叫了。「去看看。」她小聲重複。

李維緩緩走過去，槍瞄準那個人。他的動作好慢，她好想大吼叫他快一點。他終於在那個人身邊跪下，手指按住他的頸子。

他等了好久、好久。

「死了。」李維轉動屍體的頭看他的臉。他背對著梅西，回頭問：「妳認識他嗎？」

她鼓起勇氣移動雙腳，慢慢前進，同時槍垂在身側。她還沒準備好放下槍，但想要瞄準對方的衝動已然消失：他再也無法威脅她們了。梅西站在李維身後望過去，她並不認識那個人。他很年輕，大約二十多歲，牛仔褲和靴子滿是灰塵，鎮上所有人都是這樣，而且他好幾天沒有刮鬍子。他的格子襯衫背面全是血。

我們對他的後背開槍。

他沒有武器。

腳尖傳來溫熱的感覺，梅西急忙往後跳開。她的襪子被血染紅了。梅西發出悶悶的驚呼，彎腰脫掉襪子，猛擦腳趾。噢，我的天！噢，我的天！她用力擦，直到一絲痕跡都不留。只是看不見而已。只要檢驗，依然可以在我的腳趾上驗出他的血。

她對上李維的雙眼。「我們做了什麼？」她喃喃說：「噢，老天，李維。我們會被抓去關。」

「不會。」蘿絲說：「他打算殺死我。他重複說了好幾次，說要幹我然後殺死我。」

蘿絲的用詞讓她心中一揪，但二姊慘白的臉龐更令梅西擔憂。是驚嚇過度，而且蘿絲依然在流鼻血，染紅了她的臉頰，滴在她的洋裝上。

「他把我的洋裝掀到腰上。」蘿絲簡單陳述著。「差點就要強暴我。」她邊說邊發抖，拉緊毛線外套遮住洋裝。「他到底是誰？」

「我們都不認識。」梅西說。

「另外那個人去哪裡了？」

「什麼？」梅西與李維齊聲驚呼。

「他們有兩個人。」蘿絲抓著外套的手指節發白。「一共有兩個人抓住我。其中一個聽到梅西的聲音就放開我了。」

這時，遠方傳來汽車引擎與輪胎打滑的聲音。李維跑到窗前掀開窗簾，他看了幾秒，然後回來。「只能看到一團揚起的塵土。」

「他們會去報警。」梅西牙關打顫。「他會告訴警察我們殺人了。」

李維大步走過來，抓住她的肩膀，注視她的雙眼。「不可能。他要怎麼解釋他們一起襲擊妳和蘿絲的事？他不會報警的。他是個孬種，他逃跑了。我敢說，就是這兩個傢伙殺了珍妮佛和葛雯。」

梅西呆望著二哥，不知有多想相信他說的話。「我們殺人了，警察會把我們抓去關。」

李維轉頭觀察地上的屍體。「不會，沒有人會知道。」

「什麼？」蘿絲說：「李維，你瘋了嗎？我們殺人了！」

李維更用力地抓住梅西的肩膀，深深凝視她的雙眼。「妳們兩個可以清理這裡嗎？我去處理屍體，妳和蘿絲清掉血跡。」

梅西愣住。「可以。但你打算——」

「別問。」

她點頭。她不想知道。

「李維，不可以這樣做。」蘿絲爭辯。「我們必須報警。」

「為什麼？讓他們抓走我和梅西？妳想出庭作證，說出妳剛才的遭遇？」

「可是警察必須抓到另外那個人，免得他又去殺別的女人。」

李維的笑聲高亢空洞。「他早就跑了。他們永遠不會抓到他，我們嚇壞他了。我敢說他絕不會再犯案。」

「可是我之前聽過另外那個人的聲音。」蘿絲堅持。

梅西轉身。「在哪裡？」

蘿絲慘白的臉變得更白。「必文斯家的牧場。」

梅西一時無法呼吸。「蘿絲，妳確定嗎？妳怎麼知道？」

「我就是知道。」蘿絲說著，但神情徬徨。

「是誰？」李維逼問：「家人還是工人？」

「我不知道！」蘿絲大喊。「我只知道曾經有聽過，在兩個星期前，我們去參加聖派翠克節烤肉會，就是那時候。」

「這樣一來誰都有可能。」梅西說：「幾乎全鎮的人都去了。」

蘿絲的表情變得頹喪。「我沒有幫上忙。」

梅西脫下當外套的格子襯衫走向二姊，幫她擦掉臉上的鮮血和淚水。「妳嚇壞了，誰都會因為這樣而記憶混亂。」

「可是我很確定我聽過。」蘿絲堅持。梅西與李維互看一眼。

「我們不能告訴爸媽。」李維緩緩地說：「更不能告訴他們，妳曾在必文斯牧場聽過那個人的聲音。爸會開戰的。」

梅西呆望著他，蘿絲倒抽一口氣。「我們必須告訴他們。」

「不！不，不能說。」李維說。

梅西的腦中迅速想像各種可能。爸會不惜一切抓出襲擊兩個女兒的人。如果他認定壞人來自必文斯牧場，鎮上會比現在更加分裂。警察會知道她和李維開槍射殺未攜帶槍械的人，而且還是從背後開槍。監獄光禿禿的牆壁在她腦中閃過。「李維說得對。我們清理乾淨，不要說出去。」

「我去拿塑膠布。」李維從後門跑出去。

「梅西，我們不能隱瞞殺人的事。」蘿絲的手指爬上梅西的肩膀，輕柔觸摸妹妹的下顎與臉頰。這個動作代表她需要安慰。梅西按住蘿絲的手貼在臉上，她也需要感受姊姊的撫摸。

「我認為這樣做最好。」梅西低聲說：「我可以負責清理乾淨。李維說得對，是他們先企圖殺我們，所以絕不會去報警。那人不知道同夥已經死了。他已經跑了。」

「可是他一定聽到了槍響。」

「或許吧，但他不可能認定朋友死了，大概會以為朋友也逃跑了。所以……當時到底發生了什麼？」

蘿絲深吸一口氣。「我正在打掃書房，有人從大門進來，因為穿靴子的腳步聲很重，我以為是李維，後來才驚覺有兩個腳步聲。然後我聽見洗手間的鏡子破了。」

「什麼？」梅西聽完便衝去門口，那裡有間半套衛浴。蘿絲說得沒錯，有人把小鏡子從牆上拆下來扔在地上。

「為什麼……」梅西喃喃說著。

「不知道。」蘿絲在她身後回答。「鏡子破掉的時候，他們其中一人大笑，這時我才開始害怕。我想關上書房的門，但他們搶先一步闖進來。」

蘿絲開始發抖，梅西帶她回到客廳、扶她坐下。她將寬大的襯衫罩在在蘿絲的毛線外套上。「我去幫妳弄點熱的東西喝，然後接著來清理這團混亂。」這時，梅西發現一個深色小圓孔。「糟糕，牆上有彈孔。」

「補起來就好。」蘿絲堅強地說。

梅西心中湧出決心。「沒錯，這樣就沒問題了。」

在旅館黑暗的房間床上，淚水滑落梅西的臉頰。

那個人回來了嗎？當初我們放走了凶手，現在他又回來殺人了嗎？

她要如何在不洩露自己罪行的條件下，向楚門解釋她的懷疑？

我可能會被開除。

她發抖著。工作是她的人生，她的自尊，這份工作證明她不是待在牧場、等待世界末日的那種人。

我們鑄下大錯了嗎？

17

「我舅舅家破掉的鏡子，讓妳想起那麼久以前的案子？」隔天早上，楚門這麼問。

梅西聞言抬起下巴。告訴楚門當年在鷹巢鎮發生的兩起命案後，她覺得自己有點可笑。她現在在楚門的辦公室裡，坐的椅子有點低，他站著雙手抱胸低頭看她。局長的表情很平靜，但語氣表明他很難理解，她剛才說的案子和他們手上的命案有什麼關聯。梅西此刻非常累，因爲昨晚只睡了三小時，但她不想讓局長知道。「對。破掉的鏡子讓我很在意，而當年的第二位死者，是我大姊珍珠最要好的朋友。」

「哪一年發生的？」

梅西告訴他年份，他大聲叫路卡斯進來。開朗的年輕人立刻出現在門口。「老大，有什麼吩咐？」

「我需要十五年前的兩起案件檔案資料，那時應該還沒有數位化吧？」

路卡斯點頭。「對，不過所有東西應該都在倉庫收得好好的。給我一個名字，我很快就能查出檔案編號。那部分有數位化。」

楚門看著梅西。

「珍妮佛・山德斯（Jennifer Sanders）。」

路卡斯點頭之後離開。

「沒聽說過鎮上有姓山德斯的一家人，他們還住在這裡嗎？」楚門問。

梅西揚起一條眉毛看他。

「噢，對，妳很久沒回來了。好吧，等一下就知道了。路卡斯雖然不像艾娜那樣認識全鎮的人，不過他很努力想趕上她。」

辦公室的門開著，有人輕敲門框。「嗨，局長，可以說句話嗎？」

梅西回頭看去。她先看到那個人的牧師領，然後才看到他的臉。他穿著厚重的皮夾克搭配褪色牛仔褲，印著球隊標誌的鴨舌帽壓得很低。她一時無法將那張臉和牧師領連在一起。怎麼看都不對勁。

「大衛，有什麼事嗎？」

大衛對梅西客氣地微笑頷首，然後轉向楚門。「我在找——」

他停住，視線猛然移回到梅西身上，神情流露困惑。梅西默默嘆息。*這種狀況也發生太多次了吧？*

她站起來伸出手。「梅西．凱佩奇。」

大衛和她握手，同時張大嘴巴，但發不出聲音。

這時她認出來了。大衛．埃奎爾（David Aquirre），以前是大哥歐文的死黨。難怪她無法將牧師領和那張臉連在一起：大衛年輕時很愛闖禍。她很驚訝這人竟然會成為牧師，而不是囚犯。

「梅西？我的老天，好久不見。」他露出大大的笑容。

「很高興見到你，大衛。」她對他的牧師領點了點頭。「看來你揮別了狂野的過去。」

「徹徹底底。在我自掘墳墓之前，上帝找到了我。」他臉上流露虔誠，降低語調，眼神變得充滿關心。「妳好嗎？」

她的信仰還輪不到他插手。對梅西而言，他永遠是當年那個混蛋，會用BB槍射擊雞隻，帶未成年的哥哥去喝酒，害哥哥被抓去關。她才不管現在他是什麼身分呢。

「非常好，謝謝。你不是有事要問局長嗎？」

「噢……對……局長，你有沒找到是誰在亂開單？停在教堂南側的車子全都收到了。」

「查到了。大衛，我親自去看過，那條路的盡頭明確標示禁止停車。你要提醒大家別在劃黃線的路邊停車，就算是星期天也一樣，沒有例外。這是爲了安全著想。」

大衛的眼神閃過惱怒，勾起了梅西的許多回憶。此人過去的脾氣相當火爆，常常未經思考就直接出拳。顯然他的脾氣還是很大，但多少學會了控制。

感謝上帝。

「知道了。」大衛回答，接著回頭看向梅西。「妳會在鎮上待很久嗎？」他剛看到她時的激動消失了，梅西在想，他是否回憶起之前他和哥哥打架，結果被她踢胯下一事。

「不會待太久。很高興見到你。」

他碰一下帽沿示意，便離開了。

她轉身，發現楚門滿臉期待地看著她。「他以前是歐文的死黨。」她說。

「現在依舊如此。妳在鎮上認識的人比我多啊。」他的棕眸端詳著她，眼神滿是好奇。

「我們還是關注回案件上？」她提醒他。

路卡斯這時正好拿著一張便利貼回來。「案件標號、箱子編號、上架編號都在這裡了。我發現珍妮佛·山德斯和另一起案件相關，葛雯·法加斯（Gwen Vargas）。如果你們需要，她的檔案也在同一個箱子裡。」

「太好了。謝謝你，路卡斯。」她接過便利貼。

楚門繞過辦公桌過來，敏捷地搶走黏在她手指上的黃色小紙張。「我們去看看吧。」

◆

楚門一走進存放檔案與證物的倉庫，就發現有人整理清潔過了。路卡斯。他在心中提醒自己要請這孩子喝杯拿鐵。艾娜·史密斯一直把倉庫維持得很整齊，但有人掃掉了陳年灰塵和蜘蛛網。他的分局很少需要蒐證，他們大多只是開開罰單、發生爭執時充當冷靜的仲裁。楚門應該超過一個月沒有進來存放檔案與證物的倉庫了。證物箱就在路卡斯寫的那個架子上。倉庫空間很大，一排排高達天花板的架子上堆滿箱子和證物，他們在倒數第二排眼睛高度的位置找到那個箱子。楚門整箱搬起來，梅西按住他的手臂阻止，注視著箱子正面的標籤。

「標籤上說，這個箱子裡有六件不同的案子。」

楚門看了看。「所以呢？」

「其中兩件是殺人案，所有的證物和紀錄竟然只有這樣？」

「說不定其他案件都是店舖行竊，檔案很薄。大型證物存放在其他地方，裡面應該有另外那個倉庫的參考資料。」

梅西一臉無奈。「希望如此。」

楚門明白她的想法。兩位女性遭到殺害，照理說應該有大量證物與紀錄，表明警方調查了所有線索。一個箱子裡裝了六個檔案，難免讓人覺得沒信心。

他帶她走向充當調查基地的小型會議室。她和彼德森探員都還沒用過，楚門認爲現在是派上用場的好時機。他已經查出當年珍妮佛．山德斯與葛雯．法加斯的案子完全由鷹巢鎭警局獨力偵辦，楚門對此有些驚訝。**為什麼局長沒有請州警或郡治安處協助？**

楚門的分局資源稀少，他相信十五年前應該規模更小。當時的局長怎麼會有那種自信，認爲他的分局能夠偵辦兩起謀殺案？而且案件至今依然沒有偵破，後續追蹤都沒做嗎？

那一任的局長在十年前過世了。楚門好希望班．庫利（Ben Cooley）已經從墨西哥回來了。庫利在鷹巢鎭警局任職三十年，現在爲慶祝金婚而去了墨西哥的旅遊勝地巴亞爾塔港，下週才會回來上班。楚門很後悔手機沒辦國際通話優惠，說不定接下來會需要打電話聯絡那位老警官。

他將箱子放在桌上，掀起盒蓋。裡面六個檔案各自密封，他的猜想沒錯，其他四個案件的檔案都很薄，加在一起還不到兩吋厚。另外那兩個檔案的塑膠密封包裝中，則有大量檔案夾和牛皮紙袋。他拿起最大的那個，上面標示著路卡斯寫在便利貼上的編號，他拆開密封包裝後交給梅西。「所有東西都不准離開這間會議室。」

「當然。」她拉出一張椅子，立刻坐下開始翻閱最大的檔案夾。那是珍妮．山德斯的命案調查紀錄，法醫報告、證物報告、所有警官的筆記、現場照片……所有相關的文件都有影本或參考編號。楚門站在梅西身後看了一陣子，足以了解珍妮佛死得相當淒慘。調查紀錄的正面貼著她的高中畢業照，珍妮佛留著深色長髮，笑容甜美動人。對比之下，遺體的照片更顯得駭人：臉龐腫脹，裸露的四肢上全是紫色屍斑。

他看到梅西翻到一張側拍照時停了下來，照片中的人是珍妮佛與四個歡笑的女孩。梅西將照片從塑膠套中取出，翻過來研究背面寫的名字，然後再翻回去仔細查看。楚門閱讀的速度夠快，看到第二個少女就是梅西的大姊，珍珠。他靠近仔細看。他認識的珍珠早已不是照片中那個青春少女。

梅西在想什麼？

他從箱子拿出另一個檔案，確認箱子裡剩下的檔案都密封完整，然後摸摸箱底、確認有沒有掉出來的紙張。沒問題。他將箱子重新蓋好之後推開，接著坐下來打開第二個檔案的密封包裝，與梅西保持很遠的距離。雖然所有文件上都有標示案件編號，但萬一弄混兩起案件的資料會很麻煩，他不想冒險。

葛雯·法加斯遇害時二十二歲。楚門大略瀏覽了下她的調查資料，發現梅西說得沒錯，她確實是被強暴後遭勒斃。現場照片中，葛雯臥房小茶几上的化妝鏡破了，她的房間和父母房間附設的浴室裡，鏡子也被擊碎。

為什麼？

警官的筆記中陳述，當時葛雯獨自在家。她父母去參觀牛仔競賽，回家後發現她遇害。她的男友也去了同一場競賽，很多人看到他，因此有不在場證明。警官寫著，男友哀慟的樣子看來很真誠。楚門看了看警官的簽名，露出微笑。班·庫利。至少還有一個人可以詢問當時調查的過程。他繼續翻閱。訪談紀錄、照片……除了她的男友，似乎沒有其他嫌疑人。

怎麼會沒有其他嫌疑人？

「你有發現什麼特別的事嗎？」梅西問，依然專心看著珍妮佛的調查資料。

「還沒有。珍妮佛遇害的地點是哪裡？」

「她家。她的室友兩週前剛搬走。」

「有幾面鏡子破掉？」他問。

梅西翻了幾頁。「四面。浴室兩面，加上公寓裡的兩面小鏡子。」

「用來勒死她的工具是什麼？」

「雙手。」梅西簡潔地回答。

「這邊也是一樣。遺體赤裸棄置？」

「對。」

楚門花了一點時間仔細閱讀指紋報告。「這裡的指紋報告毫無用處，上面標註沒有和珍妮佛案現場相同的指紋。兩起命案現場都有許多身分不明的指紋，但都並未同時出現在兩個現場。」

梅西點頭。「不過有其他很多類似的地方……同一個人犯案的機率很高。法醫報告指出，死者雖然遭到性侵，但沒有採到精液。他一定用了保險套。」

「葛雯這邊的報告也一樣，犯案的肯定是同一人。不曉得那時警方有沒有調查附近區域的其他強暴或強暴未遂案件。」

梅西抬起頭，綠色眼睛睜得很大。「老天，希望有。那不是基本流程嗎？」

「這裡應該有寫，找一下就知道了。我看到手下一位警官的簽名，他現在出國了，不過如果有問題，我可以打電話給他。雖然他高齡已經七十，但頭腦依舊很靈光。我相信他一定記得這兩起案件。」

「我猜鎮上所有人應該都記得。」梅西說：「從來沒有任何事像這兩個女孩的命案那樣，撼動了整個社區。」

「而且這麼多年過去了，依舊沒有偵破。妳那邊的紀錄有嫌疑重大的人嗎？」

梅西搖頭。

他翻到葛雯調查紀錄的最後面。「這裡沒有後續的追蹤紀錄。妳呢？」

梅西迅速瀏覽她的資料。「沒有。竟然完全沒有人理會？簡直太誇張了。應該要有人每隔幾年就去找相關人士談話，看看他們是否想起其他事。家屬呢？他們一定會纏著警方，不讓他們放棄！」她震驚地看楚門一眼，他愕然發現她的黑眼圈很重。「為什麼？為什麼沒有後續調查？」

楚門胸口湧起防備的情緒。雖然他才到任半年，但不由自主想為自己的分局辯護。但最後他只是聳肩。「人力太少，有其他案件要調查，還要顧破案率。」

「這不能接受。」梅西輕聲責備，翻回去看珍妮佛．山德斯的畢業照。「應該有人被開除才對。」

「那個時代的警官現在只剩下班．庫利了，我說什麼都不會開除他。他是無價珍寶。」楚門的腦中冒出老警官和善的笑容。「他確實不是太積極主動，不過非常可靠，對命令更是使命必達。而且做事很仔細。」

「我們要做的第一件事，就是去找熟識兩名死者的人進行後續追查。」梅西表示。

「妳來這裡是為了調查現在發生的三起案件。」楚門明確指出。「除了鏡子破掉，我看不出這兩起案件與現在的案子有什麼關聯。」他內心燃燒著熊熊烈火，誓言要抓出殺害舅舅的凶手，因此決心要讓調查局探員專注於此。目前梅西展現出可靠的調查能力，但過去的這兩起案件讓她分心了。

說不定我該找她的搭檔才對。

他端詳著坐在桌邊的女子。她是不是太在乎那兩起舊案？她來這裡才兩天，就好像快累壞了。調查局眞的沒有派錯人來嗎？她眞的能幫忙解決這幾起命案？

「我知道。」她回答：「今天艾迪和德舒特郡治安處的人一起重新檢視伊諾克．芬契的案子。目前我還在等奈德．法希的法醫報告，我們的分析專員正在追查凶手可能販售槍枝的地點。」

楚門沒有說出他已經仔細耙梳過芬契的調查資料。一察覺伊諾克．芬契與舅舅的案件有相似之處，他立刻聯絡德舒特郡，要求分享調查資料。但他沒有找出任何新線索，也看不出治安處有什麼疏失。希望彼德森探員會有新發現。

「你們兩個要搬去民宿嗎？」他問。

「嗯。我們必須在十一點前回旅館退房。」她依舊看著資料，沒有抬頭。

「那間旅館爛透了。」

「沒那麼糟啦。」

他揚起一條眉毛。他的妹妹和母親絕不會在那間旅館過夜。話說回來，他妹妹有公主病，堅持所有東西都要用最好的，儘管如此，即使要求不那麼高，一般女性應該都會迫不及待想離開那家破旅館。或許梅西不需要舒適。他想起梅西看到舅舅的物資時，那種讚嘆激賞的模樣。他引以爲恥的東西，在她眼中卻是珍寶。

凱佩奇家是末日準備者。

但梅西住在波特蘭，任職於聯邦政府，她的工作地位崇高，更是一位執法人員。

她應該早就將老家的習慣拋在腦後了。

真的嗎？

人的習性根深蒂固。儘管她說過已經和家人疏遠多年，但當她看著那張舊照片中的大姊，他曾見她的表情。渴望、後悔。全都表現得清清楚楚。

之前在餐廳裡，喬賽亞·必文斯來打招呼的時候，她臉上閃過恐懼，雖然瞬間消失了，更立刻換上了自信的神情，但那是真正的自信嗎？還是勉強裝出來的？楚門細細思索。喬賽亞極具威勢，楚門知道他始終迴避卡爾與凱佩奇一家，因此懷疑他們之間可能有舊仇。連女兒也牽扯進去了？

這些不關我的事。

只要他們不互相開槍就好。

「楚門，看看這個。」梅西將她手上的調查資料推到楚門面前，用一隻手指敲敲頁面。

他接過資料，閱讀那一頁的標題：山德斯家中遺失物品列表。

一盒廉價首飾。

兩把來福槍和一把手槍。

美金五百五十元整。

楚門屏住呼吸，翻開葛雯·法加斯的命案資料。

遺失物品：首飾、現金、相簿、兩把手槍。

楚門抬起頭，對上梅西的視線。「槍枝遺失？」

「沒錯。雖然不像最近三起命案那麼大量，但也算是關聯。」

「那些凶手——也可能只有一個——拿走了最容易賣錢的東西。」他爭辯。

「我知道。」

「葛雯．法加斯案的現場還遺失了相簿。」

她蹙眉。「這眞奇怪，其他案件都沒有私人物品被拿走。」

「我們不確定最近的案件是否有其他東西遺失，因爲沒有人知道。」

「畢竟獨自居住在偏遠地帶的人，是很容易下手的目標。」

「我舅舅可不是容易對付的人。」楚門糾正。

「你說得沒錯。從奈德．法希家的狀況看來，他也拚了命讓對方難以得手。」

「這依舊不能確定這兩起舊案眞的有關聯。」楚門緩緩說：「動機完全不同。」

「相隔了十五年，動機難免會改變。我會搜索暴力犯罪緝捕計畫的資料庫，看看西北太平洋地區是否發生過類似案件。或許他這些年並沒有完全收手。」

楚門點頭。

也可能凶手一直躲在鷹巢鎮，靜候時機。

18

梅西搬著小行李箱，走上珊蒂民宿的木臺階。沒有輪椅專用道。在梅西心中，這裡永遠是諾伍德老屋。小時候她盡可能不接近這裡，因爲諾伍德老頭和他太太都非常詭異。這棟大房子簡直像恐怖片的場景，三層樓高，塔樓矗立，油漆斑駁，屋簷的雕花裝飾破破爛爛的。但如今的主人替它刷上明亮色彩，風格有如維多利亞時代的盛裝美女，建築細部也被整修得十分漂亮。

有人爲這棟房子燒了很多錢、費了很大的工夫。

艾迪打開鑲著橢圓形鉛玻璃的門，梅西跟著走進去，感覺有點鬱悶。

民宿不是她的菜，太過親切。她比較喜歡毫無特色的旅館，四面白牆，員工不知道她的名字，也不必和陌生人同桌吃早餐。

「有沒有聞到？我又餓了。」艾迪小聲說。

她吸一口氣，剛出爐的餅乾香氣如大浪湧上她的感官。她的胃立刻開始咕嚕叫。

可惡。

小櫃檯後面有扇擺動門，一個留著橘紅長髮的高瘦女人走出來。

「哈囉、哈囉！眞高興你們到了！」她用白色圍裙擦手，笑容很眞誠，上衣沾到了麵粉。這個女人讓梅西聯想到一個電視名廚。「彼德森探員，我們又見面了。」她對艾迪點點頭。「兩位的房間已經準備好了。」她對梅西伸出一隻手。

梅西伸手握住。「我是梅西。」這個女人滿身餅乾香，梅西忍不住也對她微笑。

「妳無法想像，能搬來這裡我們有多感動。」艾迪深吸一口氣。「我好像聞到餅乾的香味？」

「我很樂意接待執法人員，感覺比較安全。」珊蒂說：「餅乾還沒好呢，要再等幾分鐘。你們先去房間整理一下，等一下餅乾好了會放在那邊的桌上。每天下午都會供應餅乾，隨時都有現煮咖啡。」

「我一定上天堂了。」艾迪喃喃感嘆。「妳單身嗎？」

「不是。」珊蒂一口否定，露出酒窩。「而且你的年紀可以當我兒子了。」

「那就領養我吧。」

「看來你會給我惹不少麻煩喔。」她說。

「不敢、不敢。」

梅西克制住翻白眼的衝動。「味道眞的好香。請問房間在哪裡？」

珊蒂帶她上樓，房間很舒適，還附設浴室。梅西探頭看了一下浴室。艾迪說得沒錯：浴室非常大，而且磁磚很新。珊蒂帶艾迪去他的房間時，梅西跑下樓，從車上拿出水和乾糧。她關上休旅車的尾門，忽然留意到對面的郵局前方停著一輛白色小卡車。一名男子下車，走到卡車後方，側臉對著她。

她忘記呼吸。

熟悉的步伐、熟悉的仰頭角度。就連帽子的樣式也沒有改變。

他的牛仔褲褪色寬鬆，腳上穿著厚重的工作靴。

爸。

他走進郵局不見蹤影。

他知道我在鎮上嗎？

一定知道。八卦都傳得很快，而且她已經遇到太多熟人了。

他變老了。當年他的頭髮只是花白，現在已然變成全白。他的肩膀更加下垂，卻依然很瘦，沒有因爲年紀而冒出啤酒肚。他總是太認眞維持身體健康，絕不會允許肚子跑出來。

她往老舊的福特小卡車前進兩步。父親把這輛車維持得很好，這麼多年了都還能跑，不過她並不覺得驚訝。父親從來不買新的東西，他會繼續開這輛車，直到不能再修理爲止。

我該對他說什麼？

她停下腳步。畏懼在她胃裡糾結，使她無法繼續往前走。

萬一他不肯認她呢？就像李維那樣？

嗨，爸。記得我嗎？

我現在沒辦法應付這些事。

她最後轉身，茫然地走上民宿的臺階，而渴望與家人聯繫的強烈心情，讓她舉步維艱。

珍珠。

珍珠一定願意跟她說話。梅西可以問她關於珍妮佛．山德斯的事，這是工作上的訪談。

沒錯，這只是工作上的訪談。

◆

艾迪說要陪她來，但梅西婉拒了。聽到她要去見十五年沒聯絡的大姊，他的眼神流露擔憂。她不想被同情，也不需要他幫忙緩和氣氛。

這件事她必須獨自面對。

她考慮過要不要請楚門．戴利去珍珠家與她會合。珍妮佛．山德斯案的調查權屬於他的警局，梅西要去訪談證人，理應讓他知道。但她說服自己不要打電話給他，之後再告訴他進度就好。萬一珍珠給她吃閉門羹，她不希望有人在場見證。

他的那雙棕眸觀察得太仔細。

她知道楚門很想了解她，但她還沒準備好。艾迪和其他同事只看到她願意讓他們看到的那一面：勤奮但有點孤僻的探員。但楚門看過她在他舅舅家的反應，她見到喬賽亞．必文斯和大衛．埃奎爾的時候他也在場。

她還沒準備好讓他看更多。現在要去見多年未聯絡的姊姊，她更不想讓他在旁邊觀察。

通往姊姊家小牧場的車道很長。梅西確認過這棟房子依然屬於珍珠的丈夫瑞克．透納（Rick Turner），而她在公開資料中發現珍珠並未共同持有產權。一點也不奇怪，這就是她家人的觀念：男人擁有財產，女人依靠男人。

即使女人日夜操勞持家、照顧家人。

珍珠是他們家第一個結婚的孩子。大姊穿白紗的模樣很美，梅西當時看到簡直目瞪口呆。在十二歲的梅西眼中，珍珠與瑞克是那麼成熟、世故。現在她明白，大姊結婚時才十八歲，這讓梅西好想哭。珍珠婚後很快就懷孕了。

梅西今年三十三歲，但還沒準備好要當一位母親。

房屋的外觀維持得很好，但她一下車立刻聞到養豬的惡臭味。梅西小時候家裡也養過豬，但顯然瑞克養了很多豬。牧場和豬舍距離住家很遠，但即便在沒有風的狀況下，臭味依然傳了過來。若在夏天高溫時會有多可怕？

珍珠知道她家很臭嗎？

少女時代的珍珠熱愛時尚和美妝，現在竟然變成養豬戶的太太，梅西覺得好心疼。不過總得有人養豬，豬是很重要的蛋白質和脂肪來源，出售的價格也很不錯。在她父親眼中，豬等於財富。萬一有天超市再也買不到肉，瑞克就會發大財，成爲最受愛戴的人。

梅西寧願養羊。

她看到房子一側有座菜園，外面的圍籬很高。園裡的蔬菜長得茂盛鮮綠，看來圍籬成功擋住了鹿。四周沒有其他農場，這時她想起他們結婚時，瑞克的父親送給他們十英畝的土地。珍珠狂喜不已，滿腦子想著要如何規劃、裝潢未來的家。當時的梅西多麼羨慕姊姊，認爲姊姊終於能獨立自主了；但現在她只看到一座牢籠。大姊有後悔過嗎？

梅西吞嚥一下，觀察著小門廊。一邊的角落放著一臺相當大的玉米脫粒機。回憶閃爍浮現。她負責轉動把手，手臂痠痛，蘿絲將曬乾的玉米棒放進機器，看著脫粒完畢的芯從一邊飛出去。下面的桶子慢慢裝滿，飄出乾燥玉米粒的氣味。

她突然好想吃乾玉米粒，想到便會流口水。媽會用黑糖和鹽下去炒，那是她最愛的零食。

珍珠的孩子會負責操作這臺老式機器嗎？

她敲了敲門，等著與大姊見面。

窺視孔後面人影晃動，梅西屏息以待。珍珠會跟她講話嗎？

門猛然大開，大姊瞠目結舌地站在門口。「梅西？」她輕聲說。

淚水湧入梅西的眼眶，喉嚨跟著酸澀。她點頭。珍珠模樣變老了。梅西記憶中光鮮亮麗的少女，如今變成母親，頭髮紮成簡單的馬尾，而那件褪色的上衣，梅西在十五年前看過。珍珠還沒滿四十，但感覺已經很蒼老。

珍珠撲過來緊緊抱住梅西。「眞的好久不見！」珍珠後退，將梅西從頭到腳看個仔細，然後再次擁抱她。梅西依舊無法言語，手臂自動緊抱住姊姊不放。

珍珠再次後退，抹抹眼淚。「噢，老天……老天。梅西，我每天都會想到妳。」

梅西覺得自己又變回十二歲。無法言語，也擔心會說出很蠢的話。她抹抹眼淚，繼續點頭，彷彿全身皮膚都不見了，敏感的神經坦露在外。

「對不起，珍珠。」她終於口齒不清地說。

「進來，快進來！」珍珠抓住她的手臂拉她進家裡。

一進去屋子裡，豬臭味消失了，變成煮飯的香味。燉肉，或是牛排、肉派。家的味道。

珍珠停下腳步再次注視她。她伸手撥開落在梅西眼前的亂髮，這個動作小時候她不知做過多少次。

梅西擠出彆扭的笑容。「嗨，珍珠。」

「眞不敢相信……妳回來做什麼？」

梅西終於發現珍珠的眼神不再那麼熱情。她想起梅西已經被逐出家門，父親下令禁止與妹妹聯絡。

「李維沒有告訴妳我在鎭上？」

「沒有，妳已經見過他了？」珍珠的眼神瞬間有些受傷。

「我在咖啡館看到他。」梅西承認。「他不肯跟我說話，還以爲他會告訴大家我回來了。」

珍珠點頭，梅西很想知道，大姊是不是後悔讓她進家門，這下自己變成了違反父親禁令的人。

「妳只是回來看看嗎？」珍珠謹愼地問：「妳去看過爸媽了嗎？」

梅西做個深呼吸。「我爲工作而來的。我在調查最近發生的命案，還沒有去見爸媽。」她端詳珍珠的臉，希望能判斷出父母是否會願意見她。珍珠板著臉，梅西看出珍珠認爲爸媽不會歡迎她。

「傑佛森·畢格斯的案子？還有另外那兩個人？我知道星期一又發現了一具遺體。」

「對。」

「我聽說妳是調查局探員。」

「我在那裡工作六年了，如今在波特蘭分局的本土反恐部門任職，但因爲這幾起命案，我暫時被借調來本德市幫忙。」

「本土反恐？」珍珠重複一次。「他們認爲這幾件命案是本土恐怖攻擊？」

「不算是。」梅西說：「除了殺人之外，凶手還偷走了全部的槍枝，就是這部分引起我們的注意。那麼大量的槍枝落入壞人或恐怖組織手中，後果不堪設想。」

珍珠點頭，依然謹愼地板著臉。

「怎麼會有人做那種事，珍珠？」

「我不知道。」

沉默籠罩許久，她們都在解讀彼此的表情。珍珠和梅西都很清楚，這個地區有很多對政府不滿的人，有些人的理由很正當，有些人的理由則是很荒唐。他們認爲法律不公正，導致自身的權利、土地和財產遭到剝奪。槍枝、憤怒、懷疑，要是剛好碰上人格有問題的人，絕對會釀成大禍。梅西希望能夠預防。

梅西露出微笑。「眞的高興過來見妳。」她小聲說。無論是怎樣的狀況導致家人決裂，珍珠始終是她大姊。「妳的小孩好嗎？」

「一個結婚了，一個今年讀高中，十一年級（注）。」珍珠得意地說：「妳結婚了嗎？」

「還沒，我沒有遇到合適的對象。」

珍珠的眼神閃過憐憫。

「我熱愛我的工作。」梅西覺得需要表明。「我來找妳，一部分也是因爲我們在調查珍妮佛・山德斯的命案。我發現當年調查結束之後，再也沒有進行後續的案情追蹤。」

珍珠轉開視線。「我盡可能不去想那件事。妳要不要喝點東西？」

梅西點頭，跟著珍珠去廚房。氣氛改變了，姊妹重聚的激動變成謹愼與好奇。壁壘已層層豎起。一提到珍妮佛，珍珠的眼神多了一道防備。難道珍珠以爲梅西來找她，單純是爲了工作？

注 相當於臺灣的高中二年級。

一部分確實如此。

「我想見妳。」梅西看著珍珠泡兩杯茶。廚房飄散著淡淡的甘草香，梅西微笑。那是母親最喜歡的茶，梅西到現在也還會買。「我來找妳不是只為了工作。」

珍珠看她一眼，心裡很清楚。「哦？也就是說，妳原本就打算遲早要來？」

梅西無法回答。

「沒關係，梅西……我理解。關係都是雙向的，我也可以主動去找妳。」

但妳絕不會那麼做，因為爸命令所有人不要和我聯絡。

這真的很蠢，他們都是成年人了，竟然還死守著父親多年前的命令。

有些習慣很難改。

更別說他們相信父親絕對是對的。

珍珠將一杯茶放在她面前，在餐桌對面坐下。洗碗槽上面有個裝飾用的匾額：避免浪費。物盡其用。不能湊合著用，那就不要用。

我聽過爸講這些話多少次？

梅西絕不會把這些話當成裝飾掛在廚房。「可以談一下珍妮佛的事嗎？」

珍珠喝了一口茶，點點頭，注視著桌布。梅西從包包拿出小筆記本，大姊蹙眉看著。

「這樣感覺我好像做錯了事。」她說。

「難道珍妮佛是妳殺的？」

珍珠手一鬆，杯子從距離桌面半英吋處落下，熱茶灑在桌面上。她罵了一句，從放在桌子中央的一疊餐巾中拿了一條擦拭。「我當然沒有殺她！這是什麼鬼問題？」

「這種問題最適合用來分辨妳是否做過虧心事。」

珍珠臉上惱怒的神情很像小時候姊妹吵架的樣子。

大姊最後嘆了口氣，一手撐在桌面上，下巴靠在上面，注視著梅西。

「妳說得沒錯。妳想知道什麼？」

「命案發生之後，鷹巢鎮警局去找妳問過話，妳還記得嗎？」梅西沒有提到，其實自己已經看過警官的訪談紀錄。

「當然，那時候我因爲那件事嚇壞了。那位警官很溫和、很有禮貌，他問我最後一次和她說話是什麼時候，以及我知不知道誰可能傷害珍妮佛。」

「妳知道嗎？」

「不知道，大家都喜歡珍妮佛。」

「那時她有交往的對象嗎？」

珍珠的視線轉向窗外。「那時候沒有，她沒有穩定交往的男友。」

「我不是指穩定交往。她有沒有和誰出去約會？就算只是偶爾見見面而已？」

「歐文娶席拉（Sheila）之前，他們交往過。」

「什麼！眞的嗎？」梅西在椅子上立刻坐直。「我完全不知道她和大哥交往過。」

「沒有維持多久啦。他朋友圈裡的幾個男生她都交往過，大衛．埃奎爾、麥克．必文斯、傑米．帕馬，但都沒有很認眞，他們也不可能與她的命案有關……**那件事**肯定是個瘋子幹的。很可能是外地的過路客。」

梅西緊閉雙唇。有時候瘋子就在眼前，只是完全看不出來。

「那天的事我想了不知多少次，說什麼也想不出來誰會有嫌疑。」珍珠說完抹抹眼睛。「有時候我很想知道，如果珍妮佛還活著，我們兩人的女兒會不會也是知心好姊妹，就像我和她一樣。」

梅西心中漲滿感傷。她從來沒有那樣的女性友人，兩個姊姊是她最親的好友，直到她們不能再當她的朋友。

「李維的女兒年紀和妳兒子差不多，對吧？」

「對，凱莉和他同年級。」她的眼神流露慈愛。「凱莉有點叛逆。李維盡力了，不過以前爸絕對會禁止的事，他都睜一隻眼、閉一隻眼。」

梅西想起在咖啡館看到凱莉的小鼻環，她默默同意姊姊的看法。並且偷偷歡呼。

「李維自己一個人養大她？」

「對。」珍珠猶豫了一下。「自從凱莉的母親離開之後，他變得不太一樣了，家裡的事他能不參與就不參與。爸和歐文快要放棄他了，他好像也沒有要繼續幫忙。我認為他不想再加入了。」

想到李維也被家人排除在外，梅西感到一股惡寒。

我為什麼要在意？我自己也被斷絕關係了。

想到有人必須自生自滅，她就受不了。雖然她學會打造自己的路，但也吃了很多苦。每天她都深切感受到沒有家人親友可以依靠的事實。剛離開的時候，她覺得很自由，但也很可怕。每天就好像走在鋼索上，底下卻沒有安全網。

爲了彌補，她拚了命工作，隨時準備應變。

「剛才在鎮上我看到爸一眼。」梅西幽幽說：「他都沒變，只是老了。」

珍珠歪著頭。「妳也是啊。」她的視線彷彿在探索、搜尋梅西的弱點。「媽完全沒變，只是白頭髮比以前多。別說她了，現在連我都一堆白頭髮。」

梅西對上大姊的視線，懷疑自己六年後是否會變成像她一樣。她知道相較於蘿絲，自己長得更像珍珠。**但我沒有養大兩個孩子、住在養豬場。**

她有股強烈的衝動，想要解救大姊離開牢籠。她往前靠，壓低聲音。「妳過得幸福嗎，珍珠？瑞克對妳好嗎？妳的人生有沒有其他想做的事？」

姊姊的表情流露震驚，然後是憤怒。「我當然很幸福！我現在做的就是自己想做的事，我嫁給了全世界最棒的老公。梅西，我們在這裡過得很好。我們不需要住在大城市，買新款iPhone和名牌包。」她怒斥。「不要因爲我住在鷹巢鎮就憐憫我。這是個好地方，很適合簡單的生活。」

梅西從珍珠的眼睛看出她在說謊，但梅西沒有戳破。「我只是想知道妳這十五年來過得好不好，並沒有批判的意思。」謊言剛說出口就變得酸臭。

她低頭看看空白的筆記本，讓頭腦冷靜下來，專注在來找大姊的第二個理由上。「案發當晚，珍妮佛家中的槍枝失竊，妳知道這件事嗎？」

「不知道。」珍珠的語氣流露詫異。「我知道她有幾把槍，但每個人都有啊。這很重要嗎？」

「還不確定。葛雯・法加斯家裡的槍枝也不見了。」

珍珠在座位上往後一靠。「嗯。」她沉默片刻。「很容易銷贓。」

「沒錯。」梅西繼續說：「葛雯家也遺失了一本相簿，但珍妮佛家沒有類似的失竊物品。妳知不知道是否有私人物品失竊？或許她父母後來提起過？」

「印象中沒有。」珍珠說：「除了在葬禮上，我沒有和她父母講過話。」

「警察有沒有給妳看過犯罪現場的照片？」

「沒有。我也不想看。」

「如果我給妳看珍妮佛房間的照片呢？如果有東西不見，妳能看出來嗎？」

珍珠思忖片刻。「我眞的不能保證。」

「那時候妳幾乎是住在那裡。」

大姊露出憂傷的笑容。「是沒錯。我可以看一下——只要照片裡沒有……遺體，但已經過了這麼久，太小的細節我也不記得了。」

「沒問題。還有，妳記不記得現場的鏡子怎麼了？」

珍珠一手摀住嘴。「我都差點忘了！當時鏡子全破了，這很奇怪。」

「妳後來還有沒有聽說這一帶發生類似的事？」

她努力想了一下，然後緩緩搖頭，眼神渙散。「如果又發生了，我應該會記得。她們兩個遇害之後，謠言滿天飛……有人說凶手因為毀容了，無法忍受鏡中的自己。也有人說殺死葛雯和珍妮佛的凶手其實是女人，她恨她們的美貌。」

「她們遭到性侵。」

「謠言才不管合不合理呢，而且性侵有很多種方式，妳也知道。」

梅西愣住。警方當時是否考慮過異物性侵的可能？畢竟遺體上沒有採到精液。她必須重看一次警方報告。

珍珠的想法很好。

但我很清楚，我和蘿絲遭到襲擊時，凶手並非女性。

疑慮湧入心中，記憶的畫面與邏輯相衝突。

說不定眞的有女性在場，也可能是在幕後教唆。

最近的三起命案，會是女性殺死他們嗎？還偷走他們的槍枝？

她責備自己竟然受性別偏見蒙蔽。*別以為凶手不可能是女性*。女性絕對有能力犯下這所有案件。雖然男性犯案的機率比較高，但不代表不用考慮女性犯案的可能性。

「有人嫉妒珍妮佛到殺人的程度嗎？」

大姊深吸一口氣。「我不知道。」

「妳不知道，還是不願意說？」梅西謹慎地問。

「有些人就算很賤，但不見得會殺人。」

「對極了。不過，如果妳有懷疑的對象，就該說出來。」

「我沒有懷疑她。她不可能做出這種事。」

「誰？」

「泰瑞莎．庫利（Teresa Cooley）。雖然她經常和珍妮佛吵架，但不代表她會殺了她。葛雯也是。」

梅西印象中沒見過此人，但這名字有點耳熟。她先在筆記本裡寫下，總覺得最近看過那個名字，可能是在警方報告裡。當年珍珠或許沒有提起這個名字，但可能有其他人說了。

當年的案件難道有女性在幕後主使？

記憶中的一扇小門努力想開啓，她在心中奮力擋住，不願讓門裡的東西再害她必須躲在被窩裡。遭受襲擊的回憶不需要再次浮現，去探望蘿絲之後那次記憶湧現就夠她受了。

「泰瑞莎是妳和珍妮佛的同學？」

「葛雯也讀同一所學校，但比我們小兩屆，我們和她不太熟。說眞的，梅西，珍妮佛和泰瑞莎之間的爭執，就只是高中女生的勾心鬥角罷了。珍妮佛長大後就放下了，但泰瑞莎一直和高中時一樣。我都已經結婚了，泰瑞莎還表現得好像我要搶她男朋友，眞是夠了。那時我們都已經二十四歲，但泰瑞莎彷彿還卡在十八歲。」珍珠敲敲桌面。「我要再次強調，這不代表她殺了人。」

「我知道。」梅西同意。她忽然覺得好疲倦。這幾天她睡得太少，而且和姊姊談話勾起了意料之外的情緒起伏。

梅西沒有其他問題了，但她還不想走。心中有個東西讓她捨不得離開。她想看珍珠子女的照片——從小學到高中，十二年的所有照片——也想聽聽他們喜歡什麼課外活動。她想慢慢喝茶聊八卦，就像以前那樣。

但她沒資格。

梅西站起來收起筆記本。「我問完了，要先回去工作了。」

珍珠站起來，但沒有說話。梅西閃避她的視線。

她們走到大門口，梅西終於正眼看向姊姊。「我住在珊蒂民宿，如果妳想到對珍妮佛案件有幫助的事，請聯絡我。」

「妳會在鎮上待多久？」

「應該不會太久，查明案情之後就會離開了。」她擺弄著包包，無法看大姊的眼睛太久，一次頂多幾秒。她感覺到機會正在迅速消逝，而且永遠不會再來。

這時珍珠再次擁抱她。「梅西，不要這麼見外。歡迎妳常常過來。」家與家人的氣味令她感觸良多，她依偎在姊姊的懷抱中。

開車回鎮上的路程，梅西眼前的路一直好模糊。

19

梅西把車停在珈琲咖啡館外面。

這樣做真的好嗎？

與蘿絲談過之後，她明白自己勢必要去找李維。她必須確定襲擊她和蘿絲的人眞的死了。

那個人倒在父母家血流不止的畫面，害她的思緒嚴重堵住。她不禁哆嗦著。曾經殺過人一事總是糾纏著她，有如洗不掉的臭味。她知道別人聞不到，但仍然總覺得太過明顯。在有些日子裡她會淡忘，她可以過幾個星期輕鬆的日子，人生繼續向前。起床、上班、回家。

但她依然感覺得到那污點。

當同事追查殺人凶手時更是如此。

她是殺人犯。

膽汁灼痛著她的喉嚨。她走下車，將那一夜的回憶趕出腦海，大步走向那間風格爽朗的咖啡廳。她希望今天是李維顧店，而不是凱莉。如果店裡有其他人，她會點杯咖啡就走。既然已經成功和蘿絲、珍珠說過話，應付李維絕不是問題。

她走進店內，店裡沒有客人，下午這個時段很正常。通常大家會選在早上補充咖啡因。

李維聽到她的腳步聲，從後面走出來，一看到她便整個人僵住。

「店裡有別人在嗎？」她搶先開口，不給他機會叫她滾。

「有。」李維回頭張望。「喂，歐文？」

梅西頓時好想立刻衝出店外。她只做好心理準備要見一個哥哥，而不是兩個。

歐文從後方走出來，揚起眉毛表示疑問。「什麼事，李維……」他話語未竟，因爲他看到了梅西。

大哥的樣子和她記憶中年輕時的父親一模一樣。瘦瘦高高，但一旦被激怒，全身就會爆發力量。她對上大哥的視線，看到自己的綠眸也長在了對方臉上，吃了一驚。儘管她從小就和他住在一起，今天卻感覺像第一次見面。

「見鬼了。」歐文看看她又看看李維。「你們兩個好像有話要說，我不想被扯進去。」他回到門後面，拿著一頂鴨舌帽出來，大步繞過櫃檯，眼睛注視店門，穿著靴子的腳每一步都充滿決心。

「歐文。」梅西開口。

「不要跟我說話，梅西。妳害我們家幾乎快要四分五裂，希望妳不是回來給我們最後一擊。」他戴上帽子，完全不看她。他出去之後用力關上門。

她好想直接融化癱倒在地上。她看看李維，準備好接受譴責，沒想到卻看見憐憫。

「別理他。」

她死命抓住小小的橄欖枝。「我不能不理他。」

「別讓他說的話、做的事影響妳。」

「說得容易。」她小聲說：「我當年做的事眞有那麼壞？我只是做出自己的選擇，都已經十五年了，還是沒有人願意原諒我？」

李維沒有回答。他拿起一條抹布擦拭著濃縮咖啡機，轉開視線。「對我而言，都已經過去了。」

「那爲什麼星期一你不肯跟我說話？你表現得好像第一次見到我。」

他停止擦拭，視線迅速轉向她。「我只是模仿妳的態度。當時妳一句話都沒說，我也不知道和妳在一起的人是誰、知道多少關於妳的事。妳裝作不認識我，我想一定有妳的理由。」

梅西一手按住前額。「噢，眞是的。我是在模仿你的態度。我還以爲你不想讓凱莉知道我是誰。更何況，看到你在這裡，我整個人根本傻住了。我們單純是想喝咖啡才進來的。」

李維輕笑。「看來我們兩個都搞砸了。」

她大大吁一口氣，鼓起勇氣。「可以重來一次嗎？李維，見到你，我眞的好開心。」她凝視著二哥，把球發給他，把心交給他。**他會狠心拒絕我嗎？**

他將抹布扔在櫃檯上，從後面走出來。她還來不及反應，他便已經一把抱住她，把她整個人舉起來轉了一圈。「梅西寶貝，妳不知道我有多想念妳。」

「不要叫我寶貝。」她哽咽說。就像故事中的聖誕鬼靈精（注）一樣，她的心漲大了三倍，安心的感覺排山倒海而來。

重新與李維拉近關係，可以說比跟姊姊和好更開心。她心中有一部分一直知道兩個姊姊會接納她。但男人不一樣。

李維放下她，眼中閃爍淚光。

「歐文怎麼辦？」她小聲問。

「去他的。如果他想一輩子懷恨，那就隨便他。就讓他像老爸一樣，變成壞脾氣的糟老頭吧。」他停頓了下。「反正他也變不出花樣。」

梅西很清楚，歐文從小就是乖乖牌，向來無法自行做決定。對他而言，遵從別人的命令比較自在，顯然他完全沒有改變。

「我們必須談談那天晚上的事。」梅西壓低聲音說。

李維後退半步，注視她的雙眼。「為什麼？已經這麼多年，事情都過去了。」

她咬著下唇，思考該告訴他多少。「他真的死了吧？」

李維呆望著她。「為什麼現在來問這個？」

「因為發生了一些事，我不由得有些疑慮。」

「他死了。」

「你怎麼知道？」

二哥彷彿在她眼前縮水了。「因為我檢查過了。」他輕聲說：「我去查看過三次，確認是否有人發現他，但屍體都沒有被動過。」

「他被埋在哪裡？」

李維臉色變得慘白。「我認為這件事最好只有我一人知道。妳必須相信我說的話，我找到一個藏屍體的好地方，現在只剩白骨了。」

注 暢銷童書及電影《鬼靈精》（*The Grinch*）的主角。

她內心的壓力稍微解除，一時間搖搖晃晃差點站不穩。

一個確定死了，但另外那個呢？

李維蹙眉。「妳需要咖啡。」他帶她去最接近的桌子，讓她坐在高凳上。「妳要喝什麼？」

「美式，高脂鮮奶油。」

他回到櫃檯後面，乒乒乓乓弄了一陣，機器發出嘶嘶聲，加壓的熱水沖過咖啡粉。「妳為什麼要確認他是不是真的死了？」他沒有抬頭，而是繼續準備咖啡。

「你記得當時鏡子被打破了嗎？」

他的視線立刻抬起射向她。「記得。」

「同樣的事又發生了，就在這裡。」

「受害者是女性？」

「不，是年長男性。末日準備者。」

他皺起眉頭專心做咖啡。「應該只是巧合吧，明顯不一樣。」

「有不一樣的地方，也有一樣的地方。所以我才想知道他是不是真的死了。」

李維送上她的咖啡，青藍色杯子搭配同色杯碟。他在對面坐下。「那天晚上的犯人不只他一個。」

梅西的焦慮再度湧上。「蘿絲不確定那晚究竟有沒有聽到另外那個人的聲音。」

「沒人來找死掉的那個人，也沒人報警說我們家傳來槍響。我原本以為隔天警察就會找上門……」

李維說著，緊張的情緒讓他臉上出現細紋，比起她剛進來時，彷彿又再老了一些。

「我記得。這麼多年來，我一直提心吊膽，總覺得遲早會有人拍我的肩膀，說他們知道那天晚上發生了什麼事。」

他們默默對坐片刻，梅西小口喝著咖啡。

李維深吸一口氣，用力吐出。「我不認識那個死掉的人，我們全都不認識他。我不認爲他住在附近——」

「他的同夥也沒有報警——」

「因爲那個同夥知道自己也有罪。這就像打電話報警，說有人偷了妳的海洛因。」當殺人造成的壓力與罪惡感太過強烈，幾乎讓他們活不下去的時候，他們兩個和蘿絲經常用這個想法安慰自己。

「那時我們制止了他們殺人的循環。」李維指出，隔著桌子往前靠近她。「妳和蘿絲原本會是接下來的受害者，我們阻止了他。」

「眞的嗎？但是現在又有人打破鏡子後殺人。」梅西注視他。

「這次凶手鎖定的不是年輕女性，一定不是相同的凶手。」

「我認爲是另外那個人，逃跑的那個。」她低聲說。

「妳這是在妄下論斷。」

「珍妮佛和葛雯遇害的現場也有槍枝遭到偷竊，你知道嗎？那時並沒有人特別留意，但因爲目前發生的命案同樣有槍枝遺失，所以似乎有什麼相關性。」

李維搓搓落腮鬍。「當年誰都會偷走槍的。現在遺失的那些槍，妳有沒有查到出售的狀況？」

「沒有。」她的肩膀頹然下垂。「一位分析專員正在負責追查。那些槍枝很可能一開始就是違法購入，所以很難查。而且我敢打賭，有些槍搞不好是四十年前買的。」

「在那個時代，賣來福槍給鄰居不是什麼大事，沒有人在乎。所以我們又回到十五年前的那個問題：另外那個人是誰？」

兄妹倆都陷入沉默，咖啡館播放的音樂填補著懸宕於兩人間的空白。南希·威爾森（Nancy Wilson）（注）充滿爆發力的歌聲在歌曲中詢問，她是否害怕那些害怕她的人。

「我們不知道怎麼找他，他也很怕被找到。」她說出明顯的事實。

「蘿絲有說她認為是誰嗎？」李維問。

「我昨天去找她的時候，她沒說。在她印象中，第一次聽見那個聲音的場合人太多，那天幾乎鎮上所有人都去了必文斯家的烤肉派對，無法確認她有沒有記錯。」梅西的腦子開始轉動。「她也可能是在某間商店裡聽見的……說不定是搞混了，其實是電視裡的聲音……總之，無法確定她真的是在必文斯家聽見的。」焦慮在胸口迅速擴散開來。蘿絲當時非常確定，她是在必文斯家聽過第二個人的聲音，這件事成為梅西和父親鬧翻的催化劑。

她相信二姊沒記錯，因此想去必文斯牧場找出那個人。她們編了一個謊，告訴父親蘿絲聽到有人在他們家外面講話，認為他們想要闖入。她們始終沒有告訴他或其他家人，有人闖進家中襲擊她們姊妹倆。

父親宣稱是蘿絲聽錯了，不肯讓梅西去找人。必文斯的勢力很大，而他們的關係已經夠僵了，不容她再去攪局。他命令梅西不准亂說話。她不服氣，拒絕就此噤聲，也因此父女間原本就存在的問題更加嚴重。她一直認為父親看待女性的方式太老派，不論是在家中、外界，或是之後的未來。梅西很清楚，她不可能一輩子活在男人的陰影下。他們的爭執達到頂點，他說如果不接受他的做法，那就離開，永遠不要回來。

家人全都支持父親的決定，排擠梅西，她只能獨自懷抱信念。

最後，她做出艱難的決定，離開鷹巢鎮，離開家，離開從小唯一知道的生活方式，但她從不曾忘記那兩個襲擊她的人。關於死去那個人的記憶揮之不去。

他的氣味。

他的雙手。

他混濁高熱的呼吸。尖銳的指甲。揮拳的力道。還有——

她連忙封鎖住回憶。

現在不能跑出來。

梅西一直覺得自己被拋棄了。

她差點遭到姦殺，卻必須保密。她的家人更聯合起來排擠她。

「妳是怎麼得到這份工作的？」李維突然沒頭沒腦地問。

她立刻抓住改變話題的機會，讓頭腦遠離黑暗深淵。她知道李維關心的不是教育程度。她殺了人，怎麼還能成為調查局探員，這才是他想知道的。「撒謊加隱瞞。我告訴他們，我從來沒有因為犯法被定罪，這不算欺騙。而且我順利通過所有心理檢測。」

注 美國爵士、藍調與靈魂樂女歌手。

「因為妳沒有做錯事。」李維堅定地說：「妳心裡知道妳所做的事是對的，我們兩個都是。妳喜歡這份工作嗎？」

「非常愛。」她承認。「每天都能盡情運用頭腦。我通常花很多時間盯著電腦螢幕，但一旦找到線索之後，就會十分享受拼湊出眞相的過程。」

「這感覺很無聊啊。」李維說：「不過妳從小就愛發問，遇到事情也看得比別人深。我還記得妳曾經花好幾個小時挖土，只因為覺得土壤一層層的變化很有趣。」

「每一層的顏色和質感都不一樣，我想知道為什麼。」確實沒錯。小時候她會拆解一小部分的大自然，分解出她所能看到最小的元素，然後纏著哥哥姊姊問不停。

「我一直以為妳會成為科學家。」李維有些不甘心地說。

「我更喜歡現在的工作。」

「離開這裡算妳幸運。」

他的語氣刺痛梅西的心。「你不是認眞的吧？」他注視著她的咖啡，梅西好希望二哥能看著自己。

「很長一段時間，我並不認為妳幸運。妳的選擇讓我很生氣，但妳一離開，家裡就不再有紛爭，然而後來我又因為妳逃跑而怨恨妳。」

就算他打她一耳光，她也不會比現在震驚。「你沒有不能離開的理由，為什麼要怨恨我？」

「因為我走不了。我得應付凱莉和她媽。我不像妳那樣，有寬敞大路可走。」

「寬敞大路？」憤怒瞬間湧上她的喉嚨。「我被逐出家門，永遠不能回來！爸說我做錯了，我只能服從他的統治，不然就滾出去。這才不是什麼寬敞大路！」

李維做了個苦臉，但改為直視她的雙眼。「我知道，現在我看出來了。但那時候我只想離開，我對人生的想像不是這樣。」

梅西環顧咖啡館。「我覺得很不錯啊。你有個漂亮女兒，對咖啡上癮的客人更是源源不絕。」她對上他的視線。「生活感覺很平靜。」

李維得意地看著自己的店。「大部分都是凱莉的功勞，她很擅長把廢物弄得漂漂亮亮。」他看著梅西。「她很像妳。」

梅西不知道該說什麼。*所以她也很偏執？她的腦袋無法關機？*

「老爸做錯了，不該把妳逼到絕境。」他的喉結微微上下移動。「我跟他說他犯了大錯，但已經太遲。妳已經離開了很久，而他的自尊心很強，絕不會承認自己錯了。」

梅西沒有說話。這可能是她最接近平反冤屈的時刻。

但感覺到的是空洞。毫無意義。

多年來，她一直想告訴家人「你們做錯了」，而李維剛剛自己承認了。

然而她靈魂深處的痛楚並沒有因此痊癒。

她慢慢喝著咖啡，嚐不出味道，同時也感到驚訝，因為李維說的話竟然沒有治癒她多年的內疚。

什麼都沒有改變。

半數的家人依然不肯認我。我失去了好幾年的親情，而且將永遠找不回來。

她突然想起母牛黛西。

李維剝著手上的死皮，再度迴避她的眼神。少女時期她在鷹巢鎮感受到的醜惡暗流依然如昔。什麼都沒有改變，大家只想自保。

迎客鈴響了，戶外的空氣立刻湧入，她感覺背後一陣寒冷。她緊張了起來，驚覺自己的後背毫無防備，如果外面進來的人想攻擊，立刻就能得手。但李維站起來，瞬間變身爲開朗的咖啡館老闆。「嗨，大家好啊。」

他看著梅西，揚起眉毛詢問。

她不懂哥哥在暗示什麼。他走到櫃檯後面，問剛才進來的那幾個人要點什麼飲料。四個穿著沉重靴子的人從她身邊走過，他們的大衣上有淋過雨的痕跡。潮濕泥土與新鮮空氣的味道也被帶了進來。梅西研究他們的背影，聽著哥哥和他們閒聊。他知道他們每個人的名字。克瑞格、麥克、雷伊、查克。準備咖啡的過程中，李維持續用眼神詢問她。

其中一個人轉頭看了過來。梅西花了整整兩秒才認出他。

麥克·必文斯。

李維在問我想不想讓他們知道我是誰。

麥克離開那群朋友，大步走向她，伸出一隻手。「妳是來鎮上支援的調查局探員吧？很感謝你們願意幫忙調查這幾起命案。我們整個鎮都嚇壞了。」她點頭，與他握手。

從他的眼神看來，他沒有認出她。

她瞬間鬆了一口氣，但也有些不高興。麥克年輕時經常和歐文一起鬼混，顯然他完全沒費心思注意歐文的弟弟妹妹。

她露出機械式的笑容。「我們正在努力。」她看到他身後的那三個人發現他們在交談，也跟著轉過身。她認出克瑞格．雷佛提，但另外那兩個人她沒有印象。

叫做查克的那個人端著超大杯的咖啡走過來。他喝了一口，深色眼眸隔著杯蓋打量她。「警察在咖啡廳打混，刻板印象果然有道理。」

她好想踢他的膝蓋側邊。用力狠踢。

「就像牧場工人一定會穿藍哥牛仔褲配靴子。」她回答，並輕碰一下上唇，故作驚訝。「你的鬍子沾到奶泡了，看來現在的牧場工人不喝黑咖啡了呢。」她對他拋個媚眼，露出譏諷的笑容。「我也喜歡榛果糖漿。」將軍。

麥克笑嘻嘻地用手肘推一下查克。「小心喔，查克，她盯上你了。」

查克的眼眸閃過怒火，立刻轉身背對她。

「別理他。」麥克．必文斯依然滿臉笑容。

「我會的。」她重新坐下，喝一口咖啡，希望他會明白她不想繼續聊下去。麥克．必文斯太像他父親喬賽亞。同樣的體型、同樣的眼睛，但至少麥克的友善感覺很真誠。喬賽亞的態度總是有點假。

「如果需要找人帶妳了解這個小鎮，我非常樂意效勞。」他的藍眸流露興味。

不妙。

「謝謝你的好意。我有衛星導航，你知道的。」

「導航不會告訴妳哪家餐廳好吃。」他不肯放棄，同時靠了過來，一腳踏在高凳下方。「我欣賞妳教訓查克的手法。」

她很想嘆氣出聲。「謝謝。不過真的……我心領了。」她的禮貌快要到盡頭了。

麥克注視她的雙眼許久，臉上出現迷惑的神情。

不習慣被女人拒絕是吧？

她擠出笑容、露出牙齒，以免他惱羞成怒。女人都說不要了，為什麼男人不能識相一點直接離開？

「我在工作。」她最後補上一句，並在內心責備自己，竟然覺得有必要給他臺階下，保護他的自尊。

麥克點頭。「那好吧，希望妳在鷹巢鎮過得愉快。」他轉身回去找朋友，最後一個人正在付錢。他們四個踏著重重的腳步離開，有的對她客氣頷首、有的碰一下帽沿致意。查克則直視前方。

李維回到她對面坐下。「麥克認出妳了？」

「沒有。他知道我是來支援的探員，看來這個八卦已經傳遍了。很快我的名字也會傳出去。」等他驚覺自己竟然想勾搭歐文的小妹，不知道會有什麼感受。

「我不確定妳要不要我介紹。」

「先不要。」

「妳剛才對查克說了什麼？」

「我讚美他的咖啡。」

「他是個爛人，來鎮上沒多久。」

「我還認出克瑞格．雷佛提。小時候我曾暗戀過他。」

「什麼！妳只是個小鬼。」

「已經夠大了，會注意到哥哥的帥朋友。我喜歡高大憂鬱的那型。」

「十五年來他哪裡都沒去，一直做相同的工作。幸好那時候妳沒有和他來電，不然妳就會變成牧場工人的老婆了。很可怕吧，凱佩奇探員？」

「有時候我覺得那樣也不錯。」

「我才不信咧。妳身上那件大衣的價格很可能是他半個月的薪水。」

這件大衣是她狠下心的投資。品質絕佳，可以穿一輩子。「看來你對時尚的了解進步了很多。」

「畢竟我有個唸高中的女兒。」

「也是。」

梅西端詳著哥哥，整個人終於放鬆了。音訊全無十五年之後，兄妹之間搭起了一座橋，漫長歲月的隔閡消失了。他的臉龐重新變得熟悉，眼角的皺紋感覺再正常不過。他是她的二哥。

她心中充滿了樂觀。她想知道二哥和凱莉的所有大小事。

李維露出大大的笑容。「妳在想什麼？」他問。

「我第一次覺得，回來眞好。」

20

楚門坐在辦公桌後方，看著照片裡奈德·法希與伊諾克·芬契家破碎的鏡子。傑佛森舅舅家的照片他則早已刻印在記憶中。現在他仔細研究其他案件的照片，想找出共通之處，試圖分辨凶手用什麼打破鏡子。

傑佛森舅舅家的鏡子是子彈打破的。舅舅也是被子彈打死的。

但其他兩名死者家中，鏡子後方並沒有找到子彈。

爲什麼其他人都沒有因爲鏡子而聯想到那兩起舊案？應該有警官或副警長還記得那兩起案件的細節，爲什麼反而是當時只是高中生的梅西指出這件事？

是巧合？

假使來支援的探員不是梅西·凱佩奇，這兩起舊案的資料是否會繼續放在倉庫無人聞問？只有路卡斯偶爾會去撢撢灰塵。

楚門不相信巧合。至少現在還不能視爲巧合。

他將破鏡子的照片放在桌上。五件不同的案子，十四張不同的照片，裝飾用的小鏡子鏡面皆從鏡框裡掉下來，浴室梳裝鏡則都依舊在原位。除了葛雯浴室的那一面，那面鏡子裝在櫃子上，整個碎掉散落在洗手臺上。

所有鏡子都是同一個人打破的？

但為什麼？

楚門很想用頭撞桌面，好撞出新想法。但這麼做沒用，就像望著照片發呆一樣。

「局長？」羅伊斯．吉布森警員走進他的辦公室。「你想知道那兩個探員去哪了嗎？」

罪惡感撞擊楚門的胸口。「好。」

「彼德森探員往本德市的方向去了，我猜他大概要去調查局辦公室。凱佩奇探員一早就出發，開上八十二號公路，出了鎮界之後我就沒有繼續跟了。」

楚門略微思索。「瑞克．透納住在八十二號公路上，對吧？」

「是，長官。」

「謝了，羅伊斯。」

梅西去大姊家了。楚門很好奇她會不會緊張。那天早上她沒有說太多關於大姊的事，但楚門大致感覺得出來，對她而言，這次探訪應該並不輕鬆。

羅伊斯在門口流連，左右移動重心，眼睛東看西看。

「還有其他事？」楚門感覺後頸毛髮直豎。

「這說出來感覺很蠢。」

「交給我來判斷。」

羅伊斯繼續難爲情了一陣子，最後終於說：「有一些奇怪的謠言，還沒到傳遍鎮上的程度，但我已經聽到三次了。大家都說不知道是不是眞的。」

「什麼謠言，羅伊斯？」謠言是鷹巢鎮民的精神食糧，楚門從八卦傳播鏈得到過不少有用的情報。但也有很多垃圾資訊就是。

「你有沒有聽說過山洞人的事？」他吞吞吐吐地問。

楚門揚起一條眉毛。艾娜說的那個山洞人？

年輕警員臉紅了，死命盯著靴子。「是你說聽到什麼都要告訴你。」

「快說吧。」

羅伊斯好不容易才抬起頭看他。「我聽說，有幾個獵人在一處山洞附近看到很多槍枝，而且還有人生活的痕跡。他們一看到便急忙離開，擔心誤闖私人土地。」

「什麼時候發生的？那些獵人是誰？」楚門著急地大聲問。

「不知道。獵人是從喀斯喀特山脈另一側來的，他們經過鎮上時隨口問了一下是否有人住在山洞裡。加上最近槍枝失竊的事，我認爲或許値得重視。」

楚門默默坐著。獵人？在酒吧講故事？「還有其他人提到山洞人嗎？」

羅伊斯又低頭看鞋子。

楚門耐心等候。

「這一類的故事一直都有在流傳。有人說，他們看到奇怪的人住在森林裡，但從來沒人說過看到大量槍枝。不過，每個人都說那個怪人看到人就開槍。」

「故事？類似高中常有的傳說？」

「對，類似那種。」

楚門在心中數到十。「羅伊斯，可以更準確一點嗎？在你印象中，有人眞的看過這個山洞人或他的槍嗎？」

羅伊斯的表情尷尬到極點。「我剛才也說了，只是謠言而已。但那些獵人說他們看到同樣的事，似乎增加了一點可信度。」

「獵人的故事是最近開始傳的嗎？」

「對。」

「唉。」他望著年輕警員。「你可以查出故事的源頭嗎？先去跟酒保和服務生打聽一下，珊蒂民宿也去問問，看能不能找出曾經親耳聽到獵人說此事的人……而不是聽酒友轉述。盡可能查出他們所說的地點。你們這些一起唸高中的同學，一定知道森林裡大家都不敢去的地方吧？有些謠言是有事實基礎的，先查清楚究竟是怎麼回事。」

羅伊斯熱忱地點頭。「馬上辦。」他草率地行個舉手禮，然後大步走出去，態度充滿使命感。

我該不會特地派警員去追查酒鬼的胡言亂語吧？

無所謂。無論多小的線索都必須認眞看待，而且這也不是他第一次聽到山洞人的事。謠言說有個山洞人藏著大批槍枝，楚門絕不會輕率地斥之爲無稽。

他的電話這時響了。

「喂，我是楚門·戴利。」

「局長嗎？我是醫檢處的娜塔莎·洛哈特。」

楚門想起那名嬌小的醫檢官。他第一次見到她，就是因爲舅舅的命案。印象中她非常有能力、具有幹勁。這樣的特質很適合這份工作。

「是的，洛哈特醫師，請問有什麼事？」

「我傳了郵件給你，也有寄給調查局和郡治安處，不過我想親自跟你說，因為你是家屬。」

他的胃酸瞬間開始大量分泌。

「伊諾克·芬契和你舅舅的部分鑑識報告出爐了。你應該知道有些檢驗要花上好幾個星期吧？我在這裡的辦公室分析了一些組織，但通常我會送去外面單位做更深入的檢驗。」

「嗯。」快說吧。

「伊諾克·芬契的血液中檢驗出微量氟硝西泮（Rohypnol），你舅舅體內也有同樣的藥物。」

楚門一時說不出話來。傑佛森·畢格斯向來大肆反對任何處方藥物，他認為製藥公司洗腦大眾，讓他們相信自己需要化學藥品，陰謀賺取美國人的錢，並且讓他們對成藥上癮。舅舅難道說謊？表面上反對藥物，私下卻躲在浴室裡吞安眠藥？這世上有太多說一套、做一套的人。

但這個人是他舅舅。他確信舅舅絕不會欺騙他。

「楚門？」

「我在聽。奈德·法希體內是否也有同樣的藥物？妳確認過了嗎？」

「正在進行。」醫檢官停頓一下。「你舅舅體內的藥物是在胃裡發現的，他才剛吞下去。」

楚門想起舅舅家廚房流理臺上的兩個酒杯。他知道兩個杯子裡都裝著蘇格蘭威士忌，可見那天晚上舅舅曾經和人一起喝酒。酒杯採過指紋了，但只有他舅舅的。另一個杯子上沒有指紋。

凶手和舅舅很親近嗎？能讓舅舅先和他喝一杯酒？

行凶之後再冷血擦掉指紋揚長而去？

「我大該知道藥是怎麼進入他體內的。」楚門緩緩地說：「他從來不吃藥。」

「無論藥是從何而來，光是兩名死者體內都有，這就夠奇怪了。」

「沒錯。」楚門和醫檢官又談了一分鐘，然後掛斷電話。他走出辦公室，去到存放證物的櫃子，舅舅命案相關的幾箱證物都放在那裡。他翻找了一下，找出裝在證物袋中的兩個酒杯。他戴上拋棄式手套，打開證物袋查看那兩個杯子。上面依然蒙著一層細細的指紋粉。

楚門拿起一個杯子放在鼻子前面嗅了一下。依然有威士忌的氣味。

杯子裡殘留的酒精已經乾掉了，他們還能驗出藥物嗎？

值得一試。

舅舅不會說謊，一定有人設計讓他吞下那種藥。

一個他願意一起喝酒的人。

21

梅西拉起黑色外套的拉鍊，將手套塞進口袋，惆悵地望著民宿舒適的床鋪。疲倦加上緊張，讓她很想爬上床躲在被窩裡，但她知道自己不可能睡著。壓力如此大的狀況下，只有一件事能讓她鎮定下來。兩天前晚上偷溜出去的那次，她的神經得以放鬆冷靜，讓她覺得自己沒有勞累過度。她必須先得到成就感，才會覺得有資格休息。

有人敲著她的房門。

是艾迪？但一個小時前她已經跟他道過晚安了，那時才九點。

她從窺視孔查看，瞬間忘記呼吸。

凱莉．凱佩奇。她的姪女。

女孩左顧右盼，鼻環反射著走廊上的燈。她再次敲門，表情有些不耐煩。

她知道我是誰嗎？

如果不知道，那她來做什麼？

梅西察覺自己今晚恐怕不能出門了。她開了兩道鎖，把門打開。

凱莉站著不動，端詳梅西的臉，而梅西任由她看著，同時自己也在觀察對方。

梅西比凱莉至少高了四吋，姪女的髮色比較淺，但兩人的眼睛根本是同個模子出來的。

「妳是我的姑姑。」凱莉劈頭就說。

「對。」

「我是凱莉。」

「我知道。」梅西簡短地說，想不出更好的回答。

凱莉再次左顧右盼。「我可進去一下嗎？我有話想跟妳說。」

梅西雖然知道這樣做不太好，但還是後退讓女孩進來。凱莉環顧房間，然後坐在小書桌旁邊的椅子上。她一看到梅西身上的外套，頓時瞪大眼睛。「噢，妳正要出門嗎？」

「不是什麼重要的事。」梅西關上門，脫掉外套，默默嘆息一聲坐在床上，面對姪女。「妳知道我是誰，是妳爸告訴妳的？」

「對。」凱莉依然在從頭到腳研究著梅西。「星期一你們買完咖啡離開後，我問他爲什麼表情這麼怪。我一直纏著他追問，今天下午他終於告訴我了。」她蹙眉凝視梅西。「我看得出來我們長得很像。大家都說我像珍珠姑姑，但其實我長得更像妳。爸說妳被逐出家門，不過他不肯告訴我原因。」凱莉一臉期待地看過來。

「既然妳爸不肯透露，想必有很好的理由。而且我不想說那件事。」

凱莉滿臉失望。「我就知道妳會這樣說。」

「凱莉，妳來找我有什麼事？」

女孩低頭望著緊握的雙手。「我希望高中畢業之後能離開鷹巢鎮。」

梅西等她說下去。

「爸爸不想讓我走。」

梅西不曉得姪女為何跟素未謀面的姑姑說這些。「妳媽呢？」

「我的監護權完全屬於爸爸。我媽已經再婚了，現在有新的家庭。」

姪女憂傷的語氣令梅西心疼。「我很遺憾，凱莉。」

女孩揮揮手，將母親的事掃到一邊。「我已經不在乎了。所以，妳高中畢業後就離開鷹巢鎮了，對吧？」

梅西心中立刻響起警報。「沒錯。」

「妳去上大學，現在做自己想做的事。**我也要那樣！**爸爸要我唸本德市的社區大學。」

「這個想法其實不錯──」

「**可是我想離開！**我不能住在這裡。我想看這世界、想要旅行、想要認識不同的人！」她的眼神哀求梅西理解。

梅西深吸一口氣。「凱莉，我不確定這件事輪得到我插手。我和妳的家人──」

「**我知道**，我知道。你們幾百年沒講過話了。不過，如果我要去很遠的地方唸大學，妳可以教我怎麼籌學費嗎？我想要像妳一樣……將這個破爛小鎮拋在腦後，學習新事物。我不想結婚成家、照顧菜園、儲存糧食，還有養一堆小孩。我想*有所成就*。」

「我覺得妳似乎不該找我談這些──」

「我不在乎妳被逐出家門。」

梅西舉起一隻手。「我不是那個意思。妳應該找學校的升學輔導老師談，他們的職責就是幫助妳上大學。妳可以申請補助、獎學金……有各種辦法。如果不離開這個州，妳應該負擔得起。妳的成績好嗎？」

「大多是A。」

「這樣很好。妳現在十一年級，對吧？保持好成績，然後開始研究獎學金制度。」

「我跟輔導老師談過上大學的事，但他每次都問我爸爸希望我怎麼做。」

凱莉的輔導老師讓梅西感到強烈厭惡。「那就撒謊。」

女孩呆望梅西許久。「爲什麼都沒有人說妳的事？爺爺奶奶家連一張妳的照片都沒有。我找過了。」

梅西說不出話來。

沒有照片。彷彿我不曾存在過。

凱莉垂下視線。「對不起，我不是故意害妳難過。我以爲妳已經不在乎了。」

梅西眨了幾下眼睛，納悶姪女在她臉上看到什麼表情。「這件事很難解釋，太複雜。」

凱莉對上梅西的視線，表情流露惱怒。「妳果然是我爸的妹妹，他也說了一模一樣的話。」她專注端詳梅西。「妳有小孩嗎？結婚了嗎？」

「兩者都沒有。」

「妳怎麼會成爲調查局探員？」凱莉歪頭專心聆聽，而這個動作讓梅西想起蘿絲，蘿絲需要認眞聆聽的時候都會這樣。

「我大學畢業幾年後提出申請。」梅西回答：「我主修犯罪學，原本打算當犯罪現場的調查人員，後來發現調查局在招募人手。」

凱莉點頭，眉頭依然揪在一起。梅西知道對方正努力記住她說的每句話，同時深深感受到，給姪女人生建議是多麼沉重的責任。「做妳喜歡的事。」她告訴姪女。

女孩的姿勢放鬆了。「我喜歡食物。」凱莉的語氣很夢幻，凝視著遠方。「喜歡烹飪，但特別喜歡烘焙。咖啡館裡所有的點心都是我做的，我很樂意整天做點心。」她坐直身體。「但我不想在鷹巢鎮做這些，我想去熱鬧繁忙、充滿活力的地方。在這裡，每天都只能看到同樣的人們。」

「顯然妳不需要上大學也能實現夢想，不過我建議妳，無論如何還是先讀個學位。唸大學是擴展視野的好機會，可以多看看世界，最後再決定妳打算如何追夢。」

「妳是怎麼做到的？妳怎麼有辦法負擔那麼多花費？」

大學那些年的回憶一閃而逝，梅西想起當時自己的資源多麼稀少。

「那時候手頭一直很緊，但我早就習慣了，差別在於如何增加效率。我學會主動發問、挖掘答案、放下自尊。我知道，如果想靠自己有所成就，就必須學習去開創機會。沒有人會白白給我任何東西……我必須去爭取。上大學之前，我身兼三份工作，和三個室友分租公寓，經常吃泡麵。我時常去糾纏財務補助輔導員，想盡辦法省吃儉用。對我而言那確實是新世界，是鷹巢鎮無法提供的。」

凱莉點頭。「這裡的每個人都要我專心為未來做準備，但他們所謂的準備，就是窩在鷹巢鎮等政府癱瘓。」她皺起鼻子。「我爸好像開始認為那些事永遠不會發生了。」

「怎麼說？」

凱莉聳聳肩。「雖然他經常跟我宣揚鷹巢鎮的生活有多理想，但卻已不像以前那樣常去爺爺家幫忙了。大約一年前，他們大吵了一架——不知道是為了什麼事。總之，後來爸爸就很少參加爺爺那邊的活動。我看過他躲爺爺的來電、不去聚會。」

「他應該還是會去找朋友吧？」梅西有一百萬個問題想問，但她努力壓抑住。她不希望將凱莉扯進與家人決裂一事。目前和三位哥哥姊姊接觸的反應不錯，但她知道不能操之過急。

儘管是凱莉先踏出第一步，自己來敲她的房門。

「是有那麼幾個。不過最近他脾氣很暴躁，我聽到他叫大衛·埃奎爾去死。」

「那個牧師？」

「對，爸爸一直不太喜歡他，說他是個騙子，沒資格傳教。」

我和李維的看法相同。

「大衛一直和歐文感情比較好，不算是妳爸的朋友。」梅西說：「至少以前是如此。」

「現在也一樣。大衛加入了爺爺的團體。」凱莉補充。

梅西點頭。父親身邊總是有許多志同道合的人，他相信當末日來臨，他們可以互相依靠。那個小圈子相當封閉，梅西很想知道，是不是歐文設法讓大衛加入的。難道他除了傳道之外還有其他特長？例如工程技術？飼養牲畜？還是農業種植？說不定父親只是認爲，身邊有個上帝的僕人很方便。

她忍住沒有嗤笑出聲。

「我不認爲社會即將崩壞。」凱莉輕聲說：「既然我不相信，又怎麼可能把人生全耗在準備這種事？」她用眼神懇求姑姑理解。

梅西明白。她也無數次有過這樣的想法，因靈魂內的價值衝突而痛苦不已。她從小看著爸媽有條有理地準備迎接末日，但同時也看著世界其他地方正常運行。每當外國股市崩盤，爸媽就會緊張起來，相信第一塊骨牌倒下了——但末日從沒有來到。美國人照常上班上學、逛街購物、騎自行車上街頭。

難道那些人都活在謊言裡嗎？

「我懂妳的感覺。」梅西說完並停頓了一下，知道自己沒有立場告訴姪女該怎麼做。「我只能告訴妳，我是如何應付那種感受。從妳出生的那一刻，妳的人生就被設定要為末日預做準備、預先思考，對吧？」

凱莉點頭。

「如果就這樣拋開那一切，妳會感到憂慮不安……就好像在走鋼索，無論多想放鬆享受正常人生，疑慮還是會爬上心頭。例如我，我會開始質疑自己，儲存糧食、準備供電設備一事其實並不麻煩，不這麼做是不是太傻了？要是妳離家上大學、展開新人生，最後卻發現妳爸為末日做準備的行為才是對的，妳擔心會這種事嗎？擔心會因此受苦受難？」

「沒錯！每天我都很煩惱。」凱莉仔細聽她說的每個字。

「那麼，何不兩邊兼顧？」

姪女睜大眼睛。「兩邊兼顧？要怎麼做？」

梅西看出女孩腦中的齒輪正轉動著。

「妳就是這麼做的？」凱莉的音調拉高八度。「妳沒有完全放棄？可是……妳沒有團體，要靠誰幫忙？」

「我靠自己。」梅西輕聲說，感到自己偏執的靈魂正坦露在姪女眼前。

「怎麼做？」

「制訂計畫。這並非不可能，只是沒了志同道合的圈子可以依靠，真的不太一樣。」梅西承認。「我的計畫依然有些漏洞，但知道自己有所準備，心裡會好過一點。每次感到徬徨的時候，就多做一點，這樣有助於讓我放鬆。」

「妳在哪裡……」

「這個不重要。妳只需要知道，妳很堅強，想做什麼都可以，只要不傷害別人就好。如果現況讓妳感到不舒服，就設法改變。」

凱莉沉默不語幾分鐘，消化著姑姑說的話。梅西希望這孩子現在看到了不同的路。青少年時期，大人也一直不斷指相同的路給她，就像凱莉現在這樣。梅西本來不覺得有何不好，也相信那是明智的生活方式。後來她開始有所懷疑，但還來不及說服自己打消疑慮，她的世界就爆炸了——她被逐出家門，被迫獨自單飛。

斷絕關係。

在那之後，她就徹底抗拒家人的生活方式。

然而到最後，她仍然不得不重新找回那種生活方式。離家後的半年，她焦慮症發作，發現只有「做準備」才能讓自己內心平靜。從小到大，她不斷聽大人說供電網絡遲早會癱瘓，她無法輕易不當一回事。於是她開始準備。起先只是一些小地方，例如儲存食物，還有電池、現金和黃金。她隱藏得很好，連室友都沒發現她的強迫症。

後來規模越來越大。

但她繼續隱藏。相較於去回答別人的詢問，隱藏起來比較輕鬆。

十五年來，凱莉是第一個知道此事的家人。能夠說出來，梅西彷彿鬆了一口氣。這孩子不會批判她，也理解在準備者家庭長大的感受。她和凱莉之間隱約的連結正來回流動著，離家後她再也沒感受過這種牽繫。**有個可以說真心話的人。**

「凱莉，住在這裡眞的那麼糟嗎？」

梅西心中有一小部分想勸凱莉擁抱身邊的人，接受這樣的生活方式。但大部分的她想大聲尖叫，要凱莉盡快逃跑。

她沒有立場告訴凱莉該怎麼做。

但她能夠體會。哥哥姊姊都將準備末日的生活方式視爲志同道合的集體目標，相信那是明智的預作規劃。記得有一次，她說很想知道在紐約工作、生活是什麼感覺，珍珠便打個冷顫說：「電力和糧食供應斷絕的時候，我可不想身在紐約，到時一定會發生暴動，然後大家互相攻擊。梅西，妳瘋了嗎？」

「萬一沒有發生呢？怎麼可以只爲了假想的狀況，就放棄那一切？」

「等發生時妳就知道了，遠離大都市才是最好的選擇。擁有幾英畝的私人土地，有空間種植、飼養糧食。」珍珠說出爸媽常說的話。

他們這些孩子都被洗腦了嗎？或者只是單純學會了預先做準備？

「凱莉，先去找想進的大學，想清楚該如何籌學費，然後就去吧。盡妳所能持續準備著。」梅西嚥下哽在喉嚨裡的感傷。「有一天，等妳想回來了，妳爸永遠會在這裡等妳。」

「……那爲什麼妳的父母沒有等妳？」

22

珍恩．比博（Jane Beebe）努力想看清前方車頭燈照不到的地方，在凌晨這種見鬼的時間，天色依舊很暗。

「可惡的臭老頭，你到底爲什麼要堅持住在這種荒郊野外？」

她弟弟安德斯應該聽她的話，在本德市她住的那棟大樓裡買一間公寓——她已經勸他不下十幾次了——不要繼續住在遠離文明社會的五英畝土地上。他卻嘲笑她的想法：「這樣我的東西要放哪裡？」

「你不需要那堆廢物。」

「難說喔，有天妳會因爲那些東西而感謝我。」

「是嗎？我要一百輛不能跑的生鏽破車做什麼？」

珍恩彎腰靠近方向盤眨眨眼睛，努力看清前方的路。在這種偏僻的地方，路上沒有畫線，路旁也沒有街燈，還會莫名其妙就來個大轉彎，她說什麼都要小心。她的夜視力不比當年了。安德斯好不容易才答應去波特蘭看腫瘤科醫師，她幫他預約了一大早的門診。珍恩看一眼儀表板顯示上的時間。距離看診還有五個小時。

他最好已經準備出門了。

要是他又擅自改變主意而且沒告訴她，她會從他那堆鑄鐵平底鍋裡隨便拿一個敲昏他，然後拖他上車。珍恩原本打算昨天就出發去波特蘭，在飯店住一晚，這樣就不用匆匆忙忙，擔心趕不上看診時間。但安德斯不願意花錢。

然而他卻願意讓我天還沒亮就開車出門，絲毫猶豫都沒有。

幾年前，他就因不肯繳費換新而失去駕照。「我是自由人，公路是免費的，為什麼我要花錢才能開車？」

「公路不是免費的。」珍恩指出。「是用你繳的稅金鋪的。」

「這樣一來我更有資格開車。」

最後，大量的無照駕駛罰單終於澆熄了他自由開車的美夢。安德斯提出一大堆文件去申訴罰單，眼看法官就快被他氣瘋，準備因他太過煩人而抓他進監牢關幾天。幸好珍恩及時聽到消息，幫他繳了罰款。

安德斯爲此大吵大鬧。「開車上路是我的自由，他們沒有權利開發單給我。他們制訂那些法律只是爲了搶我們的錢！」

他每天都在講這些話，珍恩已經不想跟他爭辯了。

珍恩猛踩煞車，俐落地轉進安德斯的車道。松樹夾道的路稍微變寬了些，她差點就錯過要右轉的路口。那裡沒有任何標誌，完全看不出這條泥土路再往前半英哩處，就是她弟弟的家。

車子開過一個坑，車身用力彈震了一下，珍恩撞上駕駛座的門。

我幹嘛如此費心？

因為總得有人照顧他。

她的姊姊已經過世了，她自認有義務要照顧安德斯。即使弟弟頭腦不太正常，但家人就是家人。

她小心翼翼地在泥土路上行駛，閃避有如汪洋般遍布的廢棄車輛，這些是弟弟最愛的收藏品。

他不搬來我住的大樓也好，想想鄰居會怎麼看待他？

這個念頭令她深感羞恥，不過這並非她第一次這麼想。她沒有*認真逼他*搬家，箇中原因很多，其中一個就是擔心鄰居的觀感。爲了撫平罪惡感，她每年都會來探望弟弟幾次，而他似乎自己一個人也過得很好。

不過，安德斯遲早會因無照駕駛被抓去關。這裡的警察都認識安德斯，但最後一定會有人受不了他的行爲。

至少，他願意承認自己開車去波特蘭不是什麼好主意。

安德斯家的窗戶透出燈光。*感謝老天，好在他起床了。*

她把車停好，小心走過前院，這裡除了爛泥什麼都沒有。她舉起手正要敲門，卻發現弟弟把門開了一條縫隙在等她。她推門進去。「安德斯？」

一片死寂。

「可以出門了嗎？我們要開很久的車。」

她在門口的墊子上擦擦鞋底。「安德斯！」

說不定他出去拿東西了，所以門才會開著。

她往廚房走去，聞到了咖啡香，打算倒一杯慢慢享用，等弟弟準備好出發。

突然一陣尿騷味飄來，還有更恐怖的臭味讓她在廚房門口停下腳步。

安德斯仰躺在廚房地板上，身下是一灘血。

珍恩立刻扔下皮包，衝過去跪在弟弟身邊。「安德斯！」她抓住他的臉轉向自己，但他的眼睛已然失去生氣。她用顫抖的手按住弟弟尚有餘溫的脖子，尋找脈搏。她屏息地尋找一絲跳動。

什麼都沒有。

她扯開他身上染血的襯衫，看到他胸前的幾個彈孔，還在流著鮮血。

珍恩往後跪坐，默默伸出一隻手，溫柔地按住弟弟的胸口。沒有心跳。沒有呼吸。

她再多等了一下。

依舊什麼都感覺不到。

「噢，安德斯……你之前說山洞人要殺你，我還罵你在胡說八道。」

懊悔與羞恥湧上心頭，她不該輕忽弟弟說的話。

安德斯的一隻手拿著左輪手槍。珍恩回頭張望，發現門旁邊的牆上有好幾個彈孔。

「希望你有打中那個混蛋。」

23

楚門受夠了，他不想再看到老人被殺害。

三天前，他才以酒駕爲由把安德斯關進拘留室。

今天安德斯就死了。

他站在安德斯的廚房門口，控制憤怒的情緒。郡治安處的蒐證人員忙著拍攝現場的所有物件，同時在廚房另一頭，梅西與艾迪看著那些人拿著相機走來走去。今天早上六點，郡治安處的一位副警長聯繫楚門，他立刻打給梅西，通知安德斯遇害的消息。

她接聽手機時的睡意很濃，但立刻就清醒過來。「爲什麼是你通知我們，楚門？這件案子應該歸郡治安處管轄。」

「沒錯。這麼說吧，警長反應比較慢，還沒看出這起案件和其他三案的關聯，所以沒想到要聯絡調查局探員。就當作是我幫他打給妳吧。」

「我和艾迪三十分鐘內就到。」

看到梅西與艾迪出現在安德斯家，沃德．羅德斯警長急忙找臺階下，說他正要打電話給他們。他在講電話，於是朝房子揮揮手。「隨便看。」然後繼續講電話。

梅西在警長面前微笑，但在他背後翻了個白眼。艾迪發現了，戳一下她的肋骨要她收斂。她拍開他的手。

他們之間不拘小節的隨性互動，令楚門羡慕。我多久沒與別人那樣打鬧了？

梅西注意到他的目光，於是對他眨了眨一隻眼睛。

他屏息著忘了呼吸。

凱佩奇探員的雙眼有著很神奇的東西。

她整個人都很神奇。敏銳、勤奮、聰慧。

昨天她流露出情緒化的一面，害他有些擔心，不過依然相信她會積極努力抓到凶手，就像他一樣。一週內，已經有四個人遇害了。

安德斯．比博的胸口中了好幾槍，血流遍整片地板，幾個櫥櫃上能看到淡淡的噴濺痕跡。

「這個現場和之前幾個不一樣。」梅西初步觀察著。「感覺很匆忙。其他死者都不是在廚房遇害，就連傑佛森．畢格斯也一樣。他似乎是在和凶手喝酒時發現不對勁。」

「我同意。」艾迪說：「更別說安德斯還對嫌犯開槍了。其他的現場都只有凶手開槍，這次出了什麼錯？」

「過來這裡看看。」楚門比手勢要探員跟他走。他們走過一條長長的走道，去到位於房屋後方的房間。一個櫃子裡放著槍枝保險櫃。裡面塞滿了槍。

「凶手沒有拿走槍。」梅西一臉錯愕。「是被嚇跑了嗎？」

「安德斯．比博的姊姊凌晨五點來這裡接他，今天早上他們原本要去波特蘭看醫師。」

「特地跑去波特蘭？」艾迪問。

「癌症專家。」

「噢。」彼德森探員推一下眼鏡。「也就是說，她很可能打斷了凶手正在做的事。」

「她說發現弟弟遺體時還有溫度，但她沒聽見、也沒看見有人離開。」

「有沒有看見陌生車輛？」

楚門搖頭。「妳沒看見外面那堆車嗎？大部分看起來至少有三十年沒上路了。」安德斯・比博很喜歡研究車子，凡是別人不要的車子，他一概來者不拒。他家前面一英畝的土地成了廢車墳場。「他姊姊說那時天色很黑，完全沒想到要留意其他車輛。每次來他家都會經過好幾十輛車，她早就習慣了。」

「把車停在這裡，等於藏樹於林。」梅西喃喃說著，又問：「他家有少什麼東西嗎？」

「他姊姊並不清楚。她每隔幾個月才會來一趟，她說他家裡總是亂七八糟。」楚門看看四周，不得不同意。每道牆壁旁邊都堆著大量紙箱和整理箱，感覺隨時會倒塌。梅西隨手打開一個，查看裡面的東西。

「是毛巾。」她說：「沒有毛巾確實很不方便。嗯，好臭。」她蓋上紙箱，流露不齒的表情。看到安德斯・比博的物資時，她的反應和看到他舅舅的那時完全不一樣，楚門能夠理解。舅舅的物資整整齊齊，有條理、很乾淨。這棟房子則毫無章法地堆滿東西，而且還冒出一股酸臭味，似乎有什麼濕答答的東西放了好幾年還沒乾。相較於這裡，舅舅家根本是座皇宮。

「浴室在哪裡？」梅西問。

楚門一直在等她提起。她竟然沒有一到現場就問，他其實有些意外，看來她只是在拖延時間。他指向走道另一頭，她和艾迪走了過去。兩位探員經過他時，他嗅到熟悉的檸檬香氣，有如這棟陰暗老房子裡的一道陽光。

香氣不可能來自彼德森探員。

兩位探員注視著浴室內破掉的鏡子幾秒。「還有其他鏡子嗎？」梅西問，綠眸對上他的雙眼。

「只有這間浴室，沒找到其他小鏡子。」

「這點也不一樣。」艾迪接著說：「這鏡子只有一點裂痕，而其他三起案件的鏡子則是全毀。」

梅西盯著鏡子。「是因爲死者的姊姊突然出現，還是凶手在忙其他的事？也或許，這鏡子幾十年前就破了？」

「會是不一樣的凶手嗎？」楚門終於說出口，自從走進現場，他心中一直有這疑慮。「難道是模仿犯？這裡的狀況和預期中很不一樣。」

梅西與艾迪對看一眼，同時輕輕聳肩。看來他們也像他一樣毫無頭緒。

「我們會視爲相關案件處理。」艾迪說：「但不排除這些案件的凶手不只一人。」

「死者的姊姊還在嗎？」梅西問。

「應該還在。郡治安處的一位副警長陪她去看外面的附屬建築，確認有無東西遺失，以及是否有奇怪的地方。」他帶兩位探員走到屋外，站在前門廊上尋找珍恩．比博。

「這裡也太多報廢車輛了吧？」艾迪看著一望無際的車海。「我能理解有人喜歡玩車，也理解有人喜歡蒐集車，不過他的行爲根本是囤積狂。屋裡也是一樣。這些車一點價值也沒有，而且至少違反了六條環保法規。」

楚門默默贊成。大部分的車輛都生鏽了，擋風玻璃與方向盤更是不見蹤影。

「總是有人把垃圾當寶。」梅西說。

「他運氣不錯，附近沒有其他住戶，而且從馬路上看不見這些車。」艾迪接著說：「負責收拾善後的人眞的很可憐。」

「說不定其中一輛車的後車廂堆滿了黃金呢。」梅西說。

「那就祝他們好運囉。」她的搭檔不以爲然。

「珍恩在那裡。」楚門說著，看到婦人與副警長穿過一道閘門從後面走來。珍恩的身形高䠷苗條，儘管牛仔褲膝蓋部位染了血，但舉止依然流露從容自信。她發現他們三人正在看她，於是走了過來。

「你們有沒有發現什麼？」她的聲音像其姿態一樣充滿自信，視線掃過兩位調查局探員。

楚門幫兩方做介紹。

「很遺憾妳痛失親人。」梅西和珍恩握手。「聽說妳不太常來這裡？」

看到她們兩個面對面站在門廊上，楚門忍不住互相比較。她們個子都很高，下巴流露出頑強，態度率直。珍恩似乎看出凱佩奇探員是她的同類，於是直接對她說話。

「沒錯。安德斯住在這裡很多年了，還算會照顧自己。雖然他三餐不定時、常常不洗澡，但他不喜歡我跑來嘮叨他……他常這麼說，所以我盡可能少來。他是個孤僻的臭老頭。」

楚門同意她的看法。每次他遇到安德斯．比博，老人家總是滿肚子猜疑。他總是花很長的時間和楚門爭辯法律上枝微末節的問題，害楚門一個頭兩個大。

「安德斯有沒有和誰起過爭執？或是與鄰居吵架？」艾迪問。

珍恩注視著他。「鄰居？凶手明明是前幾個星期殺死三個準備者的那個人吧？爲什麼要問鄰居的事？你們不是應該去抓殺死那些人的凶手嗎？」

楚門壓抑住笑容。珍恩可不是好應付的人。

艾迪立刻讓步。「我們正在調查，但這些是慣例的詢問，說不定眞實情況並非是乍看的那樣。如果妳告訴我，昨天有鄰居拿著來福槍上門來威脅安德斯，我們就會優先追查這個方向，無論這件案子與其他命案有多類似。」他的笑容很勉強。

「我沒聽說他和別人吵架。」珍恩抽了抽鼻子。「就算安德斯想樹敵，也得要出門才能做到，而他很少這麼做。他喜歡獨處。」

「這沒什麼不好。」梅西又問：「妳剛才和副警長去查看外圍時，有沒有發現東西遺失？」

珍恩嘆息。「我只發現我弟弟的東西全爛成狗屎了。」

她的措辭讓梅西不禁莞爾。「那感覺不像在爲末日做準備啊。」

「他是個超爛的準備者，你們不必委婉地跟我說話。」珍恩比了比遍布一英畝土地的廢棄車輛。「他也是囤積狂，所有胡說八道的陰謀論他都照單全收。多了不起的三位一體。感謝老天，他不上社群網站，否則他腦袋裡會塞滿幾百萬個陰謀論。他深信自己之所以得癌症，是小時候接種了天花疫苗，因爲政府擔心人口過剩，所以用這種方式來減少。」

「那這個計畫未免太長遠了吧。」艾迪說。

珍恩的灰藍眼眸轉向他。「他確實瘋瘋癲癲，不過那些陰謀論大多還滿好笑的。」

「妳的證詞說今天凌晨抵達時，並沒有看到任何人離去，我們認爲妳可能把凶手嚇跑了。」梅西把話題繞回來。

「我還以為是安德斯開槍，所以他才逃跑呢。」珍恩說。「看到他對凶手開了幾槍，我感到很欣慰。你們有沒有找到不屬於我弟弟的血跡？希望凶手在森林裡失血過多死掉。」

「要是能那樣，我們就輕鬆多了。」梅西附和。「鑑識人員會檢驗所有噴濺的血液，但我沒看到離開廚房的血跡。如果凶手因為中彈而流血，也是離開之後才開始的。」

「安德斯知道他會來。」珍恩看著楚門，語氣平實。

楚門愣住。「什麼意思？」

「昨天我打電話跟安德斯說看醫師的事，他說，會有人趁他睡覺時來殺死他，就像其他遇害的準備者那樣。安德斯說：『我老了，又一個人住，而且是準備者，還有很多槍。那傢伙八成已經來我的地盤上探過路了。』」

楚門不知該說什麼。「有證據可以證實他遭到監視嗎？或是，有什麼狀況讓他認為自己會被凶手盯上？」

「他的條件和其他死者相同，對他而言這樣就夠了。」珍恩回答：「他們常聊這些，你知道……那些吃飽太閒的老傢伙，他們只要聚在一起就會像老母雞一樣。最近安德斯才跟我說一個最新的謠言，據說森林裡有個山洞人，專門殺他們那種人，搶奪他們的物資。」她的表情流露內疚。「我跟他說沒人想要他的狗屁垃圾。山洞人要那些舊車做什麼？」

「山洞人。」楚門重複。這個星期已經聽到這謠言三次了，而且消息來源都不是同個圈子的人。

「我們在查另一件案子的時候，也有人提到山洞人。」梅西說：「昨天之前安德斯曾提起過嗎？」

「他以前沒提過山洞人，小綠人倒是很常說。還有穿黑西裝、戴墨鏡的聯邦走狗。你們應該能理解爲什麼我沒有認眞看待他的憂慮吧？」

「還有其他原因讓安德斯認爲他被山洞人盯上嗎？或是遇到什麼奇怪的事？」艾迪問。

「他並不認爲自己已經被盯上了。」珍恩用小學老師的語氣說著：「他只是防患於未然，安德斯就是那樣。」她簡單地解釋。「就像他儲存物資以防水源遭到下毒。他也爲了以防有人闖入家中攻擊而做了準備。」

兩位探員看向楚門。顯然安德斯的準備工作不夠完善。

「該不會這一帶有好幾十個人，都在預期會有人闖入他們家吧？」楚門輕聲問。等著山洞人上門來殺人？

「換作是你不會這麼想嗎？」梅西問：「如果我居住的地區，有三個和我生活習慣類似的女性遭到殺害，我也會提心吊膽。我認爲一般人都會這樣。」

「這樣遲早會有人半夜亂開槍，誤射無辜的人。」楚門喃喃說。

「如果有人半夜闖進我家，那就是他們自己找死。」艾迪表示。很有道理。

24

「有位太太打來報案，又有青少年在古森路飆車。」路卡斯在電話上報告。

楚門十分慶幸能有其他事可辦。他整個早上都耗在安德斯家卻徒勞無功，能去教訓一下死小孩應該會很痛快。「有沒有她認識的車？」

「沒有，不過她說至少有三輛。其中一輛還故意撞倒她幾個星期前立的減速標誌。」

臭小鬼。

古森路很適合飆車。那條馬路寬敞筆直，車輛稀少。然而，住在那條路旁的住戶對此難以忍受，不但很吵、很危險，而且有時大彎道那裡還會出車禍。

「我只要兩分鐘就能抵達，我過去看看。」

今天是星期四，高中生應該在上學才對。不過，喜歡在這條路上飆車的人不只高中生。楚門認爲，飆車的人很可能是沒有固定工作的二十多歲青年。甚至是三十幾歲的人。

他在下一個路口左轉，踩油門享受改裝引擎的加速快感。今早一開始就很不順。星期一的時候，安德斯還在警車後座爛醉昏睡，而現在他卻死了，和楚門的舅舅一起被列入殺戮名單。

是誰在殺害準備者？

還會有更多人受害嗎？

這個想法讓楚門反胃。鷹巢鎮的人口不多，而在他們查明凶手身分之前，小鎮人口會減少幾個百分點？

兩位探員將另外三起案件蒐集到的證物，送去調查局的鑑識單位。郡治安處已經分析過大部分的證物，找不到有用的線索，但探員認爲調查局或許可以給出確切解答。

楚門不在乎事情由誰做，只要能有結果就沒問題。越多人檢驗證物越好。身爲小鎮的警察局長，他仰賴郡治安處和奧勒岡州警方，證物都交由他們檢驗。通常要排隊等很久，但命案的優先性讓他們可以插隊到最前面。

他轉上古森路，放慢車速，準備好一看到飆車的人就開上路肩。

路上一輛車也沒有。

可惡。

他花了幾分鐘在這條路上來回開了幾趟。今天天氣溫和晴朗，前幾天的暴風雨已經結束，現在奧勒岡州中部似乎迎來了秋老虎。天空碧藍如洗，天氣熱得像夏季，但夜晚很涼爽。最後的美好天氣，而很快地，氣溫就會逐漸降低進入冬季。

依然沒有飆車族的蹤影。楚門嘆了口氣，很失望不能抓小屁孩來發洩早上的沮喪感。他打電話給路卡斯。

「飆車的人全跑光了。」他告訴負責調度的路卡斯。

「對，剛才那位太太打來說已經安靜下來。我原本希望你能趁他們離開時逮住。」

「完全沒看到半個人。」

「噢等等，羅伊斯有事要跟你說。」電話傳來轉交話筒的雜音。

「嗨，局長。」

「什麼事，羅伊斯？」

「我找一些人問了山洞人的事。」年輕警員清清嗓子。「根據肉店老闆亨利的說法，有兩個獵人帶了一頭雄鹿去他店裡，他們說，在離奧利湖（Owlie Lake）不遠處有看到幾把槍，被放置在一個山洞外。亨利沒有留下獵人們的姓名資料，所以我不知道要怎麼找他們，不過亨利說他們跟他打聽過山洞人的謠言。」

「亨利自己之前有聽過嗎？」

「沒有，他從沒聽過山洞人的故事。」羅伊斯對路卡斯說了幾句聽不清楚的話。「等一下喔，老大。」更多模糊的交談聲。

楚門把車開到古森路的路肩等候，希望飆車族會回來。

不久後，羅伊斯的聲音再度回到電話中，語氣非常驚訝。「路卡斯聽過山洞人的故事，他說高中時聽同學提起過。」

在楚門看來，羅伊斯沒有比路卡斯大多少，頂多五歲？既然羅伊斯讀高中時聽過，路卡斯也聽過並不奇怪。

「他說，有幾個同學聲稱在奧利湖看過山洞人。」

楚門去過奧利湖幾次，很多觀光客會去那裡游泳或健行。他腦中描繪出森林從湖畔往後延伸、坡度逐漸變陡峭的景色。那裡確實很可能有山洞。

「這似乎值得去調查一下。」楚門看了看時間。距離午休還有幾個小時，足夠去湖邊悠閒走走。「路卡斯，我等等會去奧利湖看看。」

他考慮是否該聯絡凱佩奇探員，問她要不要一起去。

他該怎麼說？**我聽到新傳言，山洞人在奧利湖附近出沒，而且有人看到大量槍枝。要不要一起去找殺人凶嫌？**

這樣的理由實在太荒唐，他差點打消念頭，但接著想起她在鷹巢鎮長大……山洞人的謠言流傳多久了？

今天早上珍恩．比博提起山洞人的時候，梅西．凱佩奇說她從沒聽過，但或許她能憑直覺找到那座山洞。

◆

梅西用力關上車門，前方俯瞰湖面的岩石上坐著一個人，她朝對方揮手。

戴利局長簡直像在拍攝戶外雜誌的照片。她發現他很少穿制服，比較喜歡穿牛仔褲配工作襯衫別上警徽。這幾天相處下來，她判斷他是個好警察，很關心鎮民，而且頭腦敏銳，什麼都逃不過他的法眼。

她在濕滑小徑上小心地走向他坐著的岩石，心中有種陌生的拘謹。她通常不在乎別人怎麼看待自己，但突然間，她在意起楚門．戴利的看法。

他會找我來，就代表對我的專業能力有信心。

但也可能他只是想聽聽前鎮民的想法。

這個念頭讓她癟了癟嘴。他大可以在鎮上隨便找個人。

不過我是唯一曾住在這裡的調查局探員。

她慢慢走過去，踏行在滿是岩石的湖岸上，每一步都小心翼翼。「嗨，楚門。看來雨終於停了。」

他笑了開來，眼角擠出笑紋。**哇。他笑起來真好看。**她忍不住也對他微笑。

「希望妳可以多給我十到十五分鐘。」他對她說：「我想享受一下陽光，很難得有機會可以這樣閒閒地坐著。」

「鷹巢鎮不是沒什麼犯罪的寧靜小鎮嗎？我還以爲你整天都翹腳在辦公桌上打瞌睡呢。」她發現他的下巴上有條淡淡的疤。是打架留下的？他今早沒刮鬍子，淡淡的鬍碴讓疤痕變得明顯。

和他打架的對手有多慘？

「要是那樣就好了，永遠都有事情要處理，而且都不是能簡單解決的事，妳懂吧？不是上網搜尋一下或打通電話就能解決。通常我得親自到場，和對方聊上兩個小時。這裡的人很愛說話，非常愛。」

「這種技能在波特蘭早就失傳囉。我一天大概要回一百封電子郵件，根本沒時間講話，頂多在電梯裡寒暄兩句。」

「也就是說，對妳而言，來這裡工作等於是度假？」

她揚起眉毛。「不算是。」

「妳見過家人了嗎？」

「一部分。」她眺望湖面。「我好久沒來這裡了。」

他揚起眉毛，知道她故意轉移話題。「我打電話給妳的時候，妳說小時候從來沒聽過山洞人的故事。」他沒有離開岩石，於是梅西選了另一塊坐下。既然他希望能多享受一下陽光再開始搜尋，那就隨他吧。

「眞的沒有，我是第一次聽說。不過，我一直很喜歡這座湖，唸中學的時候經常會來游泳，應該有幾十次吧。那時的青少年夏天都會來這裡鬼混。」

湖面映著藍天。此地非常寧靜，沒有汽車、手機的聲響，沒有無謂的瞎聊。

「這裡很美。」楚門認同。

她做個深呼吸，在岩石上放鬆，閉上眼睛一下，吸進太陽曬過的岩石與湖水的氣味。她內心的緊繃感逐漸軟化。

「這好像是我第一次看到妳放下防備呢，凱佩奇探員。」

她轉頭瞪向他，但他的眼神輕鬆愉快。一瞬間，梅西在他的棕眸深處迷失了自己。

不行，妳不准。太不專業。

這個念頭刺痛她。

他站起來伸出一隻手。「我們去到處看看吧。」

她握住他的手，腳在圓滑的大岩石上滑了一下。*該回到工作模式了。*

◆

楚門好希望在湖邊的時間能持續到永遠。

他和梅西繞著小湖走了一整圈。沒有山洞人的蹤跡，也沒有槍枝。現在他們離開湖往西走，那裡的地形變成了陡坡，往上走幾百英呎就到一片有許多灰色平坦岩石的地方。她似乎與他一樣，覺得曬太陽很舒服。她將深色長髮綁成馬尾，腳步越來越輕快。

他不想回辦公室。

梅西很好相處。她不會太自以爲是，就算他開的玩笑很爛，她還是會回賞一個淺笑。她告訴他一些在鷹巢鎮的童年往事，她觀察到的很多事讓他心有戚戚焉，也與他高中時來過暑假的體驗相契合。

「你應該很難熬吧，同學都在城市玩樂，你卻得來這裡。」她說。

「第一次放暑假過來時，頭幾個星期我很受不了，不過後來交到朋友，所以日子也就變好玩了。這裡的青少年有自己的娛樂方式。四個小夥子加上一輛越野機車和一片空地，就可以打發一整個星期。待在城市裡的話，我還得找事情做呢。」

「你是哪裡人？」

「聖荷西。」

「那裡和鷹巢鎮差別很大。」

「不過鷹巢鎮也沒那麼差，我見識過更糟的地方。」

「例如說？」

楚門看她一眼，納悶她是不是隨口問問，但梅西注視著他，揚起眉毛等待他的回答。

「我曾經派駐非洲兩次。我從來沒看過那種程度的貧窮。」

「陸軍？」

「對。」

「你退伍之後做了什麼？」她的語氣洋溢著好奇。

「我加入聖荷西的警隊。在那裡工作幾年之後，我聽說這裡在找警長，剛好當時想換一換環境。」

這種說法太避重就輕。他保持語氣平淡，彷彿自己只是一時興起接下了鷹巢鎮的工作，但同時在心中緊緊封鎖住回憶。

「這裡確實環境很不一樣。那你有兄弟姊妹嗎？」

「有一個妹妹。她住在華盛頓州的貝爾維尤市，她老公是——」

「微軟的高層？（注）」

他大笑出來。「沒錯！很典型吧？她整天逛街，而且好像花很多時間在建身房運動。」

「她有小孩了嗎？」

「還沒有。不確定以後會不會有。」

「你會想回加州嗎？」她又問：「生活方式差異那麼大，你怎麼能適應？」

楚門想了很久之後才回答。「在這裡，我覺得自己有用處，能眞的產生影響。聖荷西的人口太多，我很難得每個星期都見到同樣的人，除非是職業罪犯。在鷹巢鎮，我與民眾接觸並非只有爲了調查犯罪事件，通常都是鎮民需要幫忙；我喜歡滿足他們的需求，很有挑戰性。」

「這裡應該沒有什麼嚴重的犯罪事件。」梅西說。

「不過總有一堆事情讓我忙不完。有時是鎮民吵架去當和事佬，有時幫忙把掉進水溝的卡車拉出來。每晚回家後，我都會反省還有哪裡做得不夠好。我經常主動去找事做。在這裡比較自由，更能做對大家有益處的事；也不必無止境地填一式三份的表格提出申請。在鷹巢鎮，我只要去執行就可以了。」

梅西露出大大的笑容。「戴利局長，很了不起喔。」

她的話觸動了他。「我做這些不是想讓人覺得了不起，只是想做好自己喜歡的工作，希望能留下好的改變。鎮上的官僚機構只有我和議會，但艾娜．史密斯把議會吃得死死的。幸好她喜歡我。」他笑嘻嘻地補上一句。

「我小時候很怕她。」

「可以理解。現在的她還是讓我有點膽怯。」

「遇到以前認識的人眞的很有意思，我原本以爲再也不會見到他們了……」梅西幽幽地說：「我心裡突然回到十八歲，就好像過去十五年的空白從未發生過。這讓人有點不安。」她突然閉上嘴，轉頭不看他，彷彿不小心說出太私密的事。

剛才曬太陽的愉快心情消失了。當年讓梅西．凱佩奇離開鷹巢鎮的原因，顯然依舊是道陰影。這位調查局探員再次在他面前流露脆弱，打破沉著冷靜的表象。不過每次都一轉眼就消失了。

她的層層僞裝下藏著祕密。

他決心要繼續挖掘，但是要輕輕地挖。不過他知道現在該先收手了。

注 貝爾維尤市區擁有多家大型企業的辦公室，例如微軟部分的辦公大樓、任天堂等，微軟與美國電商龍頭亞馬遜的總部，也設址在該市的周遭城市裡。

前方的小徑開始變窄，她改為走在他身後。這條路其實稱不上小徑，只是一條比較沒有草叢的平坦地面。他深吸一口氣，吸飽陽光的泥土與杜松氣息。這是專屬於奧勒岡州中部的氣味，讓他聯想到高中的暑假。坡度逐漸變陡，他小心繞過火山岩和松樹。兩人此時停止交談，各自專心留意底下腳步。

「這一帶你熟嗎？」梅西爬得有些喘。

「不熟，妳呢？」

「還行，再走幾分鐘就會離開森林到半山腰，那裡有一片很寬的平地。」

他很想問她年少時來這裡做什麼，但他必須保留力氣爬山。十分鐘後，小徑變得平坦寬敞，東方的景色簡直美不勝收。楚門停下腳步欣賞。

「眞不可思議。」他讚嘆著，無論往哪個方向看，全都是綿延幾英畝的大片森林。已經看不見奧利湖了，眼前大地一望無際，森林後方可以看到起伏的棕色田地。

「青少年會來這裡抽菸，還有做其他事。」梅西說，並研究四周的環境。「看不到小鬼亂丟的垃圾，看來這裡已經不是青少年愛來的地方了。或許現在的年輕人不喜歡爬山。」

「我從來沒聽說青少年喜歡來這裡。」楚門說。

「那現在他們都去哪裡？」

「洛斯頓穀倉後面。就在密爾尼溪（Milne Creek）旁邊，過了州立露營區再往前一英哩左右。」

梅西點頭。「比較容易過去。」

「但也比較容易被警察抓。如果我想做壞事，一定會選這裡。我手下的巡警絕不會爲了抓搗蛋小鬼而爬這段山路。」楚門研究他們後方的岩壁。岩壁直聳而上至少五十英呎高，而過了這塊巨岩，這條小徑似乎繼續往北前進。

「可能是因為有山洞人的傳言，讓他們不敢來。」梅西提出看法。「但也可能只是年輕人懶得爬山。」

「或許吧。」楚門依然不確定該如何看待那個謠言。「在妳印象中，這附近有山洞嗎？」

梅西皺起鼻子思考。「離開小徑走個大約十幾英呎，那裡有一片被侵蝕的山壁，離這裡不遠。我不會說那是山洞，就只是岩石稍微凹進去了些。」

「我們去看看。」他揮手示意她帶路，她沿著小徑繼續往北走。幾分鐘後，她離開小徑，繞過幾叢灌木和岩石，重新回到岩壁。他們找到了梅西說的凹洞，其實深度頗深。

「印象中沒有這麼深才對……」梅西說。她走進入口，靠近岩石查看，伸手摸摸粗糙表面。「好像是人工挖的。」

「用挖的得花上幾十年，我看應該是用了炸藥。」

「感覺很危險。」

「我也是這麼想。」楚門指著一面牆下方的灰和焦黑木柴。「有人在這裡待了很久，甚至需要生火。這裡還有空罐頭和啤酒罐。」他踢了踢一段焦黑的柴薪，接著走出山洞，看到一堆散亂的乾樹枝。「看來這是他們的備用柴火。」如果仔細看，可以隱約看出山洞地上有片平坦的痕跡，或許有人在那裡鋪過睡袋。

楚門走進山洞深處。洞頂突然變低，於是他蹲下查看黑暗深處。他拿出小手電筒往裡照，看不到盡頭。「這洞很深啊，不過通道窄得可怕，得要爬進去才能知道有多深。這部分應該不是炸出來的，我認爲是爆炸後才發現這個比較深的洞。」

梅西彎腰從他身後張望，檸檬方塊餅的香氣害他難以集中精神。「老天，眞的好深。你有幽閉恐懼症嗎？」

他不喜歡她語氣中帶有的熱切情緒。「……有一點。」

「那我進去看。讓路吧。」

楚門彆扭地倒退離開入口，退到他站起來不會撞到頭的地方。「妳確定？」

「當然啊，我快好奇死了。」她的雙眼發亮。

他將手電筒交給她，胃酸強烈抗議著。「小心點，不要卡住了。」

她笑了一下，跪下用雙手和膝蓋爬進去。「萬一我卡住，你應該會把我拖出來吧？」

「要看妳卡在多深的地方。」

她往前爬了幾英呎，然後整個人趴下匍匐前進，靴子在後面拖行。

*老天。*看著她爬進狹窄洞口，他一時覺得頭好暈。*她會爬到多裡面？*

「裡面比較寬。」雖然在隧道裡，但她的聲音沒有回聲，反因岩石和泥土而顯得悶悶的。

他跪下張望洞裡。手電筒的微光照亮她頭部與肩膀的輪廓，靴子則已被黑暗完全吞噬。

「小心點。」他又重複一次。*媽的。過去五十年來，一直有人預測會發生百年難得一見的大地震，萬一現在突然發生了呢？*

「我覺得妳該出來了。」楚門的聲音沙啞。

她沒有回應。

「梅西?」他評估她大約進入隧道有十五英呎深了。萬一裡面氧氣稀少呢?我有辦法爬進去救她出來嗎?

他不知道。

「梅西。」他強勢地說:「妳該出來了。」

「馬上出去。」

一聽到她的聲音,放心的感覺瞬間流過他全身。

她花了好長的時間才出來,彷彿過了一輩子。梅西的靴子一出現在眼前,他立刻抓住一隻。他沒有拉扯,但牢牢地握住,因爲這樣能讓他內心平靜。她的小腿上全是碎石和灰塵。梅西以笨拙的動作倒退爬完剩下的路,深色馬尾同樣滿是塵土。

楚門後退回到能夠站立的地方,心臟狂跳。我絕不會再讓她做那種事。

她轉身坐起來,得意地從洞裡拉出一把來福槍,髒兮兮的臉上眼眸晶亮。「裡面至少有五十把槍。全都裝在大垃圾袋裡。」

25

一個小時前，梅西的腳痛了起來。

楚門、艾迪、幾位蒐證人員、本德調查局的主管傑夫．蓋瑞森，以及情報分析員達比．柯萬，所有人都在奧利湖後面的山丘集合，超出預期地站了許多個小時。非常神奇的是，在這片優美偏遠的山林中，梅西竟然能成功打電話到本德調查局辦公室。傑夫．蓋瑞森得知找到遺失槍枝時興奮溢於言表，梅西這一天的辛苦都值得了。她多希望能親眼看到他告訴達比的那一刻。看到從山洞中搬出的槍枝，達比的眼睛發光著。

有更多資料可以研究了。

梅西知道，達比為了尋找準備者殺人案遺失的槍枝忙得焦頭爛額，花了很多心力研究。傑夫之前跟梅西提到過，達比顯然為此極度沮喪。「她諮詢了菸酒槍炮及爆裂物管理局，他們正在密切注意這幾起命案，不過也沒找到新線索。」傑夫給梅西一個崇拜的笑容。「這是目前最重大的線索。」

「是楚門建議我們來這一帶調查。」梅西指出。

「但他並不知道要去哪裡找，對吧？」

「算你們運氣好，我還記得這個高中生躲起來親熱的地方。」

傑夫揚起眉毛。「原來是這樣啊？妳以前經常來？」

她嗤笑了聲。「我只是偷偷跟蹤兩個哥哥，他們才是闖禍的人。」

「眞不敢相信妳竟然敢爬進去。」

若要再爬一次，梅西也不會抗拒。狹窄的地方不會讓她感到不適，她不懂爲什麼有些人這麼怕。既然進得去，一定能出得來啊。

當時，最早到現場的兩位蒐證技師死都不肯爬進去。一位女技師勉強試了一下，最後哭了出來。梅西自告奮勇可以再進去拿，但傑夫．蓋瑞森不答應，他認爲交給經驗豐富的專業人士比較好，由他們查驗現場、取出槍枝。於是，眾人又等了一個小時，終於來了一位沒有幽閉恐懼症的技師，好不容易氣喘噓噓地爬上山。梅西很擔心這位身材高大的技師會鑽不進隧道，不過他輕輕鬆鬆就進去了。

梅西想不通在隧道裡怎麼有辦法好好蒐證，裡面到處都是石頭和灰塵，雖然槍枝裝在垃圾袋裡，依然滿是塵土。選這種地方藏匿的人根本不愛槍，這批槍枝最後只會慢慢壞掉不能用。

把槍存放在這種地方，她父親看到了鐵定氣死。

就連梅西也覺得難以忍受。

楚門過來找她和傑夫。剛才他在和達比、艾迪講話，梅西在旁邊聽到達比推薦了幾條健行步道和一處泛舟地點。她見楚門拿出手機記下達比說的地方。艾迪很有禮貌地裝作有興趣，但梅西認爲他應該不會喜歡皮艇，平靜湖面上的大遊艇或許還比較有可能。

找個時間去玩水應該很不錯，她好多年沒玩皮艇了。找一段平靜的河面，水藻潮濕的氣息，高聳入雲的松樹，水流沖刷岩石的聲音。她與大自然之間只隔著一支槳和一艘皮艇。

嗯，感覺不錯。

楚門會想去嗎？

她將腦中亂跑的思緒拉回眼前。命案。槍枝。專心。

楚門一臉疑惑地看向她。梅西瞥了傑夫一眼，發現對方也那樣看著自己。「怎麼了？」她問。

「傑夫剛剛問妳，這個洞穴是不是眞的比妳印象中來得深。」楚門說。

「絕對是。以前這裡只能讓幾個人躲雨，現在空間大多了。」

「妳確定是同一個洞穴？」傑夫問。

「我去附近看過了。」梅西說：「沒有其他山洞。」

「那時候她毫不猶豫地往這裡走，我確信她認識路。」楚門解釋。

「我們必須查出山洞是何時變深。」傑夫說：「是爲了藏匿槍枝而特別炸開？還是凶手碰巧發現的？」

「我認爲隧道應該是自然形成。」梅西評估。「凶手運氣好，發現了可以藏東西的地方。有沒有人去問過森林管理處，他們是否知道有人炸過山洞？」但她知道八成問了也沒用，這件事很可能發生在過去十五年的任何一個時間點。

「我請達比打去問過了，他們沒有相關紀錄。」

「搞不好是高中小鬼剛好找到炸藥，所以拿來亂搞。」楚門又問：「有因爲炸山洞而受傷的紀錄嗎？」

「我問一下李維好了。」梅西說：「如果發生過那種事，說不定他會記得。有人差點把手炸掉的話，消息應該傳得很快。」

「艾娜．史密斯應該也會知道。」楚門說著拿出手機。「我打電話給她。」他走到一旁打電話，梅西也走去旁邊打給李維。

打電話給二哥感覺好奇怪。昨天他們互留號碼，那時她還在想，自己說不定永遠不會打給他。她和李維彼此的關係，還沒恢復到可以想到就傳訊息問好或傳自拍照。

這些年來，我多希望手機裡有他的號碼。

在那些成功的時刻，她都好希望身邊有人可以分享。完成大學學業，進入調查局，派駐波特蘭……這些她都與朋友一起慶祝，但心中一直痛苦地意識到家人與自己斷絕聯繫。而現在，她只要按一個鍵就能找到哥哥。蘿絲和珍珠也是。

雖然過程緩慢，但至少是個開始。

「梅西？」二哥接聽起電話。

「對，是我。我要問你一件事。」背景沒有咖啡館的噪音，她納悶他在哪裡。

「什麼事？」

「奧利湖後面的山上有個地方，以前你們會帶女生去那裡喝酒，你還記得嗎？」

「那個眺望臺？要爬上山才能到的那裡？」

「對。你記得離小路不遠的地方有個山洞嗎？」

「為什麼問這個？」李維的語氣十分警惕。

「我現在人就在山洞外。這裡外觀和以前不一樣了，山洞變得很深，後面還有一條隧道通往更深的地方。」

「這不對啊？妳一定找錯地方了，那個山洞很淺的。」

「我確定是這裡沒錯。但我只知道這個地點，你知道還有其他的山洞嗎？」

「梅西，到底怎麼回事？」李維的語氣變得非常嚴肅。

「我想知道這個山洞是何時變深的。」

「為什麼妳要跑去那裡亂看？」

一陣沮喪陣陣襲來。為什麼哥哥這麼在乎——

她緊抓住手機。「李維，這裡有什麼？」

他沉默不語。

「噢，我的天。難道……就是這裡……」她瞬間難以呼吸。她走到距離大批警調人員更遠的位置。

「梅西，妳到底在哪裡？」

她腦中的齒輪快速轉動。李維把屍體藏在這裡？該不會蒐證小組等等就會找到一堆白骨？

「……我人在眺望臺。就是那塊平坦的地方，可以看得很遠的那裡。」

他在電話另一頭大聲吸氣。

「李維，我們在那個山洞裡找到大量槍械。我確定就是從前那座山洞，只是被人挖大了。」

「意思是，現在那裡到處是調查局的人？」他的語調提高八度。

「差不多是這樣，不過主要還是聚集在山洞附近。」

「他們有沒有下去小路旁的陡坡？」

「沒有。」梅西猜想他們應該也不會下去。那裡有幾處地方非常陡峭，只要踏錯一步，就會滑落五十英呎，一路撞上岩石和灌木叢。「你怎麼會選這麼多人來的地方？」她對著手機蹶聲問。

噢，我的天。

「我當時慌了，不知道該去哪裡才不會被看到，只知道自己沒有時間挖洞。」他說得非常急。「當時那條小徑只有一小段常有人去。沒有人會走下那個陡坡，太危險了，大家都不會走離開小徑。」

「萬一那天晚上有人來這裡呢？李維，你要怎麼解釋你扛著屍體的事？」腎上腺素堆積在她的胃裡。**二哥怎麼有辦法把屍體弄上山？雖然那時他已經二十歲、身強力壯……但還是很難想像。**

「什麼都沒有發生。雖然很麻煩，但我解決了。」

「萬一**現在被發現了呢？**我該怎麼辦？裝傻？」

「對。」

「該死。」她抹去前額上的薄汗。太陽早已下山，沒有理由會流汗才對。她覺得自己背上彷彿寫著：**殺人犯**。所有警調人員都能清楚看見這三個字。

「不會有事的，他都死了那麼多年，沒有人會想到與妳有關。」

「你有沒有埋起來？」

「算是有吧。但因爲在陡坡上，雨水會一直把土沖走。上次我去檢查的時候，用石頭蓋得很嚴密，必須非常仔細觀察才會發現。」

或是帶著狗。

她又開始冒汗，擔心傑夫會不會派警犬加入搜索。

「我問你，」梅西繼續追問：「山洞被炸開或用其他方式擴大，這件事你完全不知情，對吧？」

「對。長大之後我就沒有去過那個山洞了，印象中深度很淺。」

「你有沒有聽說誰因爲爆炸而受傷？或是惡作劇失敗？還是耍白痴亂玩煙火，結果受了傷？諸如此類的事？」

李維沉默許久。「……沒有，我不記得聽過這類的事。」

梅西閉上眼睛。她的世界又再傾斜了一點，彷彿現在還不夠偏離常軌似的。*他說得沒錯。就算在這裡發現屍體，也沒人會想到與我有關。或是與他有關。*

除非李維不小心留下什麼證據。

「我們確實不知道那個人是誰，對吧？」她小聲問。

「對，他身上沒有皮夾。」他停頓一下。「這些年來，我一直在留意報案失蹤的人，但沒有與他相符的。他不是本地人，否則怎麼可能鎮上的人都沒發現他不見了。」

「嗯……我得先掛電話了。」梅西輕聲說，其他人已經在等她。她沒想到這通電話會扯出這件事。

「當心點，梅西。」李維對她說：「萬一……妳知道……一定要打給我。」

萬一發現屍體。

「沒問題。」她掛斷電話，擺出冷靜的表情，走回同事那裡。楚門已經回來了。

「艾娜不記得聽說過有人因爆炸而受傷。」他說。

「李維也是。不過他跟我一樣，記得這個洞的深度原本很淺。他二十歲以後就沒有上來過這裡，也沒有來看過這個山洞。」她的聲音感覺很正常。

傑夫撇撇嘴。「唉，原本希望能在那些槍枝上找到相關證據，至少有個調查的方向。」他看看四周。「我想擴大搜索範圍。現在只限定山洞外，我想增加到至少方圓六十五英呎，湖邊的停車場也要搜索。」

「小徑呢？」楚門問：「從停車場走到這裡，距離至少有半英哩。」

「小徑兩側也各五英呎。」

梅西的膝蓋開始發軟。李維藏屍的地點應該比較遠，不會只有五英呎。但說不定會有人發現可疑事物而往遠處繼續走。

「梅西，妳沒事吧？」傑夫問：「妳好像很累。」

「我沒吃午餐。」她想了個藉口，同時很想知道自己的臉色有多差。「而且最近一直太晚睡。」

傑夫看看錶。「先去吃飯吧，這裡還要好幾個小時才會結束。我讓艾迪留下來繼續觀察一陣子，沒必要所有人都站在這裡看。」他看看楚門又看看梅西。「接下來的進度什麼？」

梅西努力思考，然而她的腦袋現在感覺有如一團爛泥。「現在安德斯．比博的鑑識報告還沒出來，我想找珍妮佛．山德斯或葛雯．法加斯的父母談談。」

「我要打電話給班．庫利。」楚門說：「他當年參與了珍妮佛．山德斯案的調查工作。他還沒退休，只是出遠門了。」

「庫利？」梅西問。這個名字感覺很熟悉，最近曾聽到過，她努力回想是在哪裡。

珍珠。珍珠說過泰瑞莎．庫利和珍妮佛不合。

「他是不是有個女兒叫泰瑞莎？」她問。

「好像有個女兒，但我不記得她的名字。」

「昨天珍珠告訴我，在珍妮佛．山德斯遇害前幾週，有個叫泰瑞莎．庫利的女生和她發生爭執。」

「怎樣的爭執？」楚門問。

「珍珠說只是女孩的勾心鬥角，因爲男朋友而吃醋之類的。」梅西深吸一口氣，努力甩開剛才和李維通話帶來的緊張。「我不認爲做出這些事的凶手會是女性。」

「妳是根據什麼？」傑夫問：「別跟我說是直覺、第六感，我需要證據。」

因為當年襲擊我的是男人。

「確實只是直覺。」她承認。我不能告訴他們當年的事，一說出來，我、李維、蘿絲的人生就會變得天翻地覆。罪惡感讓她的胃一陣痙攣。但如果不說出我知道的事，會不會延誤調查？

李維帶來的震撼加上內疚，現在的她只想爬上床躲進被窩。

就算說出當年有個男人襲擊我，對於現在的命案調查也沒有幫助。那男人已經死了。他的同夥或許還活著，但我對他一無所知。

楚門銳利的眼神彷彿穿透她的腦袋，看穿她的心思。

她注視著他身後的岩壁。

「我陪妳下山。」最後楚門說：「我想跟妳一起去見珍妮佛．山德斯的父母。我確認過了，他們現在住在本德市。」

梅西點點頭。她非常想獨處，但混亂的頭腦想不出合理的藉口拒絕。

「走吧。」

26

梅西和他約好六點在鷹巢鎮警局碰面。

楚門看看牆上的時鐘，這個動作他已經重複第十次了。還有十分鐘。於是他又開始擺弄桌上的文件，思考明天早上要先處理哪件事。一分鐘前，他派路卡斯去跑腿，希望對方能在梅西出現之前回來。

一個小時前他們離開瞭望臺，楚門邀她一起去吃點東西，她拒絕了，宣稱要去見珍妮佛．山德斯的父母前要先打幾通電話，並處理一些電腦上的工作。

她幾乎沒有對視他的眼睛。

走回奧利湖停車場的路上，兩人完全沒有交談，之前那種和睦的氣氛徹底消失。她似乎整個人憂心忡忡、精疲力盡，無法專心看路。她不停觀察樹林與斜坡，彷彿山洞人會隨時跑出來一樣。楚門想要開開玩笑以緩解氣氛，但她的心情似乎不太適合，於是他決定先安靜閉嘴，改而查出珍妮佛父母的電話號碼，並與她約好見面時間。

剛找到槍枝時，梅西顯得非常開心，其他執法人員抵達瞭望臺時她也依然心情極佳，但與哥哥講完電話後態度便完全變了。

是李維對她發脾氣嗎？他們爲什麼吵架？

他知道她和家人疏遠多年，聽到她自願打電話給二哥時，他還有些意外，不過看來那通電話進行得不太順利。

他在內心的工作清單中默默記下：查明梅西與凱佩奇家其他人之間發生過什麼事。

但這件事根本不該列在我的任何清單上。

他應該全心全意思考如何查出殺害舅舅的凶手。只要查出這件事，其他準備者命案也會跟著解決。他因自己將舅舅的案子擺在最優先而內疚，但他並未疏忽其他命案。舅舅的命案佔據他心中很大一部分，但也讓他更加努力偵辦每起案件。

說到這裡……

他打電話給班．庫利，希望老警官已經從墨西哥回來了。他原定星期一就要回來上班。

「喂，楚門！」電話那頭傳來班宏亮的嗓音。他和人面對面說話的時候音量正常，但不知為何，他認為講手機時必須很大聲。楚門很慶幸他在警局用辦公室電話時不會這樣。

「班，你回來了嗎？」他壓抑想跟著大聲說話的衝動。

「中午才剛到。你需要幫忙嗎？如果需要我去局裡，我很樂意把整理行李的工作丟給雪倫。」他充滿期盼的語氣令楚門不禁莞爾。

「不用了，你在家幫忙老婆吧。我只是想了解一下某件舊案，那時候我還沒到任。」

「哪件案子？」班繼續大喊。

「葛雯．法加斯。」

電話那頭沉默片刻。「你想了解那個孩子的命案什麼事？」他降低音量。「我現在就可以告訴你，有很長一段時間，我都無法放下那件案子。鷹巢鎮很少有漂亮小姑娘慘遭殺害，感謝老天。」

「因爲是懸案，所以我找出了檔案來看。」楚門避重就輕。「當時眞的沒有其他嫌疑人？」

「這個嘛，我們先調查她的男朋友，至少有六個人確認他的不在場證明，更別說他難過到崩潰了。他原本打算要求婚，正在存錢準備買婚戒。我認爲那男的沒有說謊，她的父母也確認沒有嫌疑。」

「可是，眞的沒有其他嫌疑人？」楚門不死心又問。

「在證物上沒有找到新線索。我們找來她的朋友、親戚問過話，也都沒有斬獲，這件案子很快就變成懸案。你應該看到了這起案件與珍妮佛．山德斯案有相關吧？太多類似之處，我們確信是同一人所爲，但兩起案件都沒有偵破。」

「班，你個人是怎麼看的？」

老警官沉默太久，楚門還特地看了一下手機螢幕確認沒有掛斷。

「不知道。」班終於回答：「我猜凶手應該是路過的外地人，作案之後又離開了。兩起案件相隔兩週，接下來就再也沒有發生了。會做那種事的人不會輕易收手，你知道的。」

「我也這麼想。」楚門做個深呼吸。「我們認爲傑佛森的命案可能與那兩起舊案有關，另外三個準備者的案子也是。你有聽說今天又發現一名死者嗎？」

「聽說了。」班粗聲說：「安德斯．比博確實很會考驗我的耐性，但不代表我希望他死。」

「我也是。」

「但是老年準備者的命案，爲什麼會和那兩個女孩的案子有關？」

「破掉的鏡子。」

班猛地倒抽一口氣，楚門聽見了嘶嘶聲響。「老天爺呀，我完全忘記鏡子的事了。最近幾起案件的現場都有鏡子破掉？」

「所有鏡子全破了。」

「眞是見鬼了，眞不敢相信。」

「當時鏡子破掉一事很轟動嗎？會不會有人聽說這件事，決定跟著模仿？」

「這個嘛，我不清楚。印象中這件事應該只有我們自己知道，因爲證明兩起案件相關的證據也包括這個。不過你也知道，在這種小鎭要保密有多難。」

「我懂。」

「都過了這麼多年，感覺應該不是同一個凶手……」班恩喃喃說：「不太符合。」

「我也有同感。但鏡子的關聯性讓我們想要重新確認那兩起案件。」

「唉，我會努力回想。」班回答：「我去局裡看看當年自己的筆記好了，說不定會激起什麼回憶。」

「多謝了。」楚門說完後切斷通話，看了看時間。

梅西隨時會到，他實在坐不住。他覺得自己好像國中生，焦急等待著暗戀對象走進教室。

該死，這樣很不酷啊。凱佩奇探員眞的越來越吸引他。

但這個時機也太爛了吧？更別說她住在那麼遠的地方。

說得好像距離是最大的難題。一起調查相同的案件，這個問題更大吧？

他心中浮現綠眸與深色長髮。她非常頑強，而且幾乎無法讓她主動透露自己的事。或許是因爲她太神祕，他才會一下子陷下去。他向來最喜歡得不到的人。他想起在舅舅家的時候，她看著舅舅偏執的成果，整張臉發亮。

他希望她能用那種表情看他，而不是一堆烘焙用具。

大門打開又關上。

拜託是路卡斯回來了。他走出辦公室，看到梅西站在那裡，穿著薄外套。她轉頭對他微笑，他發誓，他的心漏跳了一拍。

別蠢了，沒希望的。

相較於一小時前兩人分開的時候，現在她的心情似乎振作許多。或許剛才她只是肚子太餓，所以狀態不佳。

「可以出發了嗎？你有沒有打電話給庫利？」她問。

「可以，打了。」楚門迅速回答。「我原本——」

門再次打開，路卡斯端著厚紙板拖盤，上面放著三杯蓋好的咖啡。「老大，咖啡來了。」

楚門看看杯身上的標籤，端了一杯給驚訝的梅西，自己拿了一杯。「謝了，路卡斯。」

「謝謝。」梅西喝了一口，揚起眉毛、睜大眼睛。

「口味對嗎？」楚門問。他請路卡斯幫她買一杯美式咖啡加高脂鮮奶油。對他而言咖啡因是萬靈丹，他決定賭一把，希望對她也有幫助。

「嗯。我還以爲會是黑咖啡。」

「我的才是黑咖啡。」

「謝謝。」她臉紅了，低下頭再喝一口。

得分。

不起眼的小事最重要。他的母親和妹妹總是因為小事而感動。父親教他要仔細聆聽，找出女人重視的小事，之後的成果絕對不會讓他失望。

我剛剛得到了那樣的成果嗎？

他不想對自己說出答案。

◆

開車前往本德市的途中，梅西看著駕駛座上戴利局長的側臉。

只是一杯咖啡而已。

但是艾迪幫我買過多少次咖啡？他買來的永遠是一般的黑咖啡。

這不代表什麼。

這只代表此人的觀察力敏銳。這件事她早就知道了，而且他的這個特質讓她很緊張。與楚門．戴利在一起時，她經常有種自己險些被拆穿的感覺，好像他能看出，她其實只是個鄉下女孩，卻妄想假扮調查局探員。短短四天，他對她的了解已勝過共事五年的夥伴。

她不喜歡這樣。

真的嗎？

和二哥講完電話之後，他專注觀察她的眼神害她很緊張。她還以為他會說出她隱瞞了談話內容。倘若他眞的拆穿，她眞的會老實說出眞相。在那一刻，她的保護罩薄得可怕，她的祕密有如大力搖過的汽水，只要稍微扭一下瓶蓋就會全部噴出。

而楚門似乎很會扭開瓶蓋。

開車前往本德市的途中，他隨口閒聊著，轉述剛才打電話給班．庫利的內容。梅西聽著，努力回想以前住在鎭上時，這位老警察的長相爲何，但她實在想不起來。珍珠提到他女兒泰瑞莎．庫利的時候，她也想不起來那女孩的模樣。

「你有沒有問他，她女兒當年是否與珍妮佛．庫利起過衝突？」梅西問。

「我沒問。我想等見到他的時候再當面問。」

「嗯，在電話上提這問題，可能會讓他誤以爲你在指責他。」

「我也這麼想。」他轉頭看了她一下，在黑暗中看不清他的眼神。「喝了咖啡有沒有好一點？在瞭望臺找到槍之後，妳好像快睡著了。」

「的確，有那麼一下子我甚至考慮回去補眠。」

「最近沒睡好？」

「熬夜到太晚了。」她的夜間活動太累人，看來得節制一點。

「這個問題應該很容易解決。」

「可不是嗎？」梅西同意。「只要我多自律一點就好。」

即使在黑暗中，她依然感覺到他的表情充滿質疑。「很難相信妳是個不自律的人，凱佩奇探員。」

「你對珍妮佛．山德斯的父母有多少了解？」她改變話題。

「毫無了解。只知道他們六十多歲，而且願意見我們。」

「這實在耐人尋味。他們的女兒慘遭殺害，過了整整十五年還沒破案。」

「希望這次能為他們找到答案……」楚門輕聲說：「父母不該受這種苦。」

梅西也有同感。

◆

約翰與亞琳．山德斯夫婦雖然才六十多歲，但模樣有如八十歲老人。

看到亞琳眼中永遠不會消失的痛苦，梅西感到心疼。

「以前每隔幾個月我就會打電話去警局，詢問有沒有新發現。」亞琳說：「後來不得不放棄。因為每次打完電話之後，我都會憂鬱好幾天。」約翰拍拍妻子無力的手。

然而現在妳變成了永久性憂鬱。

這對夫妻住在退休安養社區的一棟小公寓。梅西看到位在林蔭大道對面的長照中心，就藏身在兩棟建築間。隨時都能看到可能會發生的老病未來，應該讓人很憂鬱。她猜想，管理單位原本的用意應該是想讓居民安心，萬一有天無法自理生活時，不用搬去太遠的地方。沒人比梅西更相信預先準備的重要性，但她不想每天看到那座長照中心。

亞琳瘦弱得嚇人，頭髮有如隨時會飛散的蒲公英種子。約翰稍微健康一些，但眼睛周圍的皮膚泛紅，禿頂上遍布老人斑。老先生來應門時滿懷希望的眼神，有如長矛刺進梅西的胸口。

她多希望能帶給他好消息。

他們自我介紹時，亞琳好奇地注視她。「妳是凱佩奇家的女兒。」

「是的。」

「珍珠和我們家珍妮佛是好朋友。妳長得很像妳母親這個年紀時的模樣。」

「珍珠依然很想念珍妮佛。」梅西回答，不確定該如何回應長得像母親的那部分。

楚門接著主導談話，梅西對此十分感激。他的態度委婉而關懷，表現出決心幫助這對夫妻的誠意。老夫妻認眞聽他講的每個字，而楚門態度很眞誠，梅西不禁感到佩服。他沒有油嘴滑舌給予虛假保證。楚門說過他只想當個能夠幫助別人的警察，而他就是那樣沒錯。

即使他無法告訴山德斯夫婦，殺害他們女兒的凶手是誰，但他讓他們知道他很重視這件事。梅西知道，長久以來這對夫妻一直深信沒人在乎這起案件，因此更加無助。多年來的第一次，楚門給了他們需要的安慰。

楚門溫柔地引導他們回想珍妮佛遇害前幾週發生的事。他們得知珍妮佛急著找室友，擔心最後得搬回爸媽家。她一個人負擔不起房租。

「她只接受女性室友嗎？有沒有登廣告徵室友？」梅西問。

「沒有登廣告。」亞琳說：「她問過鎭上每個人有誰要租房子，但她絕不會和男生一起住。」

梅西懷疑珍妮是否眞的會拒絕男性室友。若聽說有美女在找室友，男孩們一定會排隊來敲門。

「她當時有特定交往的對象嗎？」楚門問。因爲之前珍珠說的話，他和梅西都知道她沒有。

「據我們所知沒有。」約翰說。

「如果她有交往的對象，一定會告訴我，」亞琳信心滿滿地說。

因為女兒什麼都會告訴母親。

梅西想到過去十五年沒有和母親講過話，一時幾乎無法呼吸。

亞琳也十五年沒有和女兒講話了，看看她變成什麼樣子。

梅西在想，母親的眼神是否變得像亞琳一樣淒惶。

但我還沒死。這是很大的差異。

「泰瑞莎．庫利是珍妮佛的朋友嗎？」楚門繼續問，梅西稍微坐直身子，等不及想聽山德斯夫婦對泰瑞莎的看法。

夫妻倆對看一眼。「我對那個名字沒印象，你呢？」亞琳問約翰。他搖頭。

「她有嫌疑嗎？」亞琳回問楚門。

「不是，我們只是想了解一下她和令嬡之間的關係。既然兩位都沒有印象，看來她們應該沒有非常要好。」

「我認識珍妮佛的所有朋友。」亞琳說。

梅西很好奇，亞琳真的這麼相信嗎？

「案發之後，你們有沒有發現珍妮佛的東西少了什麼？我知道現場的槍和現金不見了，你們後來還有發現遺失其他東西嗎？」梅西問。

夫妻倆再次對看，蹙眉努力回想。「妳不是說找不到珍妮佛參加學校舞會的照片？」約翰終於催促亞琳開口。

亞琳重新看向楚門與梅西。「沒錯，珍妮佛的舞會照片不見了。她放在衣櫃上好幾年了。那張照片很美，她跟我說過她很喜歡，因爲她看起來很瘦。」她傾身靠近梅西，壓低聲音說：「她高中畢業之後就變胖了。」

梅西不知該如何回答，只好點頭。

「她參加舞會的男伴是誰？」楚門問。

「她沒有男伴，是和幾個姊妹淘一起去，其中也包括妳大姊，加上幾個男生。我認爲這種做法很好。」

「那張照片是團體照？」梅西想問清楚。

亞琳點頭，望著遠處。「我記得妳大姊珍珠和葛雯・法加斯都在照片裡，雖然葛雯其實比較小。他們學校讓各年級的學生參加舞會，不光只有十二年級生。不過那時一起去的男生有哪些人，我已經不記得了。」

葛雯・法加斯的相簿也不見了，不知裡面是否也有同一張照片？

「還有其他東西不見嗎？」楚門繼續問。約翰提起照片的事之後，梅西感覺他變得更加投入。

老夫妻再次對看，最後搖頭。「那張舞會照片很可能在出事之前就弄丟了。」亞琳說：「也可能是相框破掉或照片破損。我想不通怎麼會有人拿走。」

楚門與梅西又繼續問了幾件事，最後同時判定山德斯夫婦已經說出了他們所知的每件事。於是兩人向老夫妻道別，最後再次致哀，並留下名片。

他們上車之後，梅西查看電子郵件。「艾迪去找伊諾克・芬契的親戚問話了。記得嗎？他們搬光了他家的東西。艾迪認爲沒有得到有用的情報，那些親戚至少半年沒和伊諾克講過話了。」

「但他們搬東西的速度很快，脫手出售想必更快。」

梅西嗤笑了聲。「艾迪在郵件裡說他們想發死人財。」

「妳對山德斯夫婦有什麼看法？」楚門邊問邊專心看路。

「他們讓我很難過。女兒不在了，只剩下照片可以回憶，眞的很淒涼。雖然舞會照片遺失的事有點意思，不過就像她說的，照片很可能在案發之前就破損或遺失了。」

「我妹妹的高中舞會照片至少保留了十年。」楚門說：「妳的呢？」

「我沒去舞會。其實當初珍珠能去，我覺得很意外。我們爸媽對女兒管得很嚴。」

「對兒子不一樣？」

「嗯。他們是男人……有能力保護自己。」

「這未免太老派。」

「可不是嗎？」

車上安靜下來，寂靜壓迫著梅西的肺，她好希望現在能身在別處，遠離這個觀察力過度敏銳的人。

「湖那邊的風景眞的很美。」楚門說：「能看到那樣的景色對我大有幫助。我很感謝自己能夠住在這裡。」

她胸口的壓迫感消失了。「沒錯。」

「妳回波特蘭之前，我們一定要再去一次。」

「我們肯定會爲了洞穴人的事再上去。」梅西回答，再次看著手機。車子默默前進。

楚門送她回到民宿之後，她才再次想起他剛才說的話。

剛才他說要再去一次，難道不是在講工作的事？

她正準備脫掉健行靴，一腳懸在半空中。

怎麼可能？

那句簡單的話，讓她琢磨了一個小時。

27

「爲什麼你妹妹回來了？」

李維抓緊咖啡館的電話，瞥了凱莉一眼。她正在和一位客人聊天，笑得很開心。

「媽的，你爲什麼打給我？」他壓低聲音問。他立刻知道對方是誰，儘管這些年來他們交談的內容僅限於點咖啡。

「你很清楚爲什麼。快告訴我……她爲什麼在鎮上？」

「爲了工作，她並沒有主動要求來這裡。事實上，她很不情願。」

「我聽說她在挖以前那兩起案子。」

「這件事我完全不知情。」李維撒謊。「她的任務是調查準備者命案。」他的腋下開始冒汗。*為什麼要扯出過去的事？*

「只要我們的約定依然成立，就沒問題。」

李維遲疑一下。「沒有改變。」

「很好。我可不希望你那個漂亮女兒出事，粉紅色很適合她。」

李維望著凱莉的粉紅毛衣背面，強忍住想嘔吐的感覺，她的長髮垂落背脊。他急忙查看咖啡館的每個角落，胃裡湧出大量酸液，憤怒在他的血管中奔竄。*他在哪裡？*

「梅西什麼都不知道，以後也不會知道。」

「你最好說到做到。」

李維緩緩放下話筒，手指冰涼。他閉上眼睛、垂下頭，雙手按住櫃檯，努力讓狂跳的心臟放慢。

敢動我女兒，我會親手宰了你。媽的，老子才不怕進監獄呢。

28

楚門把車停在珊蒂民宿前面那條街，他從這裡能看見梅西停車的地方。

二十分鐘。超過這個時間我就離開。

他送梅西回來的時候，她實在太魂不守舍，他直覺認爲她不會乖乖待在房間裡。果不其然，十分鐘後，梅西從那棟古老房子出來，跑向她的車子。

楚門下定決心，同樣發動自己的車跟隨她駛出鎮外。他不知道梅西藏著什麼祕密，但今晚他一定要查出來。假使她掌握到與舅舅命案相關的情報卻不肯透露，那麼他絕對要知道。

我也可以等早上再問她去了哪裡。

如此一來給了她反問我為何監視她的好理由？

其實他已經準備好藉口了。他打算說自己從警局回家的路上，剛好看見她的車開出來，因爲好奇所以跟了上去。

假使她只是出門幽會，那我就真的丟人了。

不會是這樣，他確定不是。她沒有女人戀愛時那種幸福的氣場。

她給人的感覺很緊繃。警戒。專注。堅決。

他想知道是什麼讓她如此緊張。因爲無論是什麼原因，她越來越常出現在他的腦海中。他越來越常好奇，沒和他在一起的時候，她都在做什麼。

跟蹤的風險非常大，她很可能會大發脾氣，他們之間的任何一絲信任都會徹底毀滅。一想至此，他差點踩煞車迴轉。他希望得到她的信任。今晚去見山德斯夫婦的過程非常順利，感覺彷彿兩人已經合作十年了。他希望這樣自在的夥伴關係能延續下去。

這件案子一結束，她就會回波特蘭。

這個想法讓他心煩。梅西終究會離開，以後也沒有理由回來。該死。如果他加足馬力，短短幾個小時就能抵達波特蘭。距離更遠的情侶也大有人在。

我想得太遠了。他都還沒表白，就已經在思考該如何維繫遠距戀情。但梅西．凱佩奇這個人讓他想要積極推進。

她的想法呢？她是不是也考慮過和他進一步發展？他自己早已想過不知多少次。

說不定他根本在自作多情。

但他看到她喝咖啡的時候臉紅了。她知道。

梅西的車尾燈開始閃爍，車子準備轉彎。他跟了上去，發誓絕不讓她甩掉。厚重的雲層遮蔽住星月，他幾乎在黑暗中隱形。鄉間小路上沒有路燈，他也沒有開車頭燈，覺得這樣隱匿自己實在低級。除非對向有車經過，否則她不可能看見他。他希望不會發生這種狀況。

半個小時後，她連續轉了幾個彎，穿過一座森林。他慢慢接近，腎上腺素讓神經逐漸緊張，他努力在不跟丟的前提下保持距離。儀表板上的導航系統幾分鐘前就失靈，系統顯示他開進了沒有道路的地方。對於自己身在何處，楚門只有個大略的概念。

他一直跟著，直到看到她的車開上一條沒鋪柏油的小路。她的休旅車在坑坑巴巴的路面上不斷顛簸前進。

那條路不可能通往別的路，她要去的地方就在前面。

他把車停在幾乎不存在的路肩，然後坐在車上猶豫許久。該下車走過去嗎？附近幾英哩的範圍確實有人家，但並不多。她選的那條路沒有標示或記號，他很驚訝她竟然能在一片漆黑中辨識。

他決定下車走過去，暗暗祈禱她沒有走太遠。他把車再往旁邊靠一點，擔心有人會在黑暗中擦撞。休旅車搖晃著開進一道淺溝，角度很斜，得用力抗拒地心引力才開得了門。

應該先告訴別人我在這裡。

問題是我根本不知道這是什麼地方。

他出發走上泥土小路，邊走邊罵自己。他不是魯莽的人，總是想清楚才行動。但不知為何，今晚他的行爲和理智有點搭不上線。

他母親會稱之爲睪酮素中毒。

◆

走了十五分鐘後，森林視野變得敞開寬闊，楚門走進一片相當大的空地。他用手套遮住手電筒，靠著一點微光照路以免跌個狗吃屎。梅西的休旅車停在一棟A字形小房子前面，一扇窗兩側透出一小條燈光，窗簾遮蔽了百分之九十九的光源。

我會不會挨子彈？

他蹲下仔細傾聽了幾分鐘。附近有小溪流過，但屋內沒有聲音。他沒看到其他車輛，不過那不代表沒有其他人和她在一起。他隱約看到屋後大約五十碼處，有個大型穀倉的輪廓，裡面看起來可以停放好幾輛車。

現在該怎麼辦？去敲門？

他質疑起自己過去一小時內所做的每個決定。他竟然蠢到監視她、跟蹤她，還像變態跟蹤狂一樣徒步穿過森林。老天，過去這一小時他做的每件事都像跟蹤狂。

快回家吧。

不過，她爲什麼來這裡？跟案件有關嗎？

他知道這裡不是她親戚的家。她所有的家人各自住在哪裡，他都知道。

跟蹤狂。

說不定是朋友的家，她辛苦了一天，想找朋友訴訴苦。**非常**要好的朋友。他腦中浮現梅西和山地野人在床上翻滾的畫面，他的胃一陣糾結。

此時，屋後突然亮起強烈燈光，他嚇了一跳。光線照亮屋後，直到穀倉的整段距離，但沒有照到屋前他像變態般躲藏的暗處。黑暗中傳來響亮的爆裂聲，他急忙蹲低身子。他聽見屋子的方向傳來兩下輕微碰撞聲，於是再次抬起頭。又是一陣爆裂聲，但這次他沒有躲。

不是槍響。但很熟悉。

他慢慢從空地邊緣繞過去，躲躲藏藏地走在松樹間安全的地方。更多爆裂、撞擊聲響，然後是撕裂的聲音。他確認了聲音的方向，於是加快腳步。到了距離房屋大約五十碼處，他找到了適合觀察聲音來源的位置。

梅西在砍柴。

她脫掉了大衣，只穿著坦克背心，當她揮動斧頭時，肩膀上的肌肉線條一覽無遺。她把頭髮綁成馬尾，換上牛仔褲與靴子。她穿著一身工作裝束來到這裡。

晚上十一點？

誰會做這種事？

她還抱怨睡眠不足。他好奇每個星期她會跑來這片森林幾趟。

她的斧頭卡在木頭裡，她左右搖晃一陣，那塊木頭最後裂開，從充當基座的大樹墩落下。她放上另一塊木頭，再次揮動斧頭。

梅西一心一意地在砍柴，十分熱衷。楚門想知道，是什麼驅使她大半夜跑來砍柴？她的家人？還是因爲從小在準備末日的成長環境中長大？她在爲災難預做準備？他看了看房子與穀倉。

遺世獨立，小溪提供水源；森林可以躲藏，但砍伐掉房屋四周的樹木，以防森林大火危及房子。

她無法拋下末日準備的生活。

這就是她見不得人的小祕密。梅西．凱佩奇放不下這種生活方式。她不可能每天從這裡通勤去波特蘭上班，一定是有空就過來、待上幾天，利用每一分鐘爲可能發生的災難做準備。

他不知該覺得她可憐還是可敬。

房子後面的強力燈泡投下光線，他離開藏身的暗處，走到燈光邊緣，等她砍完這根柴薪。

「梅西。」

她猛地轉身，以握武器的姿勢抓著斧頭，準備迎敵。

「我是楚門。」他徹底靜止不動，知道她能看見他的臉。

過了一陣子，她終於轉身將斧頭插在樹墩上。他鬆了一口氣。

不知道她是否很想把斧頭插在他的頭上。

「楚門，你來這裡做什麼？」她轉身面向他，語氣平穩，但有點喘。他上前幾步，注視她的雙眼。

梅西的眼神透露出防備，姿勢相當僵硬，整個人輻射出憤怒的氣場。

「你爲什麼跟蹤我？」

「我不是故意的。」他撒謊。「我去了警局一趟，回家時剛好看到妳的車從民宿開出來。」

「然後你好奇我要去哪裡。」

「沒錯，因爲妳剛才說要睡覺了。妳開得離鎮上越遠，我的好奇心越重。」

她皺起前額。「星期一晚上你也有跟蹤我來這裡嗎？」

「沒有。」

她點頭，但眼神沒有接受他的回答。

「眞的沒有。這是我第一次跟過來，而且單純只是巧合。」

「你開車跟了我將近三十英哩，這叫巧合？」

「……妳說得沒錯，我承認自己也覺得這樣怪怪的。」他最後說。

「這種說法未免太無辜。**你就是他媽的跟蹤我**。你以爲會發現什麼？」憤怒讓她挺直背脊和肩膀。

「總之不是這個。」他坦承。「我也不知道自己會發現什麼，大概是跟案件相關的事。」

「不。這是**我的**私人空間、**我的**私人時間。我來這裡就是為了獨處。」她猛然轉身，抓住斧頭往下迅速一拽拔出來。「回家去吧，楚門。」

「難怪妳白天都很疲倦。妳在這裡都待到什麼時候？」

「到事情做完。」

他看看四周。「會有做完的時候嗎？這不是必須持續進行的事嗎？……一種生活形態？」他謹慎地說出最後那句話。

她轉頭看向他，下巴頑強的姿勢他太過熟悉。「你認為我是瘋子，像你舅舅一樣。」

「我沒有這麼說。」

「你知道嗎？在美國，百分之二的人為百分之九十八的人口供應糧食。你有沒有想過，萬一某一天糧食供給突然斷絕，會發生什麼事？」

他想過。因為舅舅經常宣揚同樣的理念。「我不知道。」

她張開嘴，但又突然閉上，緊緊抿著嘴唇。她正在克制自己，不要開始長篇大論說教。

「可以帶我看看妳做了什麼嗎？」他不想和她爭吵，他想更了解她。

她驚訝地看著他。

「妳多常來這裡？」他柔聲問。她生硬的肢體語言慢慢放鬆，他知道接下來幾分鐘是關鍵，她將決定要對他敞開心胸，還是把他趕回黑暗的馬路上。

「有時候週末會來。只要放長假都會過來這裡。」

「被派來鷹巢鎮很方便，妳可以來這裡做事。」

「……對。」她承認。「我不能放過這個機會，即使只能晚上過來。」

「我懂。」他真的懂。

◆

她剛才真的很想把斧頭插在楚門頭上，但這個衝動已經消失了。剛才一見到是誰在叫她名字時，她好想整個人融化消失。丟臉、恐懼、無助，種種感受湧上心頭。於是她發動言語攻擊，希望能趕他走。但他卻堅持留下來。

留在她的地盤上。她的土地、她的房子。

這是她的第二個大祕密。

他走過來時，她感覺自己就像負傷的野獸，但他放慢動作，言語溫和，姿勢平靜，讓她感到沒有逃跑的必要。

楚門的嗓音總是能讓她冷靜，就像之前他安撫山德斯夫婦那樣。他一對她說話，她就突然不想趕他走了。事實上，楚門詢問她的成果時，她確實很想給他看看。

她從不曾帶人參觀自己的藏身處。

知道此事的人很少，只有住在路前面的那對夫妻，以及賣房子給她的人。這是她忙碌生活中平靜的颱風眼。這裡讓她有所依歸，讓她不致於失去理智。

「你不可能眞的懂。」她輕聲地說：「你不知道像我那樣長大是什麼感覺。從有記憶的第一天開始，要爲災難預做準備一事就深植在我的腦中。我無法揮之而去。即使不願意相信眞的會發生，但我必須在這裡做好一切準備，以防萬一。」

「我常聽到舅舅說這樣的想法。」楚門說：「雖然不像妳從小聽到大，但也足以讓我理解他計畫的邏輯。我很敬佩他的遠見，但他讓末日準備主宰了人生，我不認爲妳有到那種程度。」

「確實沒有。」她同意。「我在波特蘭的家裡有少量物資，但大計畫都在這裡進行。」

「我想看。」

「有什麼好看的？」*要是他看到屋裡，會了解太多我的事*。這讓她很不安。她獨立自主太久了。

「我想看妳做了哪些準備，讓我理解。」

「爲什麼？」她小聲問。她感覺自己站在巨大坑洞的邊緣，必須後退，但她動不了。楚門走過來，伸出一隻手，彷彿接近受驚的馬匹。

這個比喻很恰當。

「因爲我想多了解妳。」他停下腳步。他們的距離很近，她能看到他下顎的鬍碴和眼眸裡的眞誠。

「你該不會是在哄我吧？就像對山德斯夫婦那樣？」她注視他的雙眼。

「我沒有哄他們。我說的每句話都是眞心的，現在也是。妳讓我想要更了解妳。」

他沒有騙人。

她轉開視線。「今天晚上我要做的事很多。」

「我可以幫忙，這樣比較快。說不定妳也能好好睡一覺。」

她再次對上他的視線。看來今晚不可能擺脫他了。這個念頭令她既安心又擔心。

「帶我去屋裡看看。」

她點頭，一時無法言語，深怕一開口眼淚就會潰堤。她想要他留在身邊，同時又希望他離開。兩極化的情緒快要把她撕裂。

今晚就暫且接受吧。

最後，梅西終於轉身。「跟我來。」她拿起掛在欄杆上的薄毛衣，走上小房子的後露臺。她和糾結的毛衣搏鬥一陣子，但手臂始終穿不進去，他幫忙抓住領子和一隻袖子，她這才穿上。他碰到她的肩膀，溫暖雙手留下的刺痛感久久不散。她帶他走進家裡時，那種感覺依然在。

「歡迎參觀我的瘋狂。」她以誇張的動作做個邀請手勢。

◆

梅西的藏身處麻雀雖小，卻五臟俱全。兩層樓建築有座石造壁爐，裡面放著燒柴的暖爐，但屋裡很冷。他懷疑她是否有其他取暖的方法。既然她只是每晚過來一下，應該不會特地生火取暖。木造牆壁的隔熱做得很好，一走進屋裡，他們說話的聲音立刻改變，由此可見她為了抵抗氣候變化下足了工夫。每扇窗戶都有遮光簾。

了不起。

她發現他在打量窗簾。「這樣晚上外面的人才不會看到燈光。」

「但白天會打開吧？」這棟木屋裡的空間挑高，窗戶很大，二樓還有個小閣樓。從大窗戶照射進來的陽光和暖意一定很舒服。

「我在的時候會打開，通常都是關上的。我不希望有人趁我不在的時候，跑來從窗戶張望屋裡。」

「應該沒有人能找到這裡吧？」

「很難說。」

「妳有保全系統嗎？」

「有。萬一被觸動，系統會傳訊息到我的手機。不過就算有人闖入，我在波特蘭也無能為力。鄰居多少會幫我留意，但他們年紀很大了。」

「打給我，我會過來看看。」他是眞心的。

她一臉錯愕。「謝謝。」

梅西的驚訝反應令楚門蹙眉。「妳在這裡有朋友，爲什麼不請他們幫忙？」想到她獨自待在小屋裡，他心裡不太舒服。不過，她處理緊急狀況的能力絕對比我強。

她用力吞嚥。「這次回來之前，我在這裡沒有朋友。」她低語。

「妳的家人不知道這個地方？」

「嗯。」

「可是末日準備最重要的基礎，不就是形成團體，聚集能夠互相幫助的人嗎？不過我舅舅不來這套就是。通常他只會激怒別人，交不到朋友。」

「有的人比較喜歡獨自準備，自立自強。你舅舅或許是那類人。」

「那妳呢？」

她猶豫一下。「我別無選擇。」

「妳明明有很多選擇。不遠處就有整個鎮的人，現在他們慢慢發現妳有多出色。我相信妳的家人也是。」我在做什麼？說服她留下來久一點？

「我不想讓他們分裂。」

「讓妳的家人分裂？怎麼說？」

「我之前差點讓這種事發生，這並不難。」她緊緊閉上嘴，楚門知道這句話已經超出她想透露的範圍了。

他決定不再打探，而是繼續參觀她家。「那是裁縫車嗎？」那臺機器的外型像張小桌子，但是下面有鑄鐵踏板，讓他想起以前祖母用的那臺。上面放著一臺打開的筆電，螢幕顯示出氣象預報。

「對。機器本體藏在裡面，不需要電力，只要踩腳踏板就好。」

「老古董。」

「而且依舊很好用。」

「我覺得好像回到十九世紀。妳該不會也有洗衣板吧？」

她稍微揚起眉毛。「沒有。」她的語氣變得冰冷。

她氣呼呼的反應太有趣，他越來越覺得有意思。梅西不是瘋子，她很聰明，而且很善於謀略。

「做罐頭的裝備呢？」

「當然有。不用問了，我還有太陽能板、手術器具、重力給水系統，還有溫室。」

「槍枝呢？」

「當然。你還想知道什麼？」

多著呢。「暫時先這樣。要我幫忙妳今晚的工作嗎？」

「我不需要幫忙。」

「嗯，我希望妳明天不要昏昏欲睡。我想讓妳早點離開這裡，回去睡覺。有什麼是我可以做的？」

他站穩腳步、雙手抱胸。如果砍柴能給他多一點時間和她相處，他非常樂意。

但她突然整個人僵住。下一瞬間，她撲向電燈開關，室內外的燈光同時熄滅，四周頓時一片漆黑。

他聽見她迅速奔向房子另一頭，然後傳來輕微的喀答聲響。

楚門無法移動。筆電微微發光，但不足以讓他看清楚狀況。「梅西？」

「噓。」她的聲音很近，出乎他的意料。他看到她的側影停在筆電前面。梅西按了幾個鍵，叫出畫質粗糙的監視畫面。他看到穀倉正門外面的車道，還有她家兩個不同角度的畫面。剛才那種回到十九世紀的感覺徹底消失。

「怎麼回事？」他小聲問。

「我聽見車子的聲音。我啓動了戶外的紅外線夜視系統。」

厲害。

她放大車道影像，楚門這才驚覺，在伸手不見五指的黑暗中，短短幾秒內，她連來福槍都拿好了。

「有看到什麼嗎？」他從槍套拔出槍。

「把槍收起來。」她命令。

「妳先請。」

她沉默不語。她盯看螢幕，表情凝重警戒。「那人倒車出去了。我猜他看到這裡有房子，所以決定離開。」

「我什麼都沒看見，妳剛才看到車子？」

「我叫出車道畫面的時候，有一瞬間看到水箱罩。」

「說不定只是有人開錯路，或是沒想到路的盡頭有房子。」

「也可能他發現了他想找的東西。」她嚴肅地說：「我發誓，星期一晚上眞的有人跟蹤我，我成功甩掉了他。今晚沒發現你，是因爲我在想事情。我敢說那個人是跟著你來的。」

楚門一想到自己竟然把可疑的人直接帶來梅西家，不安便悄悄爬上全身肌肉。「誰會跟蹤妳？爲什麼？」

一陣沉默。

「因爲命案？」楚門繼續問。

「或許吧。」

「還有其他原因嗎？」他又追問：「在這種偏遠地帶，怎麼會有人想跟蹤從波特蘭來的調查局探員？」

說不定他們跟蹤的對象，是那個在鷹巢鎮長大的女孩。

「梅西，我認爲現在妳該告訴我所有事情了。」

她一陣哆嗦。

29

他差點就要跟丟。

幸好看到警長的休旅車停在淺溝裡。原本還以爲那輛車是衝出路面栽進水溝，但後來發現只是以很彆扭的角度停在路旁。

他猶豫了很久，最後還是開車過去，走路太危險。局長顯然是走路進去的，不過他可不想在黑暗中撞見對方，待在車上感覺比較安全。他等了二十分鐘，思索各種可能性，最後決定開上那條泥土路。他才剛看到那棟A字形房屋後面隱約透出燈光，突然就變得一片漆黑，他急忙倒車離開。

他笨拙地操縱方向盤，猛踩離合器，倒車駛出彎彎的小路，回到大馬路。跟蹤警察局長果然是正確選擇。他原本等著要跟蹤梅西，卻發現局長也在做同樣的事。局長熄滅車燈尾隨探員的車，他忍不住也跟上去。

為什麼局長不想被梅西·凱佩奇發現？

他罵著髒話，將卡車開上大馬路，把油門踩到底。

現在我知道她去哪裡了，但是為什麼？

他不知道，不過不重要。

重點是她回來了。十五年來，他一直非常小心藏匿，刻意不引人注意，慢慢等候時機，對所有人和和氣氣、不惹麻煩。看到朋友的下場之後，他強迫自己安靜不聲張。但現在梅西勾起了各種回憶，破壞了他蒐集槍枝的計畫。

那些槍。

他通往成功的門票。

他原本沒打算要殺死那些準備者，然而，第一次出手、搬走武器之後，他驚覺老傢伙一定知道是誰拿走了那些寶藏。挫敗感令他憤怒，他的計畫不夠周詳。老師和朋友總是嫌他沒有遠見，說他連兩個小時後會發生什麼事都看不出來。需要更妥善的計畫。

但老傢伙很容易解決。一槍斃命，簡簡單單，他知道接下來偷槍的時候也必須這麼做。第二次下手不如預期中順利，但是和傑佛森．畢格斯交手實在太痛快，他第一次感受到如此激烈的腎上腺素。

他覺得自己所向無敵。

殺死安德斯．比博時，他再次體驗到那種感覺，但外面突然傳來車子的聲音。他因爲被干擾而狂怒，甚至來不及拿走槍枝。

但現在這些都無所謂了。調查局搶走了他的槍。辛苦這麼久的成果……

他要讓梅西後悔插手此事。他的手指敲著方向盤，想起十五年前那一夜。那一夜，他沒有得到眞正想要的東西。想起被搶走的槍枝，憤怒讓他滿臉漲紅。

看來時候已到，他該得到補償了。

30

楚門堅持他們立刻離開小屋。她同意，並啓動保全系統，鎖好門後載他去馬路上找他的車。她希望他們兩人各自回家，但他堅持立場，說什麼也不肯答應。

「我才不要等到明天，到時候妳會當作沒這回事，從此躲著我。」他表明，直視她的雙眼。

這確實是她的計畫。

他將自己家的地址輸入她的導航系統，跟著她開出森林。抵達時，她十分驚訝，他的家竟然在一條滿是相同房屋的街上，房子本身不大，還算新。她完全看不出楚門．戴利會住在這裡，還以爲他家是粗獷的男人風格，而不是這種像模型切出來的房子。

她說出心中的疑問，楚門回答：「這是租的，感覺比用買的保險。」

他是擔心警察局長的工作可能做不久？

他叫她先在客廳等候，接著迅速在屋內巡視一圈，也查看一下籬笆環繞的小院子。她等待時，一隻漂亮的黑貓大搖大擺走過來，跳上沙發扶手盯著她看。牠的金色眼眸注視梅西，尾巴末端輕輕揮動，彷彿在等梅西自我介紹。

楚門回來時，貓已經趴在她腿上了，一臉舒服的表情。楚門揚起眉毛。「牠叫賽門（Simon）。」

「牠是隻母貓。」

「我知道。我讓鄰居的孩子幫牠取名字。我搬來這裡過了大約一個星期，牠突然出現，因爲一直沒找到主人，所以我讓牠住下來。」

一隻金黃眼眸緩緩對梅西眨了一下。他以為是這樣。顯然貓咪爲自己選了家。

「我要來杯啤酒，妳要喝什麼？」他問。

「我不喝酒。」

「少來了。」他注視著她。

「伏特加配柳橙汁。」她最後說。她需要補充維他命C，而且不想和他吵架。接下來一個小時要說的話，本就要讓她夠不自在了。

他從餐桌前搬來一把椅子，放在她的正前方。他坐下並喝了一大口啤酒，啤酒花的氣味飄過來，搔弄著梅西的鼻子。

疲憊深入她的大腦和每條肌肉，她啜飲了一小口酒。不太烈。無論楚門有什麼打算，至少他不會灌醉她，再逼她說出所有祕密。他的棕眸隔著杯緣注視過來，不安感在她的胃裡翻騰。他到底想做什麼？

「我有兩個問題。」他輕聲說：「第一個，爲什麼認爲有人要跟蹤妳？第二個，十五年前發生了什麼事，導致妳離開鷹巢鎮？我查過了，當時沒有妳或妳家人相關的調查報告，除了珍妮佛·山德斯與葛雯·法加斯的命案，那一年沒有其他大事。不過，妳說她們是妳大姊的朋友，不是妳的。」

她點頭，再次喝了一小口酒。「我認爲這兩個問題都不關你的事。」我不會告訴他。

他瞇起眼睛。「如果這些事影響到妳調查準備者命案的表現，那我就有資格問。一看就知道妳每天都睡眠不足，而且經常魂不守舍。我認爲妳花在躲避鎮民的時間比調查還多。」

她全身一抽，賽門從她腿上跳下去，衝出客廳時爪子在硬木地板上打滑。「我非常認眞看待調查！我絕對沒有怠忽職守，而且用盡全力！」憤怒令她只看得見前方。他怎麼敢說這種話？「今天找到槍的人是誰？」

「我們兩個。」

「鬼扯。明明是我帶你去那個山洞，還匍匐前進爬進去。如果眞有誰害調查不順利，那也是你，你眼裡只有你舅舅。我們還有其他三名死者，你記得吧？」她怒嗆回去。楚門並沒有把所有時間用在舅舅的案子上，但既然他戳她的痛處，她當然要回敬。「你在鎮上跑來跑去，一副只有你在追尋正義的模樣。我們全都快忙死了。」

他坐著一動也不動。她戳到了他的傷口。「我不是什麼追尋正義的神聖十字軍。」他說：「我想爲舅舅報仇。凶手自以爲比我聰明，我會證明他們錯了。錯得離譜。」

他的語調全然平靜，令她不知所措。楚門．戴利或許是把情緒控制得很好，也可能下一瞬間就會爆發。她不知道是哪一種狀況。

「看來我們想要的結果一致。」梅西說。

「那妳就要老實說清楚。妳的腦袋裡在糾結著某件事，每次遇到以前認識的人，就會冒出來，我看得很清楚。不過，妳並非對每個人都會這樣，只有特定的人。爲什麼喬賽亞．必文斯讓妳那麼不安？」

「因爲過去的一些問題。我們兩家關係不好。」

「解釋一下。」

她聳肩。「我爸說他射殺了我們家的一頭牛。」

楚門往後靠在椅背上，表情很驚訝。「一頭牛？就這樣？」他傻眼。「是很可怕沒錯啦，不過都這麼多年了，眞的値得——」

「那是給我爸媽的警告。他們不肯加入必文斯的團體，拒絕了不只一次。」

「團體？我不懂——」

「你之前不是說過，末日準備要靠團體合作嗎？你還問我爲什麼一個人在木屋做準備？」

「對。」

「有些準備團體太過認眞，幾乎變成由專家組成的迷你城鎭。他們需要醫師、獸醫、技師，而且總是有個非常強大的領袖。」

她看出他終於恍然大悟。

「加入的人要宣示效忠團體？」他問：「發誓當災難發生時，會幫助團員？妳父親與必文斯之間的衝突，就是因爲這個？」

「對。我爸本人有一種低調而沉穩的號召力，大家信任他，希望和他來往。喬賽亞則是很強勢，要求效忠，並且以鐵腕統治。我爸不願意和他有所牽扯。」

「而妳的母親是位助產士……鎭上所有人都把她當神一樣崇敬。」楚門分析。

「還有我爸很擅長醫治動物。這項技術非常重要。」

楚門搔頭。「好吧，我大概懂了。不過，這件事和妳離開鎭上有什麼關係？」

「一言難盡。」

「我們有一整個晚上的時間——至少還剩一半。快說吧。」

難以言喻的是，她確實想告訴他所有事。從來沒人能像楚門這樣觸動她。她喜歡他。非常喜歡。甚至太多了。

她的祕密藏在心裡太久，都腐爛了。說出來會有什麼危險？

她會失去工作。

她的家人和李維的家人都會被拖下水。

還有被判刑？

「妳在發抖。」他睜大眼睛，眼神滿是緊張和憂心。

「你不知道你問的事有多嚴重。」他說得沒錯，她的腿正在發抖，就像處於酷寒之中。她伸出顫抖的手，將杯子放在茶几上。

「老天，會有多嚴重？」

「我可能會被判刑。」她低語，腦袋思緒失控狂轉。「我二哥也是。他有女兒，我只有自己一個人，所以比較沒關係——」

他傾身靠近。「如果不說出來，會有人因此受害嗎？」

「應該不會。相信我，我已經問過自己幾百萬次。」我好冷。她拉起外套拉鍊，突然好想來杯熱茶、熱可可、熱咖啡。任何能給她安慰的東西。

他把椅子往前拉，將啤酒放在她的飲料旁，握住她的雙手。他的手非常溫暖，她在他的體溫中放鬆下來。

「梅西，妳殺人了嗎？」

她凝望他的雙眼，卻看到腳下的無底深淵。**我可以信任他嗎？**她在深淵旁搖擺許久，然後決定跨出一步。「很有可能。」

他沒有眨眼。「爲什麼只是很有可能？」

「因爲李維也同時開槍，我們兩個都開槍了。」**現在無法回頭了。**冰冷痙攣震動她的胸口，迅速傳向手臂與手掌。她更用力握住雙手。

「你們對誰開槍？」

「我們不知道他是誰。我們不認識。」

「他傷害你們？」他慎重地問。

「是蘿絲。他襲擊蘿絲……然後也襲擊我。」她輕聲補上一句。

「那就只是出於自衛。」他垂下頭，吁一口氣。

「可是我們藏匿屍體，藏了十五年，沒有告訴任何人。我們永遠無法說出我們殺了他。」她毫無條理地說著，深埋在心中的所有話一口氣全冒出來。

「我不會逼妳說出去——等一下，」他緊握她的手。「是殺害珍妮佛和葛雯的凶手嗎？」

「應該是。」

◆

梅西似乎隨時會變成一灘消耗殆盡的爛泥，她的雙手冰冷，不停顫抖。隱瞞這麼大的祕密整整十五年，那是什麼感覺？他很心疼，想要減輕她的負擔。她的祕密並沒有嚇到他。從之前她偶爾流露出的脆弱，他已經看出她藏著很大的祕密。

她告訴我她殺過人，我對她的看法卻沒有因此改變。

這才是令他驚訝的部分。

他認爲她射殺那個人情有可原。不過，當年她沒有報案，是否導致延誤兩起命案的調查？調查局會如何看當年的事？她沒有說出對舊案的猜想，是否影響到目前這幾起命案的調查？

楚門並不認爲她會因謀殺遭到判刑，不過確實會因爲其他相關的事而陷入危機，甚至足以改變未來的人生。

我現在的角色是什麼？警察還是朋友？

他暫時把這個問題放一邊，不願思考答案。梅西對他說出了祕密。她承受極大風險，而且是他逼她說出來的。內疚讓他急著想說話。

「妳父親知道嗎？所以妳才離開？」

她搖頭，注視著地板。「除了李維和蘿絲，沒有人知道，現在又多了你。我們沒有告訴爸媽全部的實情，只說有人企圖闖入……蘿絲認出那個人的聲音，相信他和必文斯牧場有關，但她不知道是誰。我希望爸去找喬賽亞對質，讓蘿絲去聽牧場工人的聲音，因爲那個人很可能也殺害了珍妮佛與葛雯。我爸不肯。」

「等一下。妳不是說那個人死了嗎？蘿絲要去聽誰的聲音？」

「還有另外一個人。那天晚上她聽到他說話，確定以前聽過那個聲音，但無法確認是誰。那人跑得太快，我和李維都沒看到他。我們有聽到他的卡車駛離房子。」

兩個人？

「他丟下死掉的朋友不管？」

「對。」

「他再也沒有回來找他的同夥，也沒有來打聽？」

「沒有。我們以爲會有人來討個說法，但那個死掉的人彷彿無親無故，沒有人來找他，也沒有人報案失蹤。」

梅西的故事越來越奇怪。**朋友失蹤了，為什麼不去報案？因為他是殺人共犯。**

「逃跑的那個人，知道有人對他朋友開槍嗎？」

「我們開槍之後不久就聽到引擎聲。我確信他是被槍聲嚇跑，但他未必知道同夥有中彈才對。」

「妳剛才說，我是第三個知道這件事的人，看來不是這樣。還有另外一個人知道——逃跑的人。」

梅西點頭。

「從頭說給我聽。」

梅西斷斷續續地說出當年發生的事，他聽得汗毛直豎。闖入民宅，意圖性侵。先是蘿絲，然後是她自己。開槍。他看過珍妮佛·山德斯與葛雯·法加斯悽慘的現場照片，梅西與蘿絲差點也步上後塵。

楚門沉默不語，消化她剛才說出的沉重故事。「屍體在哪裡？」他終於問。

梅西似乎崩潰了。「李維把屍體藏起來了。」

「噢，老天。」楚門站起來繞圈踱步，雙手抓了抓頭髮。她和李維又多犯了一條罪。「他把屍體藏在哪裡？」

她沒有說話。

「快說啊，梅西。」

她搖頭，馬尾垂落肩頭，眼神變得很遙遠。「那是李維的祕密，我不能讓他的處境更危險。」

沒有屍體就沒有證據。

她劃下了界線。只要沒有屍體，她的故事就只是個故事。

他重新坐下，再次握住她的雙手。她想抽走，但他不放。「有我在，我會幫妳。我們一起想辦法解決。」

「不。不能讓更多人知道。」

他不會說出去。他已經決定好在這個故事中，自己要扮演什麼角色。

楚門沒想到竟然會這麼簡單。他應該在理智和情緒上經歷一番天人交戰才對，但檢視自己的內心後，他立刻知道答案。

梅西是正直的人。如果她不是出於自衛而殺人，一定會承認。

我說什麼也不會讓她因為這件陳年舊案受苦。

這個決定或許不對，但他已經下定決心了，他會貫徹到底。

是人都會犯錯，她和李維頂多只是做了錯誤的決定，但沒有人能否認，他們有權開槍，因爲梅西與蘿絲遭到襲擊。

我是否違背了自己的道德信念？

他跨越了從沒想過會跨越的界線。身爲執法人員，聽到殺人藏屍的事，他有義務要報案。這也是身爲人類一份子的義務。然而，此刻看著眼前受盡折磨的女人，這些都不重要了。

我的良心能接受這個決定嗎？

毫無疑問。

「妳父親不希望掀起波瀾，導致他和喬賽亞．必文斯的關係更加惡化，所以不肯去找他對質？」

梅西點頭，彷彿腦袋有五十磅重。「我說企圖闖入的人可能殺死了另外那兩個女孩，他不肯聽。我說如果不追查，會害其他女生有危險，他再次拒絕。這時我明白了，我沒辦法繼續住在他的屋簷下。」

「他的理由是什麼？」楚門大致猜得到她父親的態度。

「他說其他女孩不關我們的事，我們只要關心自己就好。」

果然如此。

「妳無法接受？」

她酸溜溜地看他一眼，他很高興。她終於稍微恢復原本的模樣。

「我認爲，大概是我們對人生的觀點不同。」她聳肩。「如果在路上看到釘子，應該要撿起來，以免刺破別人的輪胎，不是嗎？既然如此，就更應該竭盡全力預防別人被殺害吧？」

「當時妳已經十八歲了，對吧？李維比妳更大，你們應該去報警的。」他指出。「不必等你們父親回家。」

她大笑。「那時的我們認爲警察沒什麼用，他們只會開罰單。鎮上的權力和法律都由喬賽亞．必文斯一手掌握。想要找眞相、討公道，都要去找喬賽亞。」

楚門正要反駁，但又閉上嘴。多少次他想施行新措施，鎭長都勸他先去找喬賽亞．必文斯商量，就連艾娜也一樣。楚門原本以爲是因爲喬賽亞是議長，沒想到是鎭上所有人都對他畏懼萬分的緣故。

我過去所做的決定，是否有些也受到了喬賽亞影響？

不。他可以毫無疑慮地這麼說。他沒有眞正和喬賽亞．必文斯交過手。目前還沒有。

我以為自己已經融入這裡，但顯然還差得很遠。沒人告訴過他喬賽亞的事，難道大家以爲他會像鎭上所有人一樣順從？準備大吃一驚吧。只要是他認爲正確的事，楚門不怕挺身捍衛。

麥克知道他父親的勢力有多大嗎？

當然知道。他之所以想離開，這必定也是其中一個原因。「妳認爲那晚逃走的人是喬賽亞的工人。」

她勉強點頭。「沒錯。蘿絲不確定之前在哪裡聽過，所以我和李維也沒辦法自己去找必文斯。但我爸應該要去。」

「妳父親想息事寧人。」

「後來李維也站在他那邊。」梅西苦澀地說：「我家的父權思想很重。於是我威脅要自己去，李維強烈反對。我爸說，要是我跑去必文斯那裡，指控他的工人企圖襲擊我們，我們家就毀了。我爸說得沒錯。家裡的男人求我放下這件事，我不肯，於是他們就當我不存在。家裡的女人也順從他們。」

「妳無法每天看著家人，卻不想起這件事。」

「對。而且，我無法繼續在這種老派家規下生活。那時李維還抱著『自家的女人自己管』這種觀念，但他現在已經不一樣了，感謝老天。歐文恐怕還是沒變，他依然不肯跟我說話。我認為兩個姊姊的想法也改變了很多。」

「所以，妳父親拒絕挺身而出、防止其他女性遭到殺害，對妳而言這件事是最後一根稻草。」楚門總結。「不過，梅西，既然妳有如此強烈的信念，為什麼不自己去報案？」他再次詢問。

「我擔心去報警的話，就會被發現有人死了。我不希望警察來調查襲擊事件，卻發現我和李維殺人的證據。」她小聲說。

「可以理解，不過妳的良心應該很難承受。」

「對，我離開鎮上的時候覺得自己很可恥。之後的好幾個月，我一直關注新聞，以為會有更多女性受害，但什麼都沒有發生，於是我安心了。或許殺死一個壞人，讓另外那個不敢再犯案。」

「有可能。」楚門說。

「我原本就一直在考慮要離開鷹巢鎮。那兩起命案之後，我爸對我更加嚴格，要我打消去上大學的念頭。他要我找個老公，甚至還提過幾個他認為能照顧我的人選。」

楚門嗤笑。*如果說有哪個女人完全不需要照顧……*

「對吧？」她勾起一邊嘴角。

「妳父親難道完全不了解妳？」

「那時候的我和現在不一樣。長久以來我一直是個乖女兒，聽他們的話，遵循他們的規定。我從小在封閉的圈子裡長大，後來開始見識到圈子外面的世界。我想要自己作主。」

「自己作主等於自己找死。」

「我的家人就是這麼想。」

「妳後悔告訴我嗎？」楚門最後問。內疚依然重重壓在他的心頭，他不該逼她說出來。

她沉吟許久。「不，我覺得放下了重擔。」

「妳認爲，當初逃跑的那個人可能就是跟蹤妳的人——而這個星期已經兩次了。」

她的肩膀再次變得緊繃。「有可能，不過機率不大。話說回來，我在鎮上並沒有敵人，至少我自己不知道。很難想像犯下那兩起命案的人，竟然會在鷹巢鎮躲藏十五年。」

「似乎很少有人離開這座小鎮。」楚門看壁爐架上的時鐘一眼，已經凌晨兩點了。「糟糕，再過三個小時我就得起床了。」

梅西沒有動。他以爲她會直奔大門，但他發現她的綠眸很平靜，這是幾個小時以來的第一次。「我不想回旅館房間……」她輕聲地說：「我不能自己一個人。可以讓我在你家沙發上睡幾個小時嗎？」

楚門的心思瞬間飛向好幾個地方，但他聽見自己說：「沒問題，考量到妳今晚被跟蹤——除了我之外還有別人，這樣做最好。妳確定想這麼做？」

她放鬆地微笑。「嗯。給我一條毯子，兩分鐘內我就會睡死了。」

他去拿毯子給她，並告訴她客用浴室在哪裡。他有客房，如果他買了床，她就可以睡那裡。不過現在裡面只有跑步機和舉重槓，只能讓她睡沙發了。

他給她一個枕頭。「還需要別的東西嗎？」

「沒有了。我眞的好睏，就算站著也能睡。看來自白是件很累人的事。」

「妳獨自一人背負太久了。」他實在難以想像。

「我早就習慣了，但回到這裡之後變得更難受。這裡的一切都讓我不斷回想起來。在波特蘭，我可以選擇遺忘。至少大部分的時候。」

最後，他向她道晚安。

幾分鐘後，楚門爬上自己的床。梅西．凱佩奇在他家睡覺，他懷疑自己能不能順利入眠。他花了十分鐘回顧今天發生的事，思索她的困境。

過去幾個小時裡，她一口氣告訴他太多事，但他對她的看法完全沒有改變。梅西依然是個極度獨立的女性，也是經驗豐富、頭腦敏銳的探員。真要說的話，他反而更尊敬她了。

他想幫助她，而他也確實幫到了她。不過這次的目標似乎改變了。他不再只想幫助她，他還有其他動機。

他想和她在一起。

31

「搞什麼鬼？」梅西再次繞著她的車走一圈。真的沒錯，四個輪胎全破了。

誰幹的？

楚門從他家走出來，鎖上門，她抬起頭，剛好看到他臉上大大的笑容。自從早上看到她在廚房拿著湯匙挖花生醬吃，他就一直笑個不停。她是餓到醒過來的。

「怎麼回事？」他猛然停下腳步，笑容消失，視線從她的臉移動到她的輪胎。「全破了？」他森然地問。

「對。有監視器嗎？」

「沒有。」他望向馬路對面。「我的鄰居也都沒裝。」

她嘆了口氣。

「我先載妳去警局，然後叫修車師傅過來。他很快就能修好。」

梅西用雙手按住眼睛。「我要怎麼解釋這件事？」

「車胎破了有什麼好解釋？一看就知道是有人蓄意破壞。」

她放下雙手瞪向他。

「噢。」他的笑容又回來了。「確實不太妙。」

他未免太以她的困窘爲樂。她的手機開始震動，有人傳訊息過來，她從口袋拿出來查看。是艾迪。

妳在哪？

開始了。她回傳訊息說自己人在鷹巢鎮警局。「快走吧。」她對楚門說：「我剛剛告訴艾迪我已經到警局了。說不定他不會發現我的車不在。」

前往警局的短短車程中，她一言不發，腦袋瘋狂地轉動，想要找出合理解釋，說明爲什麼她的車會在楚門家。她還不想說出小屋的事，也不想說出十五年前的襲擊事件，所以不能告訴大家她是因爲被跟蹤，也不能說出她是一口氣自白太多事所以累壞了。

「妳想太多了。」楚門表示，專心看著鎮上的路。

「我不想把人生中的私事到處說給別人聽。」梅西接著承認：「你是第一個，而我認爲告訴一個人就滿足了整個月的額度，甚至一整年。」

「那妳認爲是誰割破妳的輪胎？」

「有兩種可能：隨機或是故意的。如果是故意爲之，我敢打賭絕對是昨晚跑去木屋的那個人。他一定看到你的公務車停在大馬路旁，來你家探查似乎是很合理的下一步。」

她看到他的下顎肌肉抽動，眉頭沉下。

「想到這件事就讓我很不舒服。」他喃喃說。

「我也是。」

「我很想知道，犯案的人是不是先去了珊蒂民宿，發現妳的車不在，接著才來我家。」

「也可能只是隨機犯罪。高中生小鬼們，或是單純對執法人員不爽的人。」

楚門朝她看了過來，眼神看得出來他不相信只是隨機犯罪。

她的直覺也認為不是。

「肯定有人在跟蹤妳。」他說：「不過在我看來，刺破車胎的行為顯示他卑鄙又幼稚，還有憤怒，很可能也脾氣惡劣。他攻擊妳的車，而不是妳本人。」

「也可能他很怕我。」梅西補上一句。

「什麼意思？」

「我可能做了什麼事嚇到他了，他想阻止我。但為什麼會有人怕我？我只想到一個可能：我們可能就快找到殺死你舅舅和其他準備者的凶手了。」

「也可能是因為擔心妳十五年前看過他。」

「要是當年我知道他是誰，早就去報警了。」她表示。

「那麼，應該是妳最近做的事讓凶手著急了。」

「昨天我們找到了大批槍械。」她說：「或許我們比想像中更接近凶手，只是沒有察覺。」

他沉默片刻。「妳會緊張嗎？」

她的神情充滿難以置信。「只因為輪胎被割破？才不會呢。我很火大。」

「當心點。」

「我一向很小心。」

「不知道珊蒂民宿的保全夠不夠好。」楚門接著說。

「那裡的門很厚實，鎖也不錯。相信我，我檢查過了。」

車子停在警局後方。「庫利來了。」楚門驚訝地說：「他說會來看看那兩起舊案的資料，看來他完全沒耽擱呢。」

梅西很慶幸艾迪還沒到，因爲她還沒想要如何應付他的疑問。她在警局裡見到班．庫利，老警官高大、開朗，總是面帶笑容，很難不喜歡他。楚門一看到班立刻臉色發亮，熱情地和他握手。

「班，你曬得很好看喔。」

「我快無聊死了。」他對梅西擠眉弄眼。「我受不了整天坐在沙灘椅上，或是站在博物館裡看藝術品。拜託給我的大腦一點事情做。」

她懂。她也沒辦法坐著不動太久。

這時她的手機響了，於是向兩位警官說聲失陪。是娜塔莎．洛哈特打來的，電話一接通，醫檢官便直接說重點。

「安德斯．比博體內有氟硝西泮。與其他三位死者一樣。」

梅西一點也不覺得意外。

「聽說傑佛森．畢格斯服下的藥物還在胃裡，安德斯也是嗎？」

「不。他的已經完全進入身體系統，我評估應該是在十二小時內服下的。」

也就是說，傍晚有人去他家作客，順便下藥。

但是那個人凌晨回去作案時，安德斯已經起床準備出門了。梅西很想知道藥物對他產生多大的影響。她知道他換好衣服、煮好咖啡，還對入侵者開槍。或許他服下的份量比其他人少。

除了這件事，醫檢官沒有其他新進展可以報告，於是就此掛斷。

她回去找楚門和班，發現路卡斯來了，艾迪也一起。他們兩個都端著咖啡，似乎是從她二哥的店裡一起走過來的。她告訴他們剛才娜塔莎在電話中報告的事。

「達比·柯萬剛才打給我。」艾迪也告訴她和楚門：「受害者家中遺失的有登記槍枝，全都在妳昨天找到的那一堆裡。此外，還有很多過去幾年有人報案失竊的槍枝。」

楚門開懷一笑，對梅西舉起手掌。她用力一拍。「太好了！」她說：「我就知道。」

「找到這批槍枝眞是太神了。」艾迪說：「本德市分局全體動員，希望能發現一致的指紋，那樣就能鎖定嫌犯了。」

「我不知道你們在講什麼。」班·庫利困惑地輪流看著兩位探員，楚門連忙向他說明進展。「哎呀，眞想不到，」班說：「我幾十年沒爬上過那裡了。願意把那麼多槍搬上去，那個人肯定毅力非凡。」

梅西深有同感。「那十五年前失竊的槍枝呢？」

「不在裡面。」艾迪說。

梅西撇撇嘴，多希望那些槍也在裡面。她喜歡馬上一網打盡，但畢竟相隔了十五年的案件，難免會有差異。

「早上我大概看了一下珍妮佛·山德斯和葛雯·法加斯的資料。」班說：「眞的很抱歉，但我沒有可以補充的事。資料和我記憶中的相符，也沒有勾起其他回憶，一切就像報告裡寫的那樣。」

楚門的肩膀稍微垮了一點，但他拍拍班的背。「謝謝你願意幫忙。」

「班，你是不是有個女兒叫做泰瑞莎？」梅西直接地問。

班揚起一條粗粗的白眉毛。「沒錯。妳怎麼知道？」

「珍珠．凱佩奇是我大姊。」梅西說：「她和泰瑞莎好像是高中同學。珍妮佛．山德斯是珍珠最要好的朋友。」

他端詳梅西，思索著點點頭。「妳們確實很像。」

「泰瑞莎、珍妮佛、葛雯，她們三個很熟嗎？」

班點頭。「我記得她們遇害時，她很激動。」

「我想找她打聽當年兩位受害者的事，她會願意嗎？」

楚門的嘴唇抽動，她的手法很高明，以毫無威脅的方式提出要找泰瑞莎問話。

老警官將雙手插進口袋。「這個嘛，說不定有幫助，不過妳恐怕只能打電話了。她的寶寶剛滿月，而且現在住在佛羅里達州。」

如此一來，可以確定泰瑞莎與現在發生的命案無關。但舊案就不一定了。

「我們會考慮。」她微笑地說：「謝謝你幫忙。」

「不客氣。」班看看楚門，然後壓低聲音說：「聽說喬賽亞的身體又不好了？」

梅西豎起耳朵。她和楚門對看一眼。

「我沒聽說這件事，班。你聽說了什麼？」

班似乎很慌張。「這個嘛，我不會把謠言當眞，但這是我老婆說的。她從艾娜的兒子那裡聽到，據說喬賽亞的癌症復發了，很嚴重。」

楚門做了個苦臉。「很遺憾聽到這件事，不過先不要傳出去，等喬賽亞本人證實再說。」

「據說麥克沒有意願接手事業。」顯然班還想繼續散播八卦。

「麥克或許有自己的人生規劃。」楚門說。

「如果喬賽亞走了，我們鎮上會出現巨大的空洞。」班接著說。

「是啊。」

梅西的腦袋轉動著。假使麥克不願意繼承家業，喬賽亞的末日準備團體不就沒有領袖了？會有人出來填補空缺嗎？

還是說，這些都只是毫無事實根據的傳聞和八卦，她只是想太多？

「嘿，老大？」路卡斯在他的座位上大聲說：「修車廠的湯姆說他到你家了。梅西的車已經載上卡車，他馬上帶回去修理。」

分局裡的所有人瞬間目光掃向梅西。

她對上艾迪好奇的眼神。「不是你們想的那樣。」

「我只是納悶妳的車怎麼了。」艾迪回答，同時眼睛閃爍壞壞的光彩。

「爆胎。」

艾迪笑嘻嘻地問楚門：「她的車在你家爆胎？」

「沒錯。事實上，四個輪胎全破了。」

「什麼？」班與艾迪異口同聲說。

梅西舉起雙手投降。「你跟他們解釋。」她對楚門下令，然後大步走向他借給她和艾迪使用的小會議室。

◆

路卡斯說出修車的事之後，艾迪便看著楚門等他解釋。

他說梅西工作到很晚，因爲實在太累了，所以留在他家睡。他說她遭人跟蹤，但沒有講得太仔細。他感覺得出來，艾迪知道他有所隱瞞，但是有班和路卡斯在場，他不方便追問。

楚門後來告訴她，大家都相信她依然貞潔無瑕，並獲得了一個大白眼。

四個小時後，梅西的焦躁不安快把楚門給逼瘋。

他們仔細研究最近四起命案的資料，發現特殊狀況時，也會拿出兩起舊案來比對參考。到目前爲止，他覺得只是徒勞無功。梅西一言不發，但不停用手指敲桌面，他發現她因爲太用力握拳，指甲在掌心留下月牙印。

他知道。他們都感覺到已經很接近凶手了，答案就在眼前，但他們還看不見。

梅西感覺不像臨時在別人沙發上窩了一夜，她整個人神清氣爽、幹勁十足。昨晚她從車上拿出裝著換洗衣物的行李袋時，他一點也不意外。她總是準備周全。

他喜歡這些。梅西．凱佩奇有很多特質讓他喜歡。

快告訴她啊。

不行。這麼做打破了他所知道的每條專業規範。昨晚在家裡時，他原本想表明心意，但她的狀況很差，提起這件事顯然不適合。看來只能等到案件調查結束了。

到時候她就會離開。

也說不定她會留在本德分局工作。

根據他心中的想像，她會搬家換工作，移居到本德市。只因爲他喜歡她。

但他還沒告白。

大白痴。

他用力闔上伊諾克·芬契的檔案。梅西嚇了一跳，看他一眼之後又回頭確認他的表情，他很好奇她看到了什麼。決心？愛意？

「怎麼了？」她直挺挺坐在椅子上，雙手穩穩按住正在翻閱的文件。「你沒事吧？」她的眼神洋溢關心。

顯然她看到的不是決心，而是噁心。

他望進那雙綠眸，話到嘴邊又說不出來。「我們需要休息一個小時。午餐時間到了，這一頁我已經看了三次，依然搞不懂在講什麼。」

「我也想吃東西了。」

「走吧。我需要換換環境。」

三十分鐘後，楚門把車停進餐廳前面斜斜的停車格，這裡是本德市的舊磨坊區（Old Mill District）。這一區的景觀相當優美。商店、餐廳林立，人行道乾乾淨淨，幾條人行橋橫過德舒特河（Deschutes River）。這個區域經過幾十年不斷的整修，被打造成本德市的商業中心及觀光景點。兩位母親推著嬰兒車在慢跑，情侶端著咖啡漫步，而楚門一眼就看到他想找的東西。可以欣賞河面風光的戶外座位，就位在暖燈的旁邊。天空清澈蔚藍，但氣溫偏低。他說要來本德市吃飯時梅西還反對，但他開車時察覺她在座位上放鬆下來，專心欣賞風景。

他開進舊磨坊區時，她驚呼一聲。「這裡和以前完全不一樣了！我離開之後變了好多，以前不是長這樣。」

「這一區是我最喜歡的地方。」楚門承認。附近有很多飯店、品酒會、時髦商店，所以觀光客越來越多。但即使如此，每次來到這裡，他都覺得壓力獲得舒緩。他希望梅西也能有這種感覺。

她的笑容表明他選對地方了。

他們選了露臺上的位子，點了餐和咖啡。她戴上墨鏡，往後靠在椅背上，臉龐迎向陽光。他們在和諧的氣氛中安靜了幾分鐘，他好希望可以點杯啤酒。案件造成的壓力消失了，他覺得自己像個正常人，不用背負任何責任。幾天前的大雨變成模糊記憶，氣象預報說接下來兩週都會很晴朗。理應如此。因為他現在的心情絕佳。

「感覺好一點了嗎？」他問。

「百分之百。」

「一直關在那個小房間裡，我都有點要發瘋了。」

梅西點頭。「我太投入了。每次查案子的時候，我都覺得沒用在工作上的時間都是浪費。不過我知道稍微走開休息一下，才會有更好的表現。」

「而且妳睡眠不足。」

「有睡就好。」她聳聳一邊肩膀。

服務生來上菜之後迅速消失。楚門開始進攻漢堡。

「妳有沒有想過，這件案子結束之後會怎樣？」

她低頭看沙拉，將墨鏡移到頭頂上。「我時時刻刻都在想。我希望能順利破案。」

他把椅子往前拉一吋。「我問的不是這個。」

梅西的綠眸對上他的雙眼。那美麗的顏色和黑色濃睫毛令他失神。

他一時忘記呼吸。

「什麼意思？」看來她不打算讓他輕易過關。

「案子結束之後，我想約妳出去。」太魯莽了。

她一動也不動，視線依然鎖定他的雙眼。「……恐怕不太合適。」她表明。

「調查結束之後就沒問題了。」

河岸步道上行人交談的聲音突然變得好吵。

「我住在波特蘭。」她終於說，轉開視線。

「那又怎樣？」

她再次看著他的雙眼。「你覺得這不是問題？」

「這點當然有些麻煩。不過既然妳提出的第一個問題是這個，我推測妳並不反對。我想知道，妳願不願意給我個機會，梅西。可以給我正面答覆嗎？讓我晚上睡得安穩一點？」

大大的眼睛望著他。「你是認眞的。」

「當然。妳沒有交往的對象吧？」

「沒有。」

「很好。」他稍微向前彎腰。「梅西，妳讓我變得有點瘋狂。我不知道是怎麼回事，但我欲罷不能。我們快點搞定這件案子，這樣我才能帶妳去享用牛排大餐。」

她看看他的漢堡，再看看她的沙拉。「好。」她眨眼。「不過——」

「沒有不過。等問題發生了再想辦法，如果不試試看，永遠不知道結果。」過去幾天，她的某種特質對他而言變得不可或缺，他不想就此結束。她頸子上的一條筋在抽動，他好想伸手去輕輕摸一下，但他克制住衝動。還不行。他不清楚自己需要什麼，但他很清楚，就算工作結束了，也不能讓她輕易離開他的人生。

「我殺過人還隱瞞真相，這些你不在乎？」她的眼神非常謹慎。

這是測試嗎？

「妳沒問過我有沒有殺過人。」

她的表情洋溢憐惜。她沒有說話。

「不只妳一個人背負著沉重往事。」他輕聲說。

「有道理。對不起。」

「沒什麼好對不起。我明白妳自己的問題已經夠妳煩了，不過聽聽別人的內心包袱，有時候會讓自己的負擔感覺比較輕。梅西，不只妳一個人有過去，而我絕對不是完美的人。」

「……我不知道該怎麼做。」她輕聲地說。

「我們先勇往直前，再一起想辦法。」

「我很久沒有和人交往了。」她承認。「因爲工作的關係，我很難找對象。男人一發現我的職業，都會立刻變得怪里怪氣。」

「恐怕得要同樣從事執法工作的人才能懂。」

「可是執法人員太自大，很難相處。」她嘴角一挑。

「可以理解。我認爲我們兩個自大的程度都相當低。那麼，妳願意接受我的晚餐邀約嗎？」

她笑得更開了。「好。那是在這裡，還是在波特蘭？」

楚門胸口的壓迫感消失了。

此時，他的手機傳出聲響。是路卡斯。他不想接，但接著梅西的手機也響了。恐懼開始籠罩他的心，憂慮也蒙上了她的臉。

「是艾迪。」她說。

他迎視她的雙眼，兩人一起接聽。「有人闖進凱佩奇家！」路卡斯在電話另一頭大喊。「他們家的女兒蘿絲不見了。」

梅西拿著手機聽艾迪說明，臉色變得慘白。

32

梅西的心臟狂跳，她跳下楚門的車，奔過車道，全力衝向父母家。

這種似曾相識的感覺。

三天前，她忐忑不安地接近這棟房子，因爲要和十五年沒見的二姊重聚而緊張，現在則因擔心姊姊的安危而恐懼。羅伊斯與艾迪似乎才剛到沒多久，正在與她父母交談。艾迪一手攬著她母親的肩膀。母親多了不少白髮，但依然像從前一樣往後梳攏，用髮夾固定住。見母親依然穿著當年的運動衫，一陣惆悵懷念刺進梅西的心，她有股強烈的渴望，好想和艾迪交換位置，由她攬著母親的肩膀。父親的肩膀頹喪下垂，但依然倔強地昂著頭，就像她以前常看到的那樣。

所有人一起轉頭看是誰來了，她對上艾迪的視線，搭檔的眼神充滿同情與憂心。

梅西放慢腳步、屏住呼吸，看著一張又一張的臉孔。

他們會把我趕出去嗎？

但我現在可不能去想這些。

母親驚訝地緩緩張大嘴巴，離開艾迪的手臂走了過來。梅西的視野縮小，眼前只能看到母親的綠眸，她直直走進母親敞開的懷中。

接納。

一切都那麼熟悉。同樣的身形、同樣的氣味、同樣的擁抱。梅西閉上雙眼，將所有思緒掃到一邊。

「媽，我們會找到她的。」

母親放開她並後退了些，雙手撫著梅西的臉頰，淚水潸潸流下。母親的臉年老許多。更多皺紋、更多鬆弛，但依舊柔軟。「梅西，我好高興能再見到妳。」

梅西永遠不會忘記這句話。

她和母親前額靠在一起，想起以前每天上學之前母親都會這麼做。母親再次擁抱她。

楚門一臉欣喜，並揚起一條眉毛看向她。

她對他點點頭。一切都好。在這個當下，一切都很好。

蘿絲。

梅西稍微後退，雙手握住母親的肩膀。「發生了什麼事，媽？」

母親顫抖著深吸一口氣，但父親搶先回答。「我們才剛到家，當時大門開著，我看得出來廚房有打鬥的痕跡。」

「廚房地上有血……」母親小聲說：「還有碎玻璃，到處都亂七八糟的。」母親的臉垮下來。「蘿絲不見了。她的手機放在流理臺上，而她絕不會不帶手機就出門。」

梅西看了看父親。他沒有向她走來，她也站定不動。

「爸。」

他微微點頭。「梅西。」他的眉毛低垂，眼神冰冷。

就這樣？

母親的擁抱帶給了梅西力量，但父親的拒斥沒能真正擊倒她。*我能應付他。*

「我們想看看屋子裡面。」楚門這時打破了沉默。

「事發當時還有誰在？」梅西緊接著問母親。

「只有我們。我們什麼都沒動，一看到門開著，就立刻知道事情不對勁。我們進來之後——」

「你們到家的時候，有沒有看到任何車輛離開？或者留意到什麼奇怪的狀況？」羅伊斯問。

母親的手不停亂動。她焦慮地摸摸包包、皮帶和袖子，最後轉頭看丈夫，他搖頭。「我們沒有發現奇怪的東西。」

「我們去看一下吧。」楚門將手套和鞋套發給大家。梅西戴上，觀察著厚實的門和許多道鎖。沒有暴力破壞的痕跡。雖然只有蘿絲一人在家，但她一定沒有鎖門。梅西知道鄉下人家大多都不鎖門，但父親堅持一定要鎖，尤其在珍妮佛與葛雯遇害之後，更是嚴厲要求。

這是第一個錯誤。

難道是認識的人，所以妳才開門嗎？

除了廚房，屋內其他部分都整整齊齊。地上到處是褐色的馬鈴薯，有些已削好皮，有些還沒。馬鈴薯之間有個破掉的玻璃碗。梅西查看了下洗碗槽，裡面有馬鈴薯皮，削皮器則被扔在一堆褐色的皮上。

我在這間廚房削過多少馬鈴薯？

她看看爸媽，他們站在不會干擾警察的地方，她很高興看到爸牽著媽的手。

有些美好的事依舊沒有變。

她小心選擇踏腳的地方，走過磁磚地。血跡顯示曾經發生過打鬥。她蹲下仔細查看，發現爐子旁的地上有把水果刀。她指了指，羅伊斯警員點頭，相機朝刀對準。羅伊斯自從進來之後就一直不停拍照，梅西很感激他的細心。

血跡往房屋前方移動，但很快就消失了，看不出流血的人往哪裡去。梅西走出廚房，用小手電筒照亮走道的地板和牆壁，仔細研究，尋找其他血跡。梅西照了一下前門旁邊的半套洗手間，心情瞬間沉重下墜。「……媽？」

母親走了過來，楚門、艾迪陪著她，父親則緊跟在後。

「廁所的鏡子原本就破了嗎？」

母親本能地伸手想開燈，但梅西抓住她的手。

「先不要碰。」梅西往後退並用手電筒照亮，讓母親看清楚整個浴室內部。掛在洗手臺上方的小鏡子徒剩鏡框，洗手臺上全是碎玻璃。

「不——蘿絲！」

母親的膝蓋當場發軟，梅西急忙抓扶住她的手臂。父親推開所有人進入小洗手間，將妻子擁入懷中，咬緊牙關，默默看著洗手臺裡的鏡子碎片。

他們還記得。

楚門低聲咒罵。「我們必須搜查牧場的所有範圍。羅伊斯？」年輕警員靠過來。「打給路卡斯，我們需要人手。請他聯絡本德市調查局的傑夫．蓋瑞森，告訴他，發生了與準備者命案相關的案件。」

◆

一個小時過去了，眾人搜遍牧場，依然找不到蘿絲的蹤跡。

自從來到老家這裡，梅西便不斷有種暈眩作嘔的感覺，楚門已經問了兩次她是否需要先離開。在廚房看到血跡時，她腦中只漲滿著一個念頭：殺死那些準備者的人抓走了蘿絲。她奮力把這個想法趕到一邊。現在還沒有確切證據。但一看到碎裂的鏡子，現實如大浪迎面撲來，淹沒她的所有質疑和理性。

她在他手上。

他到底是誰？

那人跟蹤梅西去她的小屋，而她確定至少有兩次，甚至不止。那人還刺破她的輪胎，為什麼？

她沒有證據，但能把所有事拼湊起來做出推論。可是，*為什麼要抓蘿絲？*

楚門迅速組織了調查小組。德舒特郡治安處派了幾位副警長來幫忙搜索整座牧場，傑夫和另一位探員也從本德市趕來。

這裡不缺人手。

梅西在父親的書房裡陪著雙親。當年，在那一夜之後，家具換過位子，地毯也換新了，但她依然能感受到在這裡遇襲的陰影。也許是今天發生的事又喚醒了塵封回憶。

「最近有沒有人出入過牧場？」她問爸媽。*集中精神，要問有用的問題。*

坐在爸媽對面，梅西整個人根本無法放鬆，紛亂的情緒在她心中不斷反覆沸騰和冷卻。*專心。*

「都是認識的人。」父親回答：「經常有人來來去去的，但都是熟人。」

「卡爾，你方便寫下過去一星期來過的人嗎？」楚門問她父親。

父親點點頭，桌上放著一疊紙，他拿出一張，並開始列名單。

「蘿絲是否提到什麼不尋常的事，並讓她感到不舒服？」梅西問：「她有沒有被監視的感覺？」

她感覺楚門的視線射了過來。

卡爾和黛博拉對看一眼，然後搖頭。父親補充道：「星期三那天，她要我帶她去必文斯牧場。我當時覺得有點怪。」

「她去那理做什麼？」寒意爬上梅西的背脊。

「沒做什麼，我不肯帶她去。」父親遲疑一下，眼神流露梅西熟悉的頑固。「她想見那裡的工人，勸他們把孩子送去她的幼幼班。我跟她說，我絕不會載她去那傢伙的牧場乞討。」

黛博拉．凱佩奇碰了碰丈夫的腿。「那不是乞討。她是眞心希望那些孩子能像鎮上其他孩子一樣，上幼稚園之前先加強一下。」

很像蘿絲會做的事，但為什麼選在這個時機？

「也就是說，她最後沒有去？」梅西問。

黛博拉低頭望著自己的大腿。

「媽？」

她匆匆看丈夫一眼。「我沒有帶她去，不過我知道星期四她去了。」

母親看丈夫時畏縮低頭，這個動作讓梅西很不舒服。

「誰帶她去的？」梅西問。

黛博拉直接看著她。「大衛．埃奎爾。他是牧師，蘿絲在他的教會帶幼幼班。」

卡爾嘆了聲氣，雙手抱胸。他太太不理他。

楚門拍拍梅西的肩膀。「方便去外面說句話嗎？」

她點頭，跟著他走出去。楚門關上書房門，帶她出去站在門廊上。在艾迪與傑夫的指揮下，副警長依然忙著搜索現場。

「妳認為是因為星期二晚上妳和她說的話，所以蘿絲才會去必文斯牧場？」

「沒錯。我認為她想找出那晚聽到的第二個聲音。」

「妳認為她找到了？」

「所以才會出事。」梅西點點頭，並指向屋內。

「我和大衛．埃奎爾很熟。我去問問蘿絲那天在牧場的狀況，看他知不知道她和哪些人講過話。打聽到再跟妳說。」臨行前，他捏捏她的手臂，笑容流露一定會找到蘿絲的決心。

梅西目送他小跑步走下爸媽家的臺階，邊走邊戴上帽子，胸口有股陌生的渴望。

等到這一切結束……

噢，蘿絲。我是不是害了妳？

她回到屋內，頭靠在書房的門框上，深刻感受到楚門留下的空缺。她習慣了有他在身邊，現在自己必須獨自面對爸媽。書房傳出哭聲，她打開門，楚門的身影立刻從腦海消失。母親哭泣著、父親正在生氣。

從小她就很清楚，父親絕不會對母親動手。雖然他在一些事情上觀念老派，但他經常對兩個哥哥說，男人一旦對女人動手，就不是男人了。

母親是在擔心蘿絲。

「她是我的心肝寶貝……」她對梅西說，淚水縱橫臉上。「雖然不是最小的孩子，但我知道她會陪伴我們一輩子。現在她不見了……」黛博拉不斷哽咽啜泣。「還很可能被殺人犯抓走……噢，卡爾！她將會受到什麼苦？」

父親把脾氣發在梅西身上。「都是妳惹的禍！全都是妳害的！妳離開之後，十五年來平平靜靜，妳才回來一個星期，蘿絲又因為以前的事到處亂跑。我們好不容易說服她放下那件事！妳到底對她說了什麼？妳會害死她的！」

梅西咬緊牙關，感覺握拳的雙手正逐漸用力。

以專業人士的態度回答，而不是女兒的身分。

「她最近有沒有提到必文斯牧場裡的任何人？我必須知道。」她討厭自己洩露情緒的高亢語調。

「她從來不與那裡的人打交道！」父親咆哮大吼。「我們全都一樣！」

「我看到李維在他的咖啡館，與一群從那裡來的人說話！」梅西怒斥反駁。「這個星期裡，喬賽亞．必文斯也曾跟我打過招呼，態度很和氣。只有你一個人還抱著舊怨不放。」

「我從來沒威脅過他的家人。」父親嘶聲說：「他的女兒也沒有失蹤！」

梅西愣住。「喬賽亞威脅過我們家人？什麼時候？」

卡爾移開視線。「很久以前。」

「他說了什麼？」她不客氣地問。

母親一手摀著嘴，來回看梅西和丈夫。

「只是暗示而已。」卡爾說。

「老天！」梅西好想勒死他。「我記得以前家裡的牛被槍殺，你還把喬賽亞．必文斯形容得像是撒旦的爪牙。他到底有沒有威脅要對我們造成實質傷害？」

父親不看她。

梅西心中數到十，然後問母親：「喬賽亞有沒有直接威脅妳的子女？」

「不算有。他一直想要我們的技術和人脈。」黛博拉小聲回答：「我去鎮上的時候，他來找我談過幾次，想要我幫忙說服卡爾加入他。」

「我們不想和他有所牽扯。」父親鄭重地說：「等到那一天來臨，我們很清楚誰才是朋友。」

她瞬間洩了氣。「爸，人生不是只有爲末日做準備而已。」

卡爾的眼神籠罩失望。「當然沒錯，但讓自己安心也很重要。假使我明明有機會爲未來預做準備，卻因爲懶惰而放棄，那麼我永遠不會原諒自己。」

「沒人能指責你懶惰。」她嘀咕。

「……我知道妳也沒有放棄。」他補上一句。

梅西看著他，謹慎地不流露一絲情緒。

「我知道妳在這裡有棟木屋。妳以爲有人在這裡買賣土地，我會不知道？妳做得很不錯。」他讚賞地點頭。

她好希望地板此刻裂開，吞噬掉自己。

「你們在說什麼？」母親問，因為錯愕而皺起前額。

他守住了我的祕密。

33

楚門在大衛．埃奎爾家找到他。

牧師的家是一間小型雙拼組合屋，原本屬於前任牧師，他過世之後捐贈給教會。庭院維持得很不錯，楚門知道外牆最近才粉刷過。去年夏季，教區信眾決定一起粉刷，希望給牧師一個驚喜。大衛前來應門，立刻讓楚門進去。楚門心中有一部分希望看到他正在喝啤酒、看足球賽，但裡面的餐桌上放著聖經、翻開的筆記本和筆電，看來大衛正在工作。

楚門一直不太喜歡大衛這個人，但也無法確切指出原因，不過梅西擺明了不信任他，更讓楚門感到不自在。

大衛總是對楚門很和善，他的猜忌根本毫無根據。

「眞高興見到你。」大衛揮手請楚門在餐桌邊坐下。「我的電話都快被打爆了。要咖啡嗎？」

「好的謝謝。是誰打給你？」

大衛瞥了他一眼，在大馬克杯中倒進咖啡。「你能想到的人都打了。大批警察搜查卡爾．凱佩奇的牧場，大家都想知道發生了什麼事。實在不懂他們爲什麼認爲我會知道相關細節。」

「蘿絲．凱佩奇失蹤了。」

大衛的手瞬間一抖，咖啡灑在流理臺上。「蘿絲？」

「昨天你有帶她去必文斯牧場嗎？」楚門單刀直入，同時仔細觀察大衛的反應。

「有……星期三晚上她打電話給我，說想去找那裡的工人，勸他們把小孩送去她的幼幼班。她說她爸不肯帶她去。」

「你對此覺得奇怪嗎？」

「她父親不肯帶她去嗎？這一點也不奇怪。所有人都知道，凱佩奇家的父親和必文斯家族水火不容。」

「不過年輕一輩不見得還是這樣，對吧？」

大衛點頭。「年輕人總是比較容易原諒，蘿絲想去那裡就是最好的證明。李維和歐文也常和麥克·必文斯一起混，毫無芥蒂。我猜想應該只是兩位老人家之間的恩怨吧，事情不都總是這樣嗎？」他對楚門揚起一道眉毛。「身為新來的人，你怎麼看這件事？」

「跟你想法一樣。但蘿絲去那裡到底要做什麼？」

大衛將杯子放在楚門面前。「你認為她現在失蹤，與那天的事有關？」他的語氣滿是懷疑。

「我只是在追查她最近的行蹤。」

「大家都很喜歡蘿絲。那天她帶了巧克力脆片司康去發給工人，她很清楚要讓那些人聽她說話，就只有一種辦法：抓住他們的胃。」

「沒有發生什麼奇怪的事嗎？你記不記得她和哪些人說過話？你有沒有見到喬賽亞？」

大衛在楚門對面的位子坐下，身體往前傾，棕眸滿是擔憂。「你該不會認為凶手在那裡工作吧？他們不會對蘿絲做那種事。」

「牧場的工人你全都認識嗎？」楚門問：「應該多少會有人員流動吧？」

牧師似乎在努力回想。「昨天我確實看到幾張新面孔，但我讓她負責交談。我不希望讓人誤以爲我要逼他們來教會。我清楚表明是蘿絲想要找他們談談。」

楚門的胃一陣翻騰。

「她做了什麼？」

「呃，她想和每個人談談，說不希望漏掉任何孩子。就算是單身的人，她也堅持要發一個司康，問對方知不知道哪裡有需要上幼幼班的小朋友。」大衛搓搓下巴的鬍碴。「我一直在旁邊陪她。她在不熟悉的地方走動時，喜歡扶著別人的手臂，你知道的。」

「那些工人對她禮貌嗎？」

「非常禮貌。她可是個帶著手工甜點的美女耶，他們簡直把她當女神。」

「她有沒有表現怪異的時候？」楚門開始覺得自己像隻無頭蒼蠅，問不到關鍵。「有沒有人讓她表現出驚訝或嚇到的樣子？」

大衛想了一下之後搖頭。

「有沒有人拒絕和她說話？」

「我沒注意到。」

楚門的腦袋快速運轉著。*現在下一步該怎麼辦？*

蘿絲用指尖摸遍房間的每一吋，很慶幸他把她的手綁在身體前方。她的手腕和腳踝都被綁住了，但她的平衡感本來就很好，雖然費了一番工夫，最後仍然成功在腦中勾勒出房間的平面圖。空間很小，牆上沒有東西，只有一張床。

木地板的質地很粗糙，需要重新打磨過；房間中央有張小地毯，用碎布打結做成的那種，以前她和姊姊、妹妹一起做過。地毯已經被踩得很薄，還破了好幾個洞。**很舊了**。她醒來時躺在那張地毯上，鼻子裡滿是灰塵和化學藥劑的氣味。她試著大聲喊叫了幾次，但立刻明白，若非此處不是沒人在，就是那個人故意不理她。

她摸索著找到了門，老舊金屬門把和下方的鎖孔，證實了嗅覺告訴她的事。

非常老舊的房子。

因為有床，讓她更加確信自己是被關在一戶住家裡。床單和寢具有股臭酸味，應該很久沒洗了。她的雙手輕撫過床墊和百納被（注），同時鼻子蒐集線索，判斷之前是怎樣的人住在這裡。

男性。

老人。或者病人。

蘿絲很少出錯。三十多年嗅聞別人的經驗，讓她能輕易分辨出對方是否生病、服藥，還有多久洗一次澡。這輩子她身邊充滿著在戶外勞動的男人，之前住在這房間的人，肯定經常在戶外工作。

房間沒有窗戶，但有個小衣帽間，有著同樣的門把和鑰匙孔。一樣上鎖了。她沿著兩扇門的門框摸索，想找出打開的方式、門框脆弱的地方，任何讓她能逃脫的方法。她的雙手被綁住所以無法舉高，有兩次她因忘記腳被綁住而跌倒。

她把耳朵貼在門對面的牆上。隱約有水流的聲音。不是水管，而是真正的河流或小溪從附近流過。但那聲音時有時無，她懷疑也許是自己的大腦開始產生幻想。但她聽了聽其他三面牆，並沒有水流聲。

稍早前，遠處傳來用力關門的聲音吵醒了她，之後就再也沒有聲響了。**那人離開了嗎？**

那男人闖進父母的房子，她當時沒有鎖後門，打算削完馬鈴薯皮拿去堆肥。她先感覺到後方有人，然後才聽見關門聲。她急忙轉身，手中拿著小刀準備反擊。那人沒有說話，三大步走進廚房便抓住她。她拿刀揮舞戳刺，男人發出痛呼。裝馬鈴薯的碗倒了，她踩到馬鈴薯重心不穩摔倒，將對方一起拉倒在地。他坐在她的腹部上，雙手扼住她的喉嚨，讓她無法呼吸。她想像著爸媽回家時，看到她的屍體倒在馬鈴薯間的景象。她的下顎挨了一拳，眼瞼後方頓時冒出金星，她對此感到短暫驚奇，然後感受到猛烈劇痛。

接著她就在這裡醒來了。

沒有被強暴。沒有被殺害。

她很清楚自己有多幸運。

我需要武器。小而銳利的東西，要讓他意想不到。

她在地板上跪站起來，尋找老舊木頭的碎片。一塊塊清漆卡在她的指甲下，立刻崩裂。她的下一個

注 百衲被（quilt）是由不同布塊拼接、縫製而成的薄被，早期因物資匱乏，婦女利用剩餘布料來製作，如今則多用於家族傳承及紀念。

目標是床架，但那是用硬木做的。摸完每一片地板後，她坐在床鋪邊緣努力思考。除了寢具，這個房間裡的東西都無法移動。可能是那個人把東西都搬走了，也可能原本就沒什麼東西。

或許牆上曾經掛過畫？

說不定釘子還在？

她重新開始摸索牆壁，慢慢小心移動。她第一次搜尋時很快速，想找大件的東西。因爲舉高雙手太久，她的小指不斷發麻，於是她放下休息一陣子，接著繼續摸索的進度。

我應該要感到害怕才對。

但她眞的不怕。心跳偶爾會加速沒錯，就像在跑步機上那樣，但大多時候她只覺得專注、冷靜。十五年來，她一直在等他出現。她在腦中預演過各種場景，而且很久以前她就放棄害怕了。

我確定是他沒錯。

因爲她去了必文斯牧場，引起他的報復心？

當年之後，她再也沒有聽過第二個人的聲音。昨天也沒有。從來沒有。

難道，這麼多年來他一直住在鷹巢鎮，卻成功躲過她？

還是他最近幾年才回來？

手指此時摸到剝落壁紙的邊緣，她因挫敗而用力一扯，壁紙的撕裂聲很俐落。沒有釘子。她聽到遠處有腳踩在木板上的聲音，便立刻靜止不動。

他又回來了。

聲音是從底下傳來的，她可能位於住家的二樓。不然就是有人在地下室走動。

要大喊嗎？讓他知道我醒了？還是安靜比較好？她焦急並猶豫著下一步，汗水沿著背脊滑落。萬一不是他呢？

下方再次傳來聲響。

「救命。」她咳嗽，沒想到聲音竟然如此微弱沙啞。他差點掐死我。「救命！」這次她的聲音像生病的小奶貓。

是腳步聲。非常快速。

「救命！」她開始沙啞喊叫，嘴貼著門框。「不——！」她絕望尖叫，因為腳步聲越來越遠。樓下的人跑走了。

她沿著牆壁整個人滑跪地面。

說不定他去搬救兵了。

他會報警。現在梅西應該知道我失蹤了。

拜託快一點。

34

那天傍晚，楚門走出凱佩奇家，站在前門廊上，深吸一口氣。屋裡的緊繃氣氛讓他好想來杯烈酒。可能要五杯才夠。下午時，梅西的哥哥姊姊們陸續趕到，全都因爲蘿絲遭到綁架而感到悲傷慌亂，只是程度各自不同。楚門適時給予安慰，但大多時候只是站在一邊，觀察梅西與家人的互動。

完全支持梅西的人有李維和她母親，徹底反對梅西的則是歐文和她父親。珍珠在兩邊陣營間搖擺，楚門能夠理解。她不想選邊站，她想讓所有人都高興。

維和部隊。

本德調查局的兩位探員與艾迪，指揮著德舒特郡副警長進行調查。因爲梅西是受害者的家屬，長官嚴格禁止她參與其中，她快氣死了。梅西有時看起來好像快要昏倒，有時又似乎準備找人憤怒踹上一腳。楚門知道她能理解，但沃德·羅德斯警長過去拍她肩膀安慰時，楚門很擔心她會把整碗馬鈴薯沙拉丟在他臉上。

食物，這裡到處都是食物。

羅伊斯負責駐守凱佩奇家的前方，阻止好心的鄰居大軍入侵。每隔十分鐘，他就會端來一鍋焗烤料理或甜點。珍珠會過來接手，拿去廚房與已經擺滿餐桌的食物放在一起。她不斷來回進出廚房，倒飲料、拿湯匙、煮了不知多少壺的咖啡，忙完後又回去陪父母。

所有人都在等待，等待電話鈴聲響起。

黛博拉與卡爾．凱佩奇接受調查局問話超過一個小時，然後便輪到梅西。大衛．埃奎爾也被請來，詢問有關他帶蘿絲去必文斯牧場一事。楚門仔細觀察梅西，想知道她是否有說出十五年前遭到襲擊的事。她沒有說。他察覺李維故作悠哉地靠在牆上，聽梅西接受問話，視線正銳利地注視她。

李維也在想同樣的事。

楚門心中溢滿罪惡感。梅西的故事飄過他的腦海至少一百次，但他依然不認為說出來有什麼好處：十五年前發生襲擊事件，共犯逃逸，聽見共犯聲音的證人失蹤了。

就算警方知道了，又能如何？

天曉得要花多少個月才能查出線索？就算挖出埋藏十五年的屍體，也不可能有助於找出蘿絲．凱佩奇的行蹤。

真的嗎？

左右為難的思緒讓他開始胃痛。總之梅西不說，他也不會說。她最清楚當年的事對現在調查是否有幫助，而從她緊繃的表情判斷，她滿腦子都在想這件事。他再也看不下去了，於是出來透氣。

羅伊斯警員拎著一個籃子走上門廊，剛出爐的肉桂捲香氣四溢。

「休息一下吧。」他對羅伊斯說：「去吃點東西，我來負責看守。」

「我都快撐死了。」羅伊斯小聲說：「而且這種時候吃東西好像不太對。」

「那就去散散步。」

年輕警員點點頭，將新送來的慰問禮物拎進屋裡。羅伊斯的車停在凱佩奇家的車道前，擋住了道路，楚門走過去靠在駕駛座車門上，凝望著遠方。再過幾分鐘就要日落了，不過天空依然還算明亮。他抬頭看著逐漸變暗的天空，再次祈求蘿絲能夠平安獲救。

一道車頭燈往凱佩奇家的車道接近，最後一輛車開過來停在路邊，楚門站直了身軀。他認識開車的那個年輕婦女，但想不起她的名字。後座的一扇車窗打開，他看到兩個小男孩坐在安全座椅裡。年輕母親下車，端著一個蓋住的盤子。

「晚安，瑞秋。」如奇蹟一般，她的名字突然出現在楚門腦中。

「有新消息嗎，局長？」瑞秋將熱熱的盤子交給他。

「還沒有。」

她瞥一眼後座的孩子。「我的兩個兒子都在她的幼幼班，他們非常愛蘿絲老師。」

「他們知道發生什麼事嗎？」楚門輕聲問。要怎麼向四歲小孩解釋這種事？

瑞秋搖頭，熱淚盈眶。「我沒辦法告訴他們，我真的不知道該怎麼面對……萬一……」

楚門抓緊盤子。*萬一她死了。*

「請幫我問候她的父母。」瑞秋垂頭喪氣地回到車上。兩個小男孩神情嚴肅地看著楚門。

他們知道不對勁。

在這樣緊密的社區中，一個人發生不幸，所有人都會感同身受。不斷有人送來食物與祝福，可見蘿絲・凱佩奇的人緣非常好。

一輛大型雙廂小卡車退出單向車道，讓瑞秋的車出去。楚門認出那是必文斯牧場的車。開車的人是麥克・必文斯，楚門看到車上還有其他人。他很好奇喬賽亞有沒有來。

麥克帶了三名工人過來。楚門看到高大的克瑞格．雷佛提拎著一加侖裝的果汁，其他人也都端著加蓋的盤子。

我以前的工作會看到這種場面嗎？不會。他看過哀傷的親人，也見過教堂爲受害者祈福，但人數往往有限。來關心蘿絲．凱佩奇的人非常多，社區的關懷讓他感動不已。

就是因為這樣，我才想要住在這裡。

他對那四個人頷首致意。「蘿絲有消息了嗎？」麥克問。

楚門搖頭。「謝謝你的關心。」

「可以進去慰問她父母嗎？」其中一個工人問。

「現在不行。他們還很激動，而且調查局正在問話。」楚門察覺瑞秋的盤子依然在他手中。「把你們帶來的東西放在門階上就好，我會送進去。」

「有我們可以幫忙的地方嗎？」麥克又問，並將帶來的食物放在門廊上。他的雙手插進牛仔褲口袋，眞誠地看著楚門。「我已經準備好人手，隨時可以幫忙搜索。只要你說個地點，我們馬上出發。」

「目前尚未有線索，一切都還不清楚，不過如果你留意到可疑的事，立刻通知我們。你可以去問一下工人，有沒有人剛好經過這裡，看到任何車輛離去。」

麥克揚起一條眉毛，看向另外三個同伴。他們全都搖頭。「我回牧場問問其他人。」

凱佩奇家的大門此時打開，梅西走了出來。楚門覺得她比平常蒼白瘦弱，但可能只是因爲天色變暗了。

「梅西，很遺憾妳二姊出事。」麥克脫下帽子。其他三人跟著點頭致意道：「很遺憾。」

「謝謝。也謝謝你們送來的食物，眞是幫了大忙。」

接著沉默籠罩，那群男人道別之後，拖著腳步走在碎石路上便上車離開了。梅西與楚門看著輪胎揚起的灰塵，她重重嘆息。

「裡面還好嗎？」楚門問。梅西雙手環抱身體，神情沉重。

「能這樣已經不錯了。」她的聲音顫抖。

「嘿。」楚門走到她面前，雙手按住她的肩膀。她整個人顫抖一下，而注視著他的那雙綠眸，他看得出快要熄滅的希望。她僞裝得很好，表現得彷彿勇敢接受一切，但他懷疑她再過幾秒就要崩潰了。他想對她說的每句話感覺都太過說教、太空虛。她世界的核心正在劇烈顚覆，他不想給她沒用的鼓勵。

他依從本能，將她拉過去，雙手環抱她的背。她幾乎跟他一樣高，下巴靠在他的肩膀上一下，然後轉頭把臉依偎在他的頸子上。她用力喘息，全身顫抖。

「好希望我沒有回來鷹巢鎭。」

「妳不是平白無故回來。」

「調查局應該派別人來的。」她再次用力哽咽吸氣。她依然環抱自己的腹部，彷彿不敢放開。他更加抱緊她，下巴陷入她的髮絲中。她身上有咖啡、肉桂捲和心痛的氣息。

「妳是他們能派來的最佳人選，沒人像妳如此了解鎭上的人。」

「我已經離開太久，一切都不一樣了。」

「即使如此，妳依然比其他探員有更深刻的了解。」

「我所做的一切都只是惹來禍患。要不是我提起當年遭到襲擊的事，蘿絲現在應該還在家才對。她絕不會再度去尋找那個聲音。」

楚門知道，現在說什麼都無法改變她的想法。

「我沒辦法繼續待在裡面。每次爸往我的方向看過來，我都能感覺到他恨我。」

「他不恨你。」*毫無根據的虛言*。

梅西渾身顫抖。「他責怪我。假使我聽他的話，做個安靜順從的乖女兒，這一切都不會發生。」

楚門往後退了些，注視她的雙眼。「那四個男人依然會死，那兩個女人依然會死。因爲妳的努力，我們就快抓到殺人犯了。」

「可是我姊姊不見了！」她低語，眼淚終於潰堤。「我應該早點主動聯絡。我的自尊心毀了一切，害我浪費了十五年光陰。我們原本可以——」

「別說了。」楚門命令，抓住她的肩膀強調。「如果要抓到綁走妳姊姊的人，妳必須振作起來。」

「可惡，楚門。今天眞是爛透了。」她抹掉眼淚。「傑夫禁止我參與蘿絲的案件。他答應會告訴我進展，也准許我旁聽問話，但除了我爸媽和大衛．埃奎爾，沒有其他人見過她。」

「妳依然有權調查準備者命案。那件案子的任何進展都對蘿絲有幫助。」

「沒錯。」她挺直背脊，深吸一大口氣，然後抬起下巴，注視他的雙眼。「我不會再那樣崩潰了。」

「梅西，如果說誰有權利崩潰，一定是妳。」

他再次擁抱她，這次她羞怯地抱住他的腰。

「謝謝你。」她低語。「只有你讓我覺得可以依靠。」

她的體溫滲透進他的襯衫，他很驚訝，在他懷中的她竟然如此纖瘦。他知道自己會很難放開她。

「隨時歡迎。」

35

腳步聲回來了。

蘿絲坐起來，立刻感受到地板堅硬的質地。她不想躺在髒兮兮的床上，於是在地上睡著了。她很冷，但沒有冷到想用臭烘烘的毯子。除非眞的凍到受不了，否則她絕不使用。

現在時間應該已經很晚了，不然就是還非常早。生理時鐘告訴她，還有幾個小時才到她平常起床的時間。一瞬間，她好想念手機，然後又覺得很可恥，自己竟然這麼依賴手機的鬧鐘和報時功能。父親一定會說：「我早就告訴妳了。」他利用科技讓小牧場得到最佳收益，但他從不依賴。依照他的規劃，就算失去電力，一切也能照常運作。

而她卻因爲沒有手機而感到無助。

外面的腳步聲停在門前。這個不是之前逃跑的那個人，門外的腳步聲比較重，比較有自信。重重的敲門聲嚇得她彈起來。

「妳醒了嗎？」

就是那個聲音。終於。她等了十五年，如今終於能夠確認：這就是那晚襲擊她的人。

他再次用力敲門。「醒醒！」

她還來不及思考該不該回答，嘴巴已經自動說出：「我醒了。」

「離開門口。」他命令：「去床上。」

蘿絲想都沒想便本能地爬上老舊床鋪，她靠在床頭板上，陳年臭味飄了過來。

這時她的大腦終於驚覺：他要強暴我嗎？

恐懼令她全身肌肉僵硬，心思一直往那個方向飄去。她的腋下開始冒汗，胃部翻騰。她抓起單薄的枕頭，緊抱在腹部前面。能擋得住他才怪。

她對這個房間瞭若指掌：完全沒有可以作爲武器的東西。

我只能用手腳和頭。

她會用盡全力反抗，不留任何餘地。反正已經窮途末路了。

◆

他小心翼翼地打開門，讓走道的燈光流瀉進房間。爲了將這房間作爲監牢，他搬走了檯燈和其他物品。原本考慮要不要把床搬走，但他最後決定或許會有用處。

燈光照射在蘿絲·凱佩奇的臉上，但她沒有閃躲。

她完全看不見光線嗎？

她乖乖坐在床上，模樣有如受困的動物，要是他太接近，一定會被咬。他一直覺得她很像幼貓。無助弱小的動物，需要有人照顧、保護。多年來，他一直幻想和蘿絲在一起的景象。

他帶走她，因爲這是他應得的。十多年來，他一直循規蹈矩，但昨天發生的事證明了自己的忍耐毫無意義。梅西到處查探，讓他明白過去的隱忍全是白費。

失去那批槍的憤怒讓他決定行動。這就叫一石二鳥，既能懲罰那個破壞他計畫的女人，也能得到十五年前從手中溜走的大獎。

蘿絲。

從那一夜之後，他一直默默觀察蘿絲，很想知道她過著怎樣的生活。他偶爾可以窺見蘿絲握著母親的手臂逛街；蘿絲對圍坐在腳邊的幼幼班學生說話。他不明白她怎麼有辦法閱讀，還知道什麼時候該翻頁，而且那些小朋友非常認真地看著她、聽她說話。

現在，她面對著他，像平常一樣閉著眼睛，但雙手抓著一個枕頭，抱在身體前面。

*她以為枕頭能擋住我？*不過首先他要問清楚一件事。

「門是誰開的？」他問她。

「什、什麼？」

「*大門是誰打開的*？我來的時候，樓下的門開著。」

「我不知道！我一直被關在這個房間裡。」

他端詳她的臉，只看到了困惑的情緒。假使她聽到有人進來，一定會大聲求救。*難道是我忘記關了？*無所謂，她還在這裡。

「妳記得我嗎，蘿絲？」他用低沉溫和的聲音說。

「記得。」她似乎準備撕爛他的喉嚨。

他微笑。她的反抗讓他腹部湧出舒服的溫熱。「我叫什麼名字？」

「我只認識你的聲音。」

他感到如釋重負。長久以來，他一直懷疑蘿絲是否能指認他——他聽說盲人的聽覺很神奇。有幾次他不得不跟她打招呼，都會刻意壓低音調，祈求她不會認出來，同時努力壓抑想要徹底佔有她的慾望。

他看著坐在床上的她，那樣的需求在體內悸動。

別急。

「妳知道那天晚上肯尼（Kenny）發生了什麼事嗎？」

她沒有說話。

「回答我，蘿絲。等一下我會讓妳好過一點。」

她緊緊閉著嘴。

「我有聽到槍響。你們殺死他了，對吧？」

她的身體微微顫抖。能夠看著一個人，而她看不見你，這是種非常有權力的感覺。更棒的是，她不知道是誰在跟她說話。他盡情欣賞著失明的美女。

「我知道他死了。」他繼續說：「我把他的東西全都丟掉，告訴老闆說他去了別的地方。他只在那裡工作了幾個星期，而且脾氣很差。聽說他走了，沒有人感到遺憾。」肯尼死了他並不難過，他一直知道那個人很可怕。正是因爲那人唆使，他們才會去襲擊那些女人。他跟隨肯尼的帶領，那種充滿力量和危險的感覺，讓他又愛又恨。

但他知道不可能持續太久。

不過，與肯尼一起冒險，讓他知道一件事：他喜歡女人服從他的命令。那樣的權力帶來狂喜。有一天，他領悟到蘿絲是最適合他的女人。她**需要**男人，與其他女人需要的理由不同。

但肯尼被殺死後，他因爲害怕而很多年不敢出手。他努力守規矩，並且有過幾個穩定交往的女友，但最後總是他在努力滿足她們的需求，而不是她們服從他。在那樣的關係中，掌握力量的是她們，不是他。

那不是他**想要**的。

他知道和蘿絲在一起肯定不一樣。他等了她好久。

現在她屬於我了。

「妳知道肯尼的遺體在哪裡嗎？」他問。

她擺出頑強的表情。

滿意的快感湧上他的全身。「看來應該不會有人不小心發現他的骨頭。」他靠在門框上，雙手抱胸，想起當年自己好幾個星期都活在恐懼中，深怕有人來敲門詢問凱佩奇家的襲擊事件。

但沒想到什麼都沒有發生，甚至沒有八卦謠言，也沒有警察來敲他的門。

沒有人再談論那起事件。

凱佩奇家的人守住了祕密。

那個人承諾不會說出去，果然如此。

卡爾·凱佩奇相信自己人要由自己照看，不喜歡外人插手家務事。他經常想像卡爾以大家長的姿態，嚴令禁止家人提起女兒遇襲一事，因爲不希望警察去他家恣意窺探，更別說還有個人死在他們家。

他忽然想到一件事。「那天晚上的事，妳父親應該知道吧？」

她抓緊枕頭，但沒有說話。

「他不知道？妳們姊妹倆沒告訴他？」他感到無比錯愕，大笑起來。「眞想不到。了不起。」

蘿絲一動也不動。

他的胸口漲滿一種類似敬佩的暖意。「當初梅西會離開，這也是一部分原因，對吧？她不想繼續住在全是騙子的家裡。妳一定想不到凱佩奇家有多少騙子。殺人是個很沉重的大祕密，我不得不承認，看到她以調查局探員的身分回來，我非常驚訝。我很好奇，調查局知不知道他們雇用了殺人犯？」

這次蘿絲緊張地停止呼吸，他一陣竊喜，終於引出她的反應了。「要是有人匿名舉報有探員曾經犯罪，不知道他們會怎麼處理。」

她皺起眉頭。「他們會立刻追查出是你，我會告訴他們你做過的事。」

他露出大大的笑容。「妳不知道我是誰，要怎麼舉發我？」

她歪著頭淺笑。「這你就錯了，克瑞格．雷佛提。」

◆

她是用刪去法推論。

十五年前，蘿絲在必文斯牧場第一次聽到那個人的聲音。一分鐘前，他說自己告訴老闆肯尼跑了，她便推測這兩個人應該都是牧場工人。牧場工人的流動率很高，而且就算是臨時上門找工作的人，必文斯也往往願意雇用。如果這個說話的人，只要丟掉肯尼的東西就能抹去其存在，那麼肯尼一定是流浪工人，因為這種人會到處換工作，直到找到合他們心意的牧場。

這麼多年來，一直在牧場工作的人屈指可數。

麥克·必文斯、查克、提姆、蘭迪、列斯，這些人的聲音她都很熟。

每次她遇到一群牧場工人時，克瑞格·雷佛提往往就像影子般沉默不語。她總是能感受到他的存在；他釋放出高大沉默的男子氣息。她一直以為他只是害羞，或是在女人面前不擅言詞。

星期四她帶司康去牧場時，非常仔細聆聽所有人的聲音。克瑞格·雷佛提不在其中，其他人則都太年輕。被關進這個房間之後，她才驚覺想起克瑞格那天沒有出現。

他是不是故意在躲她？

由沉重的腳步聲可以判斷，綁架她的人相當高大。

而他說話的語氣似乎認識她，而克瑞格認識她。

她原本打算裝傻到底，堅持假裝不知道他是誰，沒想到他竟然威脅她妹妹。誰都休想威脅她的家人。

現在該怎麼辦？

她的腿開始發抖。

她本能地捍衛妹妹，現在克瑞格知道有證人可以指認他。

有生以來第一次，她眞正地感到害怕。

抱在懷裡的枕頭根本擋不住他。

36

「梅西？」

過了片刻她才察覺自己不是作夢，真的有人在小聲喚她。她醒過來，很驚訝自己竟然睡著了。焦躁的情緒讓她在父母家來回踱步到凌晨兩點。爸媽已經去睡了，珍珠睡客房，調查局和郡治安處的人都默默守在廚房待命。

當時楚門先是要她坐下，接著自己也坐在她身邊，威脅說要是她不停止踱步，他會直接打昏她。

「手給我。」他強勢地說。

她狐疑地看他一眼，但仍乖乖伸出手。「頭往後靠，閉上眼睛，然後……想像妳在砍柴，一邊揮斧頭一邊清點物資。」她不禁笑出來。他從小茶几上拿起她母親的乳液，擠了一些在他的手裡，開始幫她按摩手指和掌心。

梅西立刻融化了。「我的老天。你在哪裡學的？」

「閉起眼睛。」

「已經閉了。」他的手指搓揉、按壓，力道相當大。

「有沒有在揮斧頭？」

「有。」她含糊地說：「別停。」那種感覺近乎疼痛。因爲拚命砍柴而受盡折磨的每個關節，此刻彷彿全融化成一灘奶油。

「我高中的時候在公路局打工，我媽都會這樣幫我按摩。我整個暑假都在剷土，每天晚上回家手都會抽筋。」

梅西想不出如何回答。

當那道聲音輕輕呼喚她的名字、她再次醒來時，梅西發現自己和楚門一起躺在沙發上，頭枕在他的肩上。事實上，她從腰部以下根本是緊貼在他的側身上。她坐起身子，少了他的體溫感覺好冷。「李維嗎？」她輕聲問。微光照亮蹲在她面前的身影。

「我有話跟妳說，去外面講。」

「什麼事？」她因驚愕而徹底醒來。「找到蘿絲了？她沒事吧？」

「還沒有蘿絲的消息。」他小聲說。

她再度變得沮喪。

「跟我來。」他握住她的手往上一拉。

梅西站起來打個哈欠。「現在幾點了？」

「快早上五點。」

「梅西？」楚門在她身後出聲：「怎麼了？」

「沒事。」她說：「還沒找到蘿絲。我要出去和李維說話。」

「應該也要讓我聽吧，李維？」楚門問。

他語氣中的猜疑令梅西全身一僵。她對上李維的雙眼，即使光線昏暗，她依然能看出其中的焦慮與痛苦。

還有內疚。

「李維？」她的聲音沙啞。「怎麼回事？」焦慮竄過她的全身肌肉。

二哥握緊她的手。「我們需要談談。」他似乎快哭出來了。

「我也要去。」楚門站起來。「去外面，快。」

梅西看了廚房一眼，聽見模糊的交談聲。李維做了什麼？

出去之後，她穿上外套，將拉鍊拉到下巴底，雙手藏在口袋裡。沒有太陽，寒意提醒她冬天就快到了，溫暖氣候很快就會成為回憶。她吸吸鼻子，一陣清新冷冽的氣息，表示快要下雪結霜了。

李維的臉色很難看，他的雙眼充血，肩膀無力頹下。他不肯對上他們的眼睛。楚門默默站在她身邊，梅西想知道，是什麼理由讓楚門堅持一定要來聽他們說話。

「我……或許知道是誰抓走了蘿絲。」李維艱難地開口。

震撼如白熾竄過梅西全身。「是誰？我們快告訴警方，快啊！」

李維舉起一隻手。「先聽我說，也可能只是我弄錯了。」

「不！如果你知道，我們就必須立刻行動！」

「梅西，給我幾分鐘想一下。」

「我懷疑你應該已經浪費了半天時間在猶豫。」楚門毫不留情地回應。「快點說，李維。別再拖了。」

李維整個人似乎在大衣底下粉碎了。「妳記得嗎？我說是我一個人去丟……那個東西。」

梅西說不出話。

「老天。」楚門接話：「有人幫你棄屍？」

「他知道?!」李維嘶聲問梅西。

「一部分。」梅西表示，心中齒輪不斷運轉著。「他知道我們對闖入的人開槍，也知道你負責處理屍體。」

「噢，我的天。」李維轉過身，雙手搓揉眼睛。「我要進監獄了。」

「我跟梅西保證過，絕不會透露出去，除非我認爲已經到了非揭穿眞相不可的地步。我原本以爲保密不會對任何人造成影響，不過看來情況似乎改變了。」楚門追問：「幫忙棄屍的人是誰？」

「克瑞格．雷佛提。」

楚門從牙縫倒抽一口氣。「是他幫你棄屍？」

「對。」李維依舊不肯看他們的眼睛。「那天晚上我不知道還能找誰幫忙。」他清清嗓子。「那個人的名字叫肯尼。」

「死掉的那個？」梅西有氣無力地問。

李維點頭。「那天晚上闖入的人，就是他和克瑞格。」

「什麼?你一直都知道當初襲擊我們的人是克瑞格．雷佛提？」梅西的膝蓋發抖，同時楚門對李維破口大罵。他朝她二哥逼進一步，梅西抓住他的外套制止。

李維知道那個人是克瑞格？卻什麼都沒做？

她快要無法呼吸了。腳下的木板彷彿在搖晃，感覺像坐在船上。她身體猛地一晃，急忙抓住楚門的大衣保持平衡。

「等一下！聽我說完，不是你們想的那樣。」李維哀求。

「你最好快點說清楚。」楚門脅迫。隨著李維說的每一句話，梅西逐漸崩解，楚門卻更加壯大，更加強勢。無聲的憤怒波長在他四周浮動。

「你在窗口看到克瑞格的車。」梅西說：「但當時你說沒看見車上的人。」

「只瞥見一眼，但我相當確定車上的人是克瑞格，但我不相信他會傷害我的姊妹。」

「所以你找他幫忙棄屍？」楚門問：「還是共犯？你到底為什麼要那麼做？」

「我認為他有很好的動機幫我們保密。」李維說：「我把肯尼扛上卡車後斗，然後去找克瑞格。他一看到我，怕得魂都飛了，肯尼被殺的事嚇壞了他。他說他和肯尼只是路過來看看，結果肯尼突然襲擊蘿絲。克瑞格嚇破膽，所以逃跑了。他整個人怕得快要發瘋了，我相信他說的話。接著他就告訴我，肯尼好像還殺了另外兩個女人。」

「克瑞格宣稱肯尼殺死珍妮佛和葛雯時，他不在場？」梅西不屑地說：「撒謊。」

「當時我相信他。我告訴他，只要他幫忙棄屍，我就不會說出他和肯尼一起襲擊妳們的事。而他要我保證，妳和蘿絲都沒有看見他，而且也不會說出去。我告訴他，蘿絲有聽到另一個人的聲音，但我們已經說好要保密。」

「等一下。」梅西混亂的腦袋猛然鎖定一個念頭。「你怎麼能保證我和蘿絲不會去報警？」

李維的臉垮下。「我……會說服爸不讓妳們去。只要是爸的命令，妳們一定會服從。」

「我因為和爸吵架，最後不得不離開鷹巢鎮！」梅西踉蹌後退一步，楚門抓住她的手臂。她的視野變得很狹窄，只看到李維滿是罪惡感的臉。**他怎麼可以答應這種事？難道在他眼中，我和蘿絲只是棋子？**「你站在爸那邊！你只是爲了自保！」

「我那麼做也是爲了保護妳們！要是妳們去報警，天曉得會發生什麼事？說不定我們都會被抓去關。萬一蘿絲在必文斯牧場認出克瑞格的聲音怎麼辦？到時爸和喬賽亞的衝突只會越演越烈，搞不好會全面開戰。」

「噢，老天！天啊！」梅西轉身不願再看李維。她最信任的二哥……他的背叛令她無法承受，她努力控制自己不要腳軟跪下。離開家是她這一生最痛苦的事，得知李維竟然幫忙把她趕出家門，等於在她的舊傷上抹鹽。「去你的，李維。」她低聲說，一陣嘔吐感湧上。

他怎麼可以這樣對我？怎麼可以這樣對我和蘿絲？

「妳一定要相信我，我眞的以爲肯尼死了，殺人犯就不存在了。那時我相信克瑞格與那些命案無關。」李維誠懇地說。他試圖摸摸她的手臂，她用力甩開，無法直視二哥。「那天妳提到鏡子的事，我才開始懷疑。」

「爲什麼那時候你沒有說出來？」楚門似乎隨時會扯掉她二哥的頭。

「因爲案子太不一樣！十五年前的案子是年輕女人遭到姦殺，不是老人家被人用槍爆頭！克瑞格說肯尼是性變態，我以爲隱瞞他的死是正確選擇。」

「我敢打賭，克瑞格一直是共犯。」梅西有氣無力地說。

「我不知道。」李維說：「但或許有可能。」

她突然想到一件事。「偷走舞會照片的人搞不好是克瑞格，因爲他認識那兩個女人？肯尼應該不會偷，因爲對他而言，她們只是陌生人。」她看著李維。「媽還留著珍珠的舞會照片嗎？」

李維略微思索。「爸的書房有幾本舊相簿，裡面有我們高中時的照片。等一下。」他小跑步登上門廊階梯。

「珍珠和珍妮佛、葛雯一起參加舞會，對吧？」楚門問。

「對，當年在我們家這可是大事。爸強烈反對，不讓珍珠去，但媽說服他答應，因爲她是和一群女生去，而不是特定的男伴。」

「妳希望在照片裡找到什麼？」

「非常高大、年輕，名叫克瑞格的青年。」

「這樣也無法證明什麼。」

「我知道。」梅西說：「不過那是一條共通的線索，說不定能把案件串連起來。」

李維回來了，邊走邊翻著一本很厚的相簿。「這裡。」他指著攤開的一頁，給他們兩個看幾張珍珠穿著舞會禮服的側拍照，地點是在爸媽家的柴火暖爐前。另一張則是珍妮佛，站在同樣的位子。

梅西愣住，她們的禮服和髮型都好老氣。那天晚上她還以爲大姊像電影明星一樣時髦。她翻到下一頁，那是舞會攝影師拍的正式團體照。

義大利之夜。那群人站在義大利皇宮的布景前。

克瑞格．雷佛提就站在後排。五個女生，三個男生。

每個人都洋溢著喜悅的神情。

「妳認爲兩個現場遺失的照片，就是這張？」楚門問。

「應該錯不了。」梅西說：「但我不懂，他爲什麼要拿走？」

「紀念品。」李維含糊說。

這張照片裡的年輕人感覺很善良，怎麼會殺害他認識的女生？

我太快下結論了。

「克瑞格說，我們遭到襲擊的那天晚上，他和肯尼只是來拜訪？」梅西咬牙切齒地說，用力闔上相簿。

「他說他們是要來找我，卻沒想到肯尼突然襲擊妳們，他事前完全不知情。」

「放屁。蘿絲說那兩個男人一起攻擊她！」

「我不知道該怎麼想！」李維哀求。「當時我一心只想藏好屍體，保護妳和蘿絲。」

「看看現在蘿絲發生了什麼事。」楚門說：「李維，你的故事說完了嗎？因爲我們必須告訴調查局，讓他們盡快找出克瑞格・雷佛提。」他轉身大步走回屋裡。

「你是什麼時候知道的？」梅西低聲問：「你什麼時候知道克瑞格抓走了蘿絲？」他們兄妹之間僅剩一條細細的線相連。這個星期好不容易修復的關係，現在眼看又要斷了。

「我不知道他抓走她。」李維承認。「我沒有馬上告訴妳，是因爲我不確定。我現在依然不確定，這都只是瞎猜。」

「騙人。你午夜的時候去了哪裡？」李維的表情讓她明白，二哥一直都懷疑是克瑞格幹的。為什麼他不立刻說出來？

因為這樣他會很難看。

她的心又撕裂了一個洞。

我再也無法信任他了。

李維的肩膀頹然下垂。「我去克瑞格家了，沒有人在。」

「去你的，李維。」梅西再次怒罵，淚水奪眶而出，他們之間的那條線已被扯得太緊，隨時都會斷裂。

「假使蘿絲死了，都是你害的。」

二哥開始淚水湧出，泣不成聲。

37

警方全面動員，但兩個小時過去了，依然找不到克瑞格．雷佛提。

聽完李維的自白，楚門去凱佩奇家的廚房找傑夫．蓋瑞森、艾迪與沃德．羅德斯警長。他非常小心，避免洩露梅西當年做的事，並告訴他們蘿絲不久前曾告訴李維，她懷疑十五年前克瑞格．雷佛提曾經企圖闖入他們家。卡爾．凱佩奇也在場，他接著說那天晚上蘿絲確實聽到一個聲音，但一直無法辨認出在他們家外面的人究竟是誰。於是羅德斯警長問卡爾當年是否有報案，卡爾回答：「何必呢？什麼都沒有發生。」

這是他們掌握到最有力的線索，於是投入所有資源尋找克瑞格．雷佛提。

克瑞格家中沒有人，他的車子也不在。麥克．必文斯說，昨天傍晚拜訪凱佩奇家之後，就沒有再見到他，必文斯牧場的所有人也是如此。傑夫申請調查他的手機通聯紀錄，警員持續巡邏尋找他的車。

克瑞格突然消失，更讓他們確信調查方向正確無誤。

艾迪用奇怪的眼神看了楚門一眼，接著說李維之前並未提到克瑞格。楚門聳肩撒謊，說蘿絲自己也不是很確定，李維不希望誤導偵查作業。艾迪點了點頭，但仍緊盯楚門的雙眼，楚門懷疑對方已察覺他有所隱瞞。

另外兩位執法人員則是立刻抓住線索，不管消息是來自何處。

這條線索感覺越來越可靠。

但仍然沒人能找到克瑞格·雷佛提。

傑夫·蓋瑞森拿著拍紙簿不斷寫下筆記。「他有哪些朋友？經常去什麼地方？有沒有其他房屋或土地？他去打獵或釣魚的時候，是否借用過別人的小屋？既然綁架了人質，就需要一個可以藏匿且不會被人看見的地方。」

「這裡幾乎每個地方都符合。」

「那就請他的雇主來一趟。」蓋瑞森接著說：「我想和他的同事談談。我們必須知道他是怎樣的人。」

「這是他第一次以綁架的方式犯案。」艾迪指出：「以前都是直接在受害者家中加以殺害，爲什麼這次改變了模式？」

「我們認爲他最近幾次殺人是爲了搶奪槍枝。」羅德斯警長表示：「綁架蘿絲·凱佩奇與槍枝無關，對吧？」他看看卡爾，後者搖頭。

「我擁有的槍頂多十二把。」卡爾說：「而且全都完好如初、沒有被動過。我檢查過了。」

「也就是說，十五年後，他又回到姦殺婦女的老路？」

卡爾臉色刷地慘白。

「現在都還不能確定。」楚門急忙緩和。「帶走蘿絲一事顯示出截然不同的目的。」他好想狠踹警長，竟然當著她父親的面說那種話？

「什麼目的？」傑夫問，看著其他幾個人。「如果知道，應該有助於找到她。」

楚門緩緩說：「昨天蘿絲去過必文斯牧場後，他或許認定蘿絲在到處打探，尋找多年前她聽過的聲音。發生準備者命案之後，我們開始再次檢視珍妮佛．山德斯和葛雯．法加斯命案。他或許是擔心，自己會被發現與這兩起案件的關聯，於是決定除掉證人。」

「但帶走蘿絲反而更會惹來警方調查。」艾迪反駁。

「他那個人頭腦不是太靈光。」楚門說。

「前幾天我和蘿絲談過當年的闖入事件。」梅西說。

楚門沒聽到她進來的聲音。梅西的雙眼通紅，眼淚還沒乾，黑眼圈依舊很重。

「多年來，她一直很想知道那晚聽到的聲音究竟是誰。」梅西說：「我回到鷹巢鎮上，重新挖掘當年的舊案，這或許讓他緊張了。」

「妳逼出了凶手？」傑夫問。

梅西對上他的視線。「很有可能。」

楚門屏住呼吸，想知道她是否會說出當年襲擊事件的眞相。「妳說那晚蘿絲聽見屋外有人，對吧？妳們兩個合力趕走了他？」

她看著他，眼神猶豫不決。她會說出眞相嗎？還是會繼續用她告訴父母的那個版本？

「……對。」她說。

「那時候你們應該報警才對。」羅德斯嘀咕。「說不定就能抓到殺害那兩個女生的凶手。」

「這不關我們的事！」卡爾．凱佩奇怒聲反駁警長。「什麼事都沒有發生，我才不要警察跑來我家隨意窺探。」

「你現在不就需要我們的幫忙？」羅德斯反嗆。

卡爾從座位跳起來，椅子滑了出去，摩擦地板發出刺耳的聲響。

傑夫用力拍桌子。「別吵了！為十五年前的事爭執對案情沒有幫助，坐下！」他指著卡爾。卡爾瞪他一眼，但仍聽話地坐回原位。

「我們會找到你的女兒。」傑夫以冷靜的語氣對卡爾說。

梅西的父親頹然垂下雙肩。

梅西看了父親幾秒，然後走出去房間。楚門跟著走出大門，看到她靠在門廊的欄杆上。「裡面太悶了。」她說。

楚門同意。「李維呢？」他問。

「回家了。他要去等凱莉放學，應該之後還會再過來。」她轉頭看著他，眼神流露詢問。「你怎麼知道李維有所隱瞞？」

「我並不知道。」

「早上他叫醒我的時候，你說你也要聽他想說的話。為什麼？」

楚門坐在她旁邊的欄杆上。「昨晚，我仔細觀察了所有人。珍珠、妳父親，還有李維。李維一直坐立不安，這並不奇怪，但他每次看向妳母親時，眼神都怪怪的。他感覺很煎熬……但似乎是因為良心的折磨。我本以為只是蘿絲失蹤造成的壓力，不過今早他叫醒妳的時候，我看到他的表情，那絕對是要說出內心重擔的模樣。」

「也就是說，你不知道他做了什麼。」

「對。我只知道一定是很糟糕的事。」

「很難想像克瑞格．雷佛提是殺人犯。」梅西緩緩地說：「我從小就認識他，我的兩個哥哥都是他的朋友。」

「我不確定李維是不是他的朋友，他們的關係是基於忌憚彼此。」*要是那天我沒有在河裡救起克瑞格，那兩個女孩是否就不會死？這些事還會發生嗎？*

他看看身邊的梅西。*我還會遇到她嗎？*

應該會。他們的人生道路遲早會交錯——以某種形式。他很清楚，帶兩位調查局探員去舅舅家查看的那天，他的人生就已徹底改變了。

無預警地遇到注定在人生中佔有一席之地的人。

她或許還不知道，但是他很清楚。

在謀殺和哀悼之中，誕生了美好的緣分。

傑佛森舅舅，是你把她送來的嗎？

自從舅舅過世之後，他一直感到憤怒憂傷，但現在回頭看去，他發現自從她來到鎮上後，一切都改變了。每天他一早醒來，都期待能再次見到她。

她也有同樣的感覺嗎？

「我不能只是站在這裡。」梅西喃喃低語，雙手一撐離開欄杆。她在門廊上大步走動，就像昨晚那樣不停踱步。「我必須做點什麼。」

「傑夫不准妳參與調查。」

「那麼，他應該不介意我們去兜兜風？至少可以找一下克瑞格的卡車，說不定他又去了奧利湖的那座山洞。」

「那座被蒐證人員弄得一團亂的山洞？」

她停住腳步，雙手扠腰看著他。「帶我離開這裡，楚門。」

「遵命。」

◆

一個小時過後，梅西望著車窗外，楚門昨天說的一句話不斷在她腦中糾結。他們已經開車去過鷹巢鎮的每條街，也停車買了咖啡，並爭辯接著要去哪條路。楚門贏了，他們再次上路，每當有小卡車經過時，就會仔細確認是否爲克瑞格的雪弗蘭。

「你害死了什麼人？」她的音量很低，臉朝著車窗，但她看到他的倒影變得僵硬。

「另外一名警察。我在應該行動的時刻猶豫了。當我終於回神採取動作時，卻做了錯誤的選擇。因爲我的不夠果決，一個人死了──或許該算兩個。」

他斷斷續續說出起火車輛的往事，梅西爲他感到心疼。

「我認爲你在非常大的壓力下，做出了正確決定。滅火器說不定可以撲滅火勢。」

他沒有回話。

「你已經想像過各種不同的可能性和結果。」梅西又說。

「但我的猶豫不決導致一個人死亡，這件事讓我失去了執法的自信。我原本打算就此放棄。我從事這份工作是因爲想要幫助人，結果卻適得其反——」

「楚門——」

「讓我說完。」他看著路。「我原本以爲那扇門永遠關上了，但鷹巢鎮的這份工作替我重新開啓。現在的每一天我都在祈禱，萬一再發生類似狀況，我希望自己能做出正確的決定。」

「眞的很遺憾，楚門。」她低聲說。倖存者的內疚，質疑自己的決定。她懂。

保密是正確的選擇嗎？

車內音響傳出手機鈴聲，楚門按下方向盤上的通話鍵。

「我是戴利。」

「戴利局長？」

「是，我用了擴音，梅西．凱佩奇探員也在旁邊。請問妳是哪位？」

「我是雪倫．考克斯，托比的母親。」

梅西幾天前才請托比來問話，一聽到他的名字，她心中一凜。

「嗨，雪倫。托比沒事吧？」楚門關切詢問。

「嗯……他不太好。昨晚他整夜沒睡，心情非常激動，我從來沒看過他這樣。」她停頓一下。「他吵著要我打電話給你，而且不停走來走去、一直哭，我沒辦法讓他安靜下來。我打給你，只是希望這樣做能讓他安心——」

「他想跟我說什麼？」楚門緊張地問。

手機擴音傳來雪倫深呼吸的聲音。「你一定會覺得很荒謬……他說昨天在奈德．法希家看到鬼了。」

梅西露出微笑，想起托比有多怕鬼。但楚門卻眉頭緊蹙，接著將車開到馬路旁的紅色碎石地上猛地停住。梅西抓住門把保持平衡。

楚門專注看著儀表板，彷彿雪倫．考克斯的臉就在上面。「可以請托比描述一下那個鬼嗎？或者，讓托比直接對我說？」

雪倫語氣顯得似乎不太願意。「或許吧，如果你不介意的話。我眞的不希望他打擾你，不過他快把我逼瘋——」

「把電話給他。」楚門命令。

他們聽見雪倫大喊托比的名字。

「你認為有人跑進奈德的家？」梅西低語。難道克瑞格把蘿絲帶去那裡了？

「我認爲托比應該眞的看到了什麼，不然也不會這麼害怕。也許只是我小題大作了，不過值得留意一下。」他確認雙線道兩邊都沒車後，接著來個大迴轉。

「戴利局長？」喇叭傳出托比喊叫的聲音，楚門把音量轉小。

「是，托比。調查局的梅西也在聽你說話，所以出了什麼事？」

「我聽見奈德的鬼魂說話！你說錯了，鬼魂沒有離開。」

「你在哪裡聽見的，托比？」

「我去他家了。」托比緩緩說：「我知道不應該去，但還是想看看屍體是不是眞的不在了。」

「真的不在了，我和梅西都跟你說過。你在那裡看見什麼？」

「我沒有去他的房間，但有聽見他的聲音——他好像很痛！」

「你有沒有去找他？」楚門問，並將車子時速催到七十五，往奈德．法希家的方向駛去。

「沒有！我用最快的速度跑走了！」

「你有聽出他在說什麼嗎？」梅西出聲。

「他好像要我救他。」托比的聲音變成了哽咽啜泣。「我是不是應該去救他？我好害怕。我不敢繼續待在那裡。」

「你做得很對。」楚門安慰他。「托比，那棟房子不是鎖起來了嗎？你有鑰匙？」

「我沒有鑰匙，奈德從來不把鑰匙給別人。」他的語氣變得畏縮。「他一定會生我的氣。」

「托比，」梅西堅定地問：「你是怎麼進去的？」

「爬地道。」他小聲說。

梅西和楚門對看一眼。「地道？」她又問：「在哪裡？」

「入口在堆放木柴的小屋。後面那裡有一小堆木柴擋住，可是我忘記搬回去了！」他開始哭喊。「奈德每次都叫我一定要把木柴放回去，這樣才不會被發現。」

地道。梅西十分佩服。

「為什麼他有地道？」楚門問。

「這樣聯邦政府的人來抓他的時候，他才能逃走。」托比回答。

梅西很好奇奈德會對她有什麼看法，一個聯邦政府雇員，前來調查他的命案。

「我從前門跑出去。」托比依舊哭著。「我還忘記關門，我不敢回去關。我忘記關門，奈德一定會很生氣。」

「奈德已經死了。」梅西柔聲安撫：「他不會生你的氣。」

「他就在那裡。」托比十分堅持。「他說死了會變鬼來嚇我，現在他眞的來了。萬一鬼魂跑出來跟我回家怎麼辦？鬼魂會不會已經在我家裡了？」他再度放聲大哭。

「托比，我和梅西現在馬上去查看，我們會解決鬼魂，你相信我們嗎？」

手機擴音傳出哽咽哭聲。

「我們先去奈德家看看，處理好之後再去你家，告訴你我們找到了什麼。奈德的鬼魂不會跟著你，他應該比較想去嚇雷頓．昂德伍，對吧？你幫了他很多忙，他爲什麼要嚇你？」

「是沒錯……」

「我們就快到了，先把電話給你的母親。」

換雪倫接聽。

「我們會去奈德家看一下狀況。」楚門對她說：「最近那裡是不是有人活動？妳有注意到嗎？」

「我沒有看到鬼。」雪倫沒好氣地說：「托比很愛胡思亂想，他不肯放棄這念頭，弄得大家都很受不了。」

「總之我們會先去奈德家，然後再去找他，再過十分鐘就會抵達。」楚門說完之後掛斷通話。

「他母親眞可怕，可憐的托比。你覺得他眞的聽到了聲音？」

「我相信他聽到有人求救。」他看看梅西。「我希望那個人是妳的姊姊。」

「可是那是昨晚的事了……」梅西低語，嘴巴異常乾澀。「十二個小時內可以發生很多事。」她腦中不斷冒出種種可能。托比眞的聽到有人說話嗎？蘿絲會在那裡嗎？

楚門加快車速以示回答。

她拿起手機，心思不斷奔馳，內心的希望逐漸升高。拜託是蘿絲。她死命抓住這條新線索，感覺胸口冒出積極的能量。自從李維坦承之後，她第一次感受到希望。「我來通知艾迪我們要去那裡，他會轉告其他人。」

撐住啊，蘿絲。

38

蘿絲拿起瓶子再喝了一口水。另外一瓶她用來清洗了，把飲用水拿來做清洗這種小事感覺很浪費，但她一心急著洗去克瑞格・雷佛提留在她身上的體液。

雖然現在洗乾淨了，但腿間的灼熱刺痛及脖子的一圈疼痛，依然時時提醒著他做了什麼。

我還活著。至少比珍妮佛和葛雯幸運。

他留給她兩瓶水、一個桶子、一條毛巾、一個巧克力馬芬。

她細數自己有多幸運。

她拆開馬芬外面的保鮮膜，從香味辨認出這是珈琲咖啡館的商品。是凱莉做的。一想到姪女，蘿絲差點哭出來，但她忍住沒哭，因爲眼淚早已哭乾了。昨晚的那幾個小時，克瑞格榨乾了她的眼淚。房間裡有他的臭味，床上有他的臭味，她的髮間也有他的臭味。

我還活著。

他鉅細靡遺地告訴她，他和肯尼對珍妮佛・山德斯與葛雯・法加斯做了什麼。那些話她永遠無法從記憶中抹去。接著，他扼住她的脖子，低聲說她很快也會沒命，同時雙手越來越用力。她腦中充滿嗡嗚。然而，正當她要失去意識時，他突然放開雙手，她的聽力這才恢復。接著他又開始重複。再重複。

她數不清多少次自己差點被他掐死。

「我說過，妳的性命在我手裡。」他輕聲說，手捏著她的脖子，嘴唇貼在她耳邊。「是眞的，妳的死活由我掌控。」

他還會跟她玩很蠢的遊戲，問他舉起了幾隻手指、臉上是什麼表情、他是不是全天下最帥的男人。如果她不回答，他就會搧她耳光，於是她隨便亂回一個數字，以討好他的自尊。他強迫她一次又一次讚美他。出乎她的意料，她敷衍的話竟然讓他非常開心，像是眞正受到了稱讚。她讚美他的身材十分壯碩，他樂壞了，還謝謝她有注意到，然後開始描述他和哪些男人打過架。

他的頭腦不正常，而且想法扭曲、變態。她想像他的大腦散發腐臭，觸感軟爛。

他說出李維知道殺害那兩個女生的眞凶是誰，她立刻出拳打他，大罵他胡說。沒想到他竟然讓步，安慰她說李維自以爲知道，但實情並非他想的那樣。

「什麼意思？」她問。

「李維以爲，珍妮佛和葛雯是肯尼獨自一人所殺。他以爲我毫不知情，以爲那天晚上肯尼企圖襲擊妳們時，我才發現他的眞面目。」他解釋。「但我們都知道，其實不是那樣的，對吧？」他滑頭的語氣令她反胃。「蘿絲，我的目標一直都是妳。」他低語：「我們不知道那天晚上妳妹妹在家。妳好純眞，在家裡走來走去，相信不會有人傷害妳，也不會拒絕妳的任何要求。不過呢，我敢打賭，妳沒有看起來那樣純眞。妳有沒有一次玩兩個男人的經驗啊，蘿絲？」

她不肯回答，肚子便挨了他一拳，她又哭了出來。他立刻道歉。

「你爲什麼要打破鏡子？」她低語。

他沉默許久之後才回答。「這要從我爸說起。對他而言，鏡子代表虛榮，而虛榮是種壞毛病，要打到孩子不敢這麼做。小時候我家裡沒有鏡子。記得有一次，他在我媽的皮包裡找到一面小鏡子，他立刻打破。鏡子代表自大、罪孽，她應該只要看他就好。他打破鏡子的時候……她那臉上的表情……」他的語氣變得夢幻。「多偉大的力量。她看著他，滿臉驚訝與恐懼。那兩個女人，珍妮佛和葛雯，她們很虛榮。她們必須明白，她們的外表不是世界的重心。」他伸出一隻手指輕摸她的臉頰。「但妳永遠不需要鏡子。妳沒有半點虛榮，女人就該像妳這樣。」

「放我走。」她低語。

他撫摸她的頭髮。「遲早會的。」

他悵然的語氣讓她明白，他會先殺死她。

玩夠她的身體之後，他和她一起躺在髒兮兮的床上，把她的頭放在他胸前，繼續把玩她的頭髮，不停說話。

「我很快就會成爲鷹巢鎮的大人物。」他承諾。「我已經等了很久。我辛苦努力這麼久，就快得到回報了。喬賽亞．必文斯的時日不多了。」

一聽到那個名字，她全身一僵，他也感覺到了。

「妳認爲麥克會繼承喬賽亞的王國？麥克根本不想和牧場沾上邊。喬賽亞會選能力最好的人，也就是我。」

「怎麼說？」她無法阻止自己發問。*你哪裡特別了？*

「這個嘛，我原本打算獻上足夠武裝軍隊的大量槍枝。我已經準備一段時間，但後來看到了伊諾克．芬契的槍枝庫存……一個老傢伙拿著這麼多槍有什麼用？只要獻上那些槍，喬賽亞就再也不能無視我。我們必須爲一切可能做好準備，妳知道的。萬一政府跑來搶我們的土地該怎麼辦？可是妳妹妹毀了我的計畫。現在我只能盡力說服喬賽亞，讓他相信我最有能力。」

「你認識伊諾克？」

他大笑。「他們每一個我都認識。我小心地接近那些老傢伙，和他們培養感情，打探出誰藏有大量槍枝。那些老傢伙很寂寞，老愛說自己討厭人群，但只要給他們喝一點酒，他們就會說個不停。不知多少個晚上，我都會帶酒去看他們，聽他們說這個社會應該怎樣才對。接著，他們就會帶我去看準備的物資，他們的彈藥庫。要在酒裡摻入更厲害的東西再簡單不過，然後我就能輕輕鬆鬆把他們的槍搬上車。問題是，我不能讓他們醒來。」

他接著說：「這招非常完美，從來沒有人懷疑我。我在這個鎮上已經住了數十年。」他撫摸她的長髮。「妳的頭髮好美。等到世界末日來臨，我們需要的女人就要像妳這樣，蘿絲。妳很能幹，妳會聽男人的話，叫妳做什麼妳就去做。我們需要女人擔任支援角色。一堆男人住在一起，會搞得亂七八糟，妳懂吧？脾氣也會變得很火爆。女人知道怎麼讓我們冷靜。」

這就是我從小學習的一切嗎？

「像妳妹妹那種女人——唉，她們只會惹禍。上帝給男人體力，給女人生育能力，自有祂的道理。」他撫摸她的腹部，她不敢動彈。「我不懂妳爸怎麼會讓她跑走，還變成政府的打手。這在太多方面都不對，妳爸一定覺得很丟臉。」

「她還偷走了我的槍……」他繼續低聲說：「那是我的東西，是用來打動喬賽亞的禮物，是得到繼承權的門票。她根本不是眞正的女人。她假裝自己是男人，八成沒人願意上她。」

蘿絲的臉頰感覺到他的腹肌緊繃。她心中一揪。

不要又來了。

39

相較於星期一梅西初訪的時候，奈德．法希家周遭的環境似乎改變了。今天氣候晴朗、萬里無雲，積水都已乾涸，樹葉在微風中窸窣作響，與星期一潮濕陰鬱的天氣相比，差別實在太大。

她走下楚門的車，完美的天氣讓她有些不滿。世界竟然敢照常運轉？陽光普照、鳥兒高唱、溫暖和煦。難道世界不知道蘿絲說不定已經死了？

梅西研究著熟悉的前院，依然堆滿廢棄物，樹籬肆意亂長。她想起第一次來訪時，艾迪曾說這裡很髒亂，她告訴他其中的奧祕。整棟房子很安靜，她不禁懷疑，托比聽到的鬼魂也許只是隻野貓。

楚門從駕駛座那邊走過來。「大門關上了。」他指出。「托比說他逃跑的時候忘記關門。」

沒錯。她的手臂汗毛直豎，感官進入高度警戒狀態。「我們先站在車子擋住的地方。」

楚門用雙手圈住嘴，大喊：「哈囉！有人在嗎？」

沒有回應。

「你怎麼看？」她問。

「我認為托比可能聽錯了。」他承認。「發現奈德遺體的衝擊，依然對他影響很大。」

他再次對著房子大喊，依舊無聲無息。

「先去看看大門有沒有上鎖。」梅西建議。

楚門遲疑一下，她看得出他正在評估這個想法。「我先打電話給路卡斯，讓他知道我們已經到了，正準備要進去。」

他撥打電話時，梅西補上一句：「我們不見得進得去。奈德裝了很多道鎖，而且門本身很厚實。」

楚門走在前面，一手按住腰側的佩槍。梅西緊跟在後，拉開外套拉鍊也按住自己的槍。

他們繞過車道上的第二堆廢棄物，楚門嘀咕：「我覺得自己好像要被拉去屠宰場。」

梅西小心觀察房子的窗戶，留意任何動靜。

二樓用木板封起來的那扇窗後，有東西動了一下。楚門急忙後退，大聲示警。

這時她聽見一道轟然槍響，楚門頓時倒地。

梅西隨即撲到一堆廢棄金屬後面。訓練產生的本能反應啓動，她伸長手將楚門拉到掩體後，然後轉身瞄準剛才有動靜的窗戶。她的視線有如雷射般，凌厲尋找威脅來源。*他跑去哪裡了？*

窗邊什麼都沒有。

心跳鼓動聲在耳中轟轟作響，汗水滑落背脊，她仔細觀察房屋。在她身後，楚門粗聲喘著氣，像憤怒的鄉巴佬般大罵髒話。她轉過身，脫下外套準備爲他的傷口施壓止血。*噢，糟糕！糟糕！*他的頭往後仰，鞋跟陷入泥土，咬緊著牙關忍痛。

她沒有看到血。「你哪裡受傷了？」她的雙手急忙在他胸前和頸子上摸索，試圖尋找彈孔。

我不會讓他死。

他扯開襯衫，露出防彈背心，焦急地拉扯右側，努力想呼吸。

梅西看到扁掉的子彈，瞬間鬆了一口氣。

「防彈背心擋住了。」

「我知道。」他吐了一口唾液，然後顫抖著深吸一口氣。「但他媽的痛死了！」

「接下來幾天都會痛得要命，不過你不會有事。」淚水模糊她的視線，剛才那二十秒面臨生死關頭的驚恐一下子湧上。感謝老天，我已經跪在地上了，不然一定會腳軟倒地。「我要呼叫支援。」她撥號時手在發抖。

「看來我們找到克瑞格了。」楚門喘著氣說。

他說得沒錯。梅西從骨子裡清楚知道，剛才開槍的人正是克瑞格。

艾迪接聽。梅西說明兩人的位置以及楚門的狀態。「待在原處別動。」艾迪命令。「我們先派郡治安處的警車盡快趕去，其他人隨後就到。」

她掛斷電話，楚門費了一番工夫坐起身，旁邊有一道生鏽的金屬欄杆，用水泥固定在一堆紅磚上，他整個身軀靠在上面。見他可以自行移動，她瞬間安心了。

「真該死。」他抱怨，伸手抹抹前額。「說什麼我都不想再來一次。」

「戴利局長，我第一次聽到你罵那麼多髒話。」

楚門大笑，但胸口的疼痛讓笑聲變成痛呼。「我會盡可能不罵髒話的。妳剛剛有沒有看到他？」

「沒有。」梅西再次望向房子。「不過肯定是克瑞格沒錯。我看到封起的窗戶後面有些動靜。我之前還特別叫艾迪看那個地方，站在那裡可以清楚看到走向房子的人。」她表示。那段對話彷彿發生在千百年前。「我們運氣不錯，他只開了一槍。」出發搜索克瑞格．雷佛提之前，她先穿上了防彈背心。防彈背心很重、很不舒服，她工作時其實並不常穿，但他們要找的是殺人犯，她不得不防。

她也留意到，楚門的襯衫下幾乎隨時穿著防彈背心。

幸虧如此，否則剛才可能會有截然不同的結果。

「現在該怎麼辦？」她問。我們能活著離開嗎？

「先等郡警過來支援。」楚門說：「這附近沒有更好的掩護嗎？」

「應該沒有。我其實比較想躲在車子後面，不過躲在這裡的話，從房子裡開槍的人不可能打中我們。她看看身後的那堆廢棄物。「大部分都是磚塊和汽車零件，不過總比沒有好。你還好嗎？」

「我的胸口好像著火一樣。」他說：「肋骨很可能也裂了。」

「如果需要跑，你跑得動嗎？」

「非跑不可也只能如此了。」

◆

槍響吵醒了蘿絲。

我還沒死。

外面傳來腳步聲，非常大聲。她整個人連忙縮到床角，盡可能遠離房門。鎖被打開了，門砰一聲彈開。「起來！」

「怎麼回事？」她尖聲詢問。他剛剛開槍打誰？一股火藥味衝上她的鼻子。

「快起來！」克瑞格抓住她的上臂，把她整個人從床上拽起。她的腳急忙尋找可以踩的地方，並揮舞手臂保持平衡。他拉著她走出房門，她跪倒在地。

相較於惡臭的小房間，走道的空氣簡直有如天堂。

他把她拉起來，拖著她在走道上前進，她的赤腳感覺到翹起的木地板。他們轉進另一個房間，他用力把她推到門對面的牆上。「跪下。」

她靠著牆壁軟軟癱倒，指尖感覺到老舊石膏和粗糙木板。她跪著挺起身子，前額抵著石膏牆。他的一條腿用力壓住她的背，但臉似乎朝著比較高的位置。她聽見金屬摩擦木頭的聲音，接著他開始罵髒話。「他們跑去哪裡了？」他嘀咕。

誰？

他全身散發出緊張的能量，汗臭味瀰漫整個房間。他身上還有另一種氣味：她自己的味道。

蘿絲一陣反胃。接著，她感覺到他用刀抵住她的臉頰。

◆

楚門的呼吸淺且急，每次呼吸都像被刀刺般疼痛。

至少我還有呼吸。

「你認爲蘿絲在裡面？」梅西低聲問，他們蹲在臨時掩體後方。

楚門直覺認爲沒錯。*但蘿絲還活著嗎？*

突然，屋內傳來了女人的尖叫。梅西立刻跳起來，楚門連忙撲過去抓住她的手肘，制止她往外衝。

梅西猛轉過身看他，雙眼圓睜，胸口劇烈起伏。「**那是蘿絲！**」尖叫變得更加激烈。

梅西再次跪下，雙手摀住耳朵，手中的槍壓住太陽穴。「他要殺死她了……」她低語。

楚門抓住她的另一隻手臂，不讓她站起來，知道她隨時會再次衝向房子。

「我們不能繼續等下去。」她嘶聲說，注視他的雙眼。「我們必須進去。我要進去。」

他單膝跪起，低聲痛呼，咬牙忍受著劇痛。「誰都不能進去。」

「如果等其他人來支援，到時就太遲了！克瑞格一定知道我們呼叫支援了。」

「我們不能從正門進去。還沒到門口，鐵定就會被他射死。」楚門咬牙說：「地道在哪裡？」

在梅西的攙扶下，楚門走到休旅車那裡，倒退駛出車道，離開從房子視野所能見的地方，希望屋內的人會以爲他們離開了。接著他們下車步行穿過樹林，去到梅西印象中木柴小屋的地點。每走一步都讓楚門的胸口感到震動，劇痛炸裂著射向他的大腦。梅西關切地看了他幾次，但沒有開口。她很清楚，他已將自己逼到身體的極限。房子的後門和木柴小屋之間相隔一百英呎，無論從哪一扇窗戶查探，都不可能看到這座小屋的門。

梅西探頭望進小屋內部，楚門問：「妳認爲克瑞格知道有地道嗎？」

「如果知道，他應該會把門鎖上。」她回答，同時拿出小手電筒照亮小屋內部。砍好的無數木柴從水泥地面堆到屋頂，移動空間很小。這裡的走道非常狹窄，她得硬擠過去，木柴還頻頻勾到她的外套和頭髮。

好多蜘蛛。梅西似乎不在意，於是楚門強迫自己不去想那些毛茸茸的八條腿，努力跟上她。一塊木頭戳到他的胸口，他痛得一縮，屏住呼吸。

「找到了！」

他從木柴中間往前擠過去幾英呎，看到她跪在一個比較開闊的空間，望著地上一個大洞。一把梯子的頂端露出洞口，底端消失在黑暗中。

老天。光是在木柴堆中間移動，就已經快讓他的幽閉恐懼症發作了。眼前漆黑的地道讓楚門頭暈眼花，他急忙轉開視線。

梅西用手電筒照亮洞裡，側頭仔細聆聽。「很安靜。他應該真的不知道有地道。」

「妳認爲連通到房子裡的出口在什麼地方？」

「我猜應該在地下室。之前蒐證人員和副警長的報告都沒提到有地道，看來奈德藏得很好。」她把手電筒夾在腋下，開始爬下梯子，從倒數第二階跳下去，用手電筒照探地道。

「實在了不起。」她敬佩地說：「裡面還加裝了柱子來支撐。雖然得用爬的，不過至少不是我想像中那種隨時會坍塌的狀況。」

她迫不及待地抬頭朝他看來，但立刻皺起眉頭。「你好像快吐了。」

我是真的快吐了。

「我去就好。」她轉頭看地道。「你出去等支援，讓他們知道現在狀況是什麼。你的肋骨有裂傷，不可能爬過去。」

「我要過去。」楚門堅定地說。

40

楚門打電話通知其他人他們的計畫，同時與內心的魔障對決。他從來都不喜歡狹小的空間，但他不會讓她自己一個人進那棟房子。

蘿絲的慘叫出現後又消失，緊接著又再度傳來；每聽到一次，梅西的煎熬便逐漸加劇。

這次他絕不會遲疑。勇往直前吧。

他不會讓蘿絲死在離他只有幾英呎的地方，因他猶豫不決而再次錯失救人的機會。

他重新爬下梯子，很氣自己竟然沒有把手電筒帶下車。雙腳一碰觸到土地，他便蹲下查看地道。梅西已經進去有幾英呎了，她的手電筒照亮前方的木板和泥土。

全身所有的細胞都尖叫著逼迫他快出去。

他深呼吸，專注看著她。手電筒只照亮她的部分側臉，但仍可以看出她臉上的憂慮。

「你確定嗎？你不必——」

「別問了。」他用力吞嚥。「眞的，別問。越說我越難受。出發吧。」他緊抿雙唇。

她猶豫了一下，最後點點頭。她轉身開始爬行，一手拿著小手電筒。

楚門努力跟上。

植物腐爛的氣味和泥土味襲上他的鼻子，不斷提醒他身處在地底。他不斷往前爬，注視著梅西的腳。*什麼都別想、什麼都別想。*他的頭突然猛然撞到地道頂部，一堆塵土紛紛落下來。

楚門腦中充滿地道陷落的畫面。

他停住動作，低頭用手摀住臉深呼吸。

坍塌。窒息。

「楚門，你沒事吧？」

「嗯。」他強迫自己回答：「我馬上過去。」他抬起頭往前爬，專注看著她的鞋底。因爲沒有回音和任何背景聲，讓他的腦子開始胡思亂想，明明兩邊牆壁距離他左右各有十八吋左右，但他總覺得空間好窄，氣壓似乎增加了，他的肺拚命渴求新鮮空氣。汗水滴落他的雙手上。

五件你摸到的東西。

泥土、岩石、我的衣服、我的臉、木板。

四件你看到的東西。

他在黑暗中瞇起眼。她的靴子、她的臀部，她頭部的輪廓，手電筒的光。

他繼續往前爬。

每次他移動雙手，肋骨處感覺就像被利刃刺穿，無比疼痛。他專注地感受痛楚，很慶幸能夠轉移注意力。*是肋骨斷裂？*或許吧。這不重要，醫師頂多只能幫他固定，然後叫他多休息。

他的左手摸到一堆爛泥，他急忙一縮。肋骨的疼痛如鐵針般，穿透神經直達大腦。他倒抽一口氣。

「楚門？」

「繼續前進。」*別問。*

她繼續往前爬。他回想地面上小屋與主屋之間的距離。頂多一百英呎。我們爬了多久？他爲了分散心思，開始數自己的指頭，數字在腦中一一浮現。他的頭突然狠狠撞到一塊木板，頓時眼冒金星。

「這裡高度比較低。」梅西說。

可不是嗎。他的背部摩擦到地道頂端，於是他改變手臂的角度，讓身體降低幾吋，但腰帶又卡到那塊可惡的木板。一波恐慌蕩漾而過。他整個腹部貼地，用手肘往前移動。我這樣還能撐多久?!

我能倒退出去嗎？

為一出口被堵住了呢？

我們要怎麼回去？

他需要站起來，他需要將雙手往兩邊伸直，他需要呼吸。他深深吸氣，肺部拚命想得到氧氣，但每次吸到的都不夠。我快窒息了。

「楚門！快點爬！」

他睜開雙眼。梅西在前方大約十英呎處，側身回頭看著他，手電筒對準他的眼睛。「我不能呼吸了……」他用力閉上眼睛。五件東西……泥土。

我摸到的都是泥土。別想了。別想了。快出去！快呀！

他用雙手和膝蓋撐起身體，背部再度重重撞上頂端。

我必須要站起來！

他的雙手用力往上撐，但身體無處可去。他重新趴伏在地，眼睛依然緊閉，兩隻手肘卡在地道兩側的牆上。

他的手感到一陣疼痛，他睜開眼睛，看到一道刺眼的光。她的手電筒距離他臉部只有兩英呎，同時她正用靴子狠踢他的手。

「快點爬。快！否則我要踢你的臉了！」她大聲說。

他將腹部抬起來離開地面，眼睛緊跟著她手中的光。她同時震撼了他的肉體和心靈，這招很管用。

「把手放在我的靴子上。不要放開，繼續往前爬。」她往前移動，手電筒照亮前方。

他跟上。

「唱歌。」她命令著。

「什、什麼？」

「什麼都好！」接著，她率先唱起鄉村歌手提姆．麥克羅（Tim McGraw）的〈Like You Were Dying〉副歌。

「在名叫傅滿州（注）的公牛背上待了二點七秒……」他跟著唱，手指碰一下她的靴子，繼續往前爬。他們隨著歌詞找到節奏，他注視她的靴子。他們小聲地唱了那首歌兩次，沙啞地唱出歌詞。他讓心思保持空白，手臂和雙腿自行移動。「接下來幾天我都盯著X光片——」她突然停止了歌聲。

楚門也跟著停下來，望向她的前方。

一塊膠合板擋住他們的路。

注 Fu Manchu，二十世紀初的小說人物。模樣瘦高禿頭、面目陰險，是西方國家對黃種人的刻板印象。

「支撐的木板掉下來了？」楚門問，驚恐再次肆虐湧出。

「是終點到了。」

◆

梅西推動那塊板子，但木板毫無反應。她心中一陣恐慌。

原來這就是楚門爬過地道每一呎時的感受。

她將全身的力氣施加在手掌上，用力推擠板子下方的角落，終於鬆動了。

感謝老天。

她再次用力施加壓力，板子眼看就快要掉落。她接住板子，扭動身體往前，將板子推到上方較大的地方。一股新鮮空氣湧入地道，楚門大大鬆了一口氣。幾分鐘前楚門真的很害怕，她想到剛剛自己竟然對他大吼，心裡很過意不去，不過他需要一點震撼，以拉回失序的心神。她不知道該怎麼讓他爬出地道，後來想起蘿絲常對受驚的馬或羊唱歌，動物會冷靜下來，注意力完全集中在唱歌的人身上。她只想到這個辦法，竟然真的有效……

撐住，蘿絲。我們就快到了。

她將木板輕輕放在距離洞口幾英呎的地面上，拿起手電筒，觀察前方的空間。地道的盡頭果然是在地下室，低矮空間內堆滿了桶子和箱子。梅西滿心激動。他們終於成功進入了房子裡，只差幾步就能找到蘿絲。

「梅西？」身後的楚門發出懇求聲。

她連忙爬出地道，轉身伸手拉他。他的臉和領子全都是汗。

楚門以彆扭的動作站起來，梅西關切地問：「你的肋骨還好嗎？」

「痛得讓我無法思考。」

「這是好事？」

「沒錯。」他抹抹前額。「謝謝。我還以為出不來了。」

「你根本就不該一起過來。」

「無所謂了。去找妳姊姊吧。」

「等等，你聽。」梅西猛然定住。「有沒有聽到那個聲音？」

「……似乎是兩個人在互相吼叫。」

他們從一堆堆桶子中間尋找行走空間，走向地下室的樓梯。爬上去的過程中，每次木板發出的聲響都令他們膽顫。梅西查看了一下手機。「沒有訊號。」

「一點也不意外。」

兩人終於抵達通往一樓的地下室門前，底下的門縫透進光線，他們停下來聆聽。一個聲音在屋內，另一個似乎在屋外。

「那個聲音很像李維！」她震驚到忘記呼吸。

「他怎麼知道要來這裡？」

「八成是艾迪告訴他，我們要去確認托比說的事。如果他那時候從我爸媽家出發，就會比接到支援請求後才出發的警力早到。」

也或許他早就知道克瑞格可能會在這裡？

她緊握住槍，小心翼翼地緩慢開門。這裡很接近用木板封起的後門。梅西用力吞嚥一下，想起第一次來這棟老屋的那次經驗，以及樓上滿是蒼蠅的屍體。

「關你屁事，李維！」克瑞格在樓上大吼。

真的是李維。

「已經結束了，克瑞格！」她二哥在外面大喊。「快點放了蘿絲。」

「妳哥哥一定知道我們在這裡。」楚門小聲說：「我的車就停在路邊，他一定有看到。」

「給我滾，李維。」

「我要報警了。」

「儘管去啊！你另外那個妹妹早就夾著尾巴逃走了，她一定正在召集全郡的警察來這裡。」

「還沒到不能挽回的地步！放蘿絲走，不要給他們衝進去開槍的理由。」

克瑞格聞言狂笑。「你以為他們不知道那些準備者是我殺的？他們絕對會要我的命。」

「他們沒有證據！」李維爭辯。「但如果你傷害蘿絲，他們絕對會知道。趁現在情況還不算太糟，快點放了她。」

克瑞格沒有說蘿絲已經死了。這個念頭再度帶給梅西勇氣。蘿絲如今很安靜，但這幾乎比慘叫更糟。幾乎。

「你以為這樣就不用遵守約定了？」克瑞格大喊。

「我只答應不會供出那晚你闖進我父母家的事。我並沒有食言！」

梅西做了個苦臉。這句話現在已經不成立了。

「而我答應不會說出你埋屍體的地方，看來我們依然兩不相欠。」

「你敢傷害蘿絲，我們的約定就作廢！」李維大喊。

克瑞格大笑。「噢，我已經傷害過她了。」

李維一陣沉默。梅西能夠想像二哥此刻的憤怒。*是傷害，不是殺死。*

「他和李維說話的時候會放鬆戒備，我們趁現在上樓去。」她低聲說。

楚門點頭，她率先走上樓梯。她走在樓梯靠牆的邊緣，祈求木板不要發出任何聲音。根據克瑞格聲音傳來的方向，她判定他人就在那個能俯瞰前院的房間。那裡的窗戶用木板封起，只留了一個窺視來者用的縫隙，他就是在那裡對楚門開槍。

克瑞格真的相信我們離開了？

她回頭看向楚門。爬地道引起的恐慌已經消失了，但從那縮起右肩的動作可以看出，他的肋骨依舊疼痛不已。他的膝蓋和雙手都像她一樣全是泥土，而且滿身灰塵，她猜想自己應該也是同樣狼狽。楚門的樣子活像遇上了沙塵暴。

他們來到樓梯頂端，往那扇封起的窗戶看去，克瑞格依然在和李維互喊。兩人停頓一下，接著走到敞開的門口。

「如果你敢傷害蘿絲，我會告訴警察，你跟我說過那些準備者是你殺的。」

梅西聽出李維的語氣越來越激動，他快要爆發了。

「你打算出賣我？」克瑞格狂吼。「休想！」

「蘿絲在哪裡？」楚門悄悄問。梅西往走道的方向望去。所有門都開著。*蘿絲被關在其他地方嗎？*

一陣嗚咽聲讓她的手臂汗毛直豎。*蘿絲和他一起在那個房間裡。*

楚門點點頭，他也聽見了。

「可惡，克瑞格！」李維怒吼。

外面傳來槍響，房間傳出木頭碎裂的聲音。

梅西把槍舉高在身前，探頭進去查看。克瑞格撲向封起的窗戶——現在多了一個彈孔——對她二哥回擊。蘿絲躺在他腳邊，全身赤裸，以胚胎的姿勢蜷起身軀，鮮血染紅了下面的舊地毯。*他背對我們。*

她對楚門點點頭，深呼吸，兩人同時進去。

克瑞格靠在封起的窗戶上，不斷對李維開槍。

蘿絲抬起頭，臉上滿是鮮血，幾乎看不出長相。「梅西？」

那一瞬間，梅西驚覺蘿絲的臉上全是刀傷。

克瑞格猛然轉身，槍指著她和楚門。

梅西反射性射出所有子彈，楚門也同時這麼做，接連響起的槍聲讓她耳朵嗡嗚不斷。

克瑞格倒地，楚門迅速衝向蘿絲。梅西放下槍，看到地上滿身鮮血的人，她有些驚慌失措。

結束了。

她還活著。

蘿絲坐起來靠在楚門身上，梅西衝到窗前。「李維，別開槍！克瑞格倒下了！」她喊完才從縫隙往外看。

李維躺在地上。一動也不動。

梅西瞬間無法呼吸，她的雙腳彷彿黏在窗前地板上，心中不斷希望二哥快點起身。「李維！」她尖叫。她無法移動。

「梅西！」楚門大喊。

她連忙轉身，腎上腺素暴衝。「李維沒有在動！我要去看他！」

楚門已經脫下外套幫蘿絲披上，他想檢查血淋淋的傷口，但蘿絲推開他的手。「我沒事。」她堅持。他轉頭查看克瑞格的狀況，接著脫下襯衫，按住對方鮮血直流的胸口。

梅西已經衝了出去。

◆

克瑞格睜開眼睛，迎上楚門的視線。

「撐住。」楚門命令。「救援馬上就到了。」

「去你的。」克瑞格含糊說著，咳了幾聲。

「嗯，喔，我也愛你。」楚門邊說，邊用力將揉成一團的襯衫壓住克瑞格的傷口。他感覺到襯衫濕透了。

「你從以前就自以爲了不起。」克瑞格喃喃說：「總是做正確的事。」他不斷咳嗽，口中冒出鮮血泡沫。

血流得太多了。

蘿絲一手按住楚門的肩膀，另一手伸向克瑞格。她的手指摸過他的胸膛，察覺鮮血與彈孔。她摸摸他的嘴，感覺到紅色泡沫，立刻收回手。

「傷勢不妙。」她輕聲說。

「楚門，這次你休想救我。」鮮血從克瑞格口中流出，接著整個人就不再動了。

「克瑞格！」楚門搖他的肩膀。克瑞格的眼睛失去生機。

「他死了。」蘿絲輕聲說：「失血過多。」

楚門往後跪坐在地，手中拿著浸透鮮血的襯衫，望著死去的人。

究竟哪裡做錯了？

41

梅西和奈德家大門上的眾多門鎖搏鬥了一番，手指焦急地笨拙撥弄，終於好不容易打開門，衝下臺階。「李維！」

二哥呈大字型躺在地上，頸側不停湧出鮮血。

她急忙衝過去，脫下外套壓住傷口。她感覺到血液流出時的脈動。

克瑞格打中了他的動脈。

脖子要怎麼綁止血帶？

李維睜開眼睛。「蘿絲呢？」

梅西彎腰接近他。「她不會有事的。」但願如此。

「太好了……我應該早點告訴妳克瑞格的事。」

「你那時也還不確定。」

「我想過應該是他。」他注視她的雙眼。「……我很想念妳，眞高興妳回來了。」

她對他微笑，嘴唇不斷顫抖。「我也是。」

「幫我照顧凱莉，不要讓她媽來搗亂。」

梅西的血管流過寒冰。「不要說這種話。」她繼續用力按壓他的脖子。

「不要讓珍珠來照顧……」他輕聲地說：「也不要媽，由妳照顧她。」

她用力吞嚥。李維的聲音幾乎快聽不見了，她手指之間所感覺到的脈動間隔越來越長。是警笛聲。郡警來了。

「你不會有事的……」她喉間湧上酸澀。他不能就這樣離開我。我才剛找回他。

「告訴她我愛她。」

「你自己跟她說！」

「凱莉……」李維說完最後的低語，閉上雙眼，顫抖吸進生命終點的半口氣。

梅西呆望著二哥的遺體，不理會車道上陸續傳來的車門開闔聲。

事情為什麼演變成這樣？

42

三天後

梅西討厭葬禮。

她這輩子只參加過兩次，但這第三次將永遠刻印在她的記憶裡。她看著李維的棺木緩緩進入墓穴時，徹底放棄壓抑奔騰的淚水。她已經忍了一整天，爲了其他家人而堅強，但看著二哥入土，這樣的訣別讓她終於再也無法承受。她抬眼往上看，視線越過悼念的賓客和大片森林。熟悉的雪白山峰矗立在藍天下，松樹清新的氣味帶給她些許安慰。

奧勒岡州中部是她的家鄉；她的根在這裡，而且紮得比她想像中還深。十五年的時間彷彿消失了，四周的美景再次賦予了她力量。

蘿絲握緊她的手。

梅西之所以拚命維持冷靜，就是爲了二姊。蘿絲遭綁架時受盡苦難，同時失去了弟弟，但卻展現出無比的堅毅。蘿絲的臉龐、胸口、手臂上的長長割傷已經結痂了，克瑞格當時是故意讓她發出慘叫……爲了折磨梅西。

其實傷口並不深，未必會留下疤痕，但梅西每次看著二姊，克瑞格．雷佛提的身影就會佔據她腦中。蘿絲並不在乎臉上的痂，她昂然地抬起頭面對所有人。男人盯著她的傷痕看，小朋友則嚇得後退，女人則是心疼流淚。蘿絲不理會他們的反應，向所有來找她緬懷李維的人表達支持與感謝。

「今天的重點是李維。」她告訴梅西：「我臉上的傷不重要。」

在家裡，梅西看到她輕柔地撫摸臉上的傷，面無表情，然後摸摸腹部，臉上浮現好奇。

梅西懇求她服用事後的避孕藥。

蘿絲不肯。

「我不要吃。」她說：「如果有寶寶，我要生下來。」

「可是，蘿絲……」梅西很想再勸她，而且心裡至少有十多個理由來說服。*那是強暴犯的孩子。妳要怎麼跟孩子解釋？其他男人會願意接納這個孩子嗎？*然後她領悟到，如果有人能坦然接受這些事，絕對非蘿絲莫屬。她的心真的能包容一切，而且擁有寬恕的天賦。

即使眼盲，她依然比梅西更加堅毅不屈。

蘿絲還無法確定是否已經懷孕，但從她思考時的表情來看，梅西知道她希望有。

她們還談過另一件重要的事：肯尼，也就是第一個襲擊她們的犯人，他的命案。

姊妹倆和楚門都認爲不要說出去比較好。另外兩個知道肯尼身亡的人都已不在世上。

警察在克瑞格家中找到珍妮佛與葛雯的舞會照片，奧利湖山洞裡找到的槍枝上也有他的指紋。蘿絲接受警方問話時，表明克瑞格有透露他殺死了那四位準備者和當年的兩名女孩。他與肯尼兩人聯手犯下的罪行，將全部歸於克瑞格。

這樣已足以讓這兩起懸案終結，讓傷痛多年的家屬得到慰藉。

大衛．埃奎爾站在李維的墳前進行最後禱告，梅西身邊的所有人都低著頭。她望著地上的墓穴，努力回想關於二哥的回憶。**為什麼我要這樣浪費十五年光陰？**她不斷想起二哥躺在奈德．法希家前院的那一幕，這將成爲她餘生忘不了的回憶，一想到心就無比刺痛。

她身邊的人紛紛站起來，她也僵硬地跟著起身，感覺彷彿老了十歲。她將蘿絲的手拉過來放在手臂上，跟著父母兄姊走出第一排座位，茫然地走在珍珠身後。家人列隊準備答禮，梅西請求他們讓她缺席，將蘿絲的手交給珍珠，然後獨自逃去五十英呎外，站在兩個舊墳中間的西黃松下。父親依然不願意看她的眼睛，但母親說他並沒有責怪她；李維會死，不是她的錯。母親的話令梅西錯愕不已。**這件事原來可以怪罪我？**

她自己也因爲李維喪生而有些內疚，但她並沒有叫他去那裡，也沒有幫殺人凶手隱瞞身分十五年。她、楚門、蘿絲三人，一致決定不說出李維與克瑞格的牽扯。讓別人知道二哥做的事，對誰都沒有好處。她和父親之間的鴻溝或許永遠不會消弭。母親改變了想法，但不敢表現得太明顯，深怕被丈夫發現。珍珠也是，當姊夫在場的時候，她對梅西的態度都十分生硬。歐文則禁止他的妻兒與她相認，蘿絲說李維的死讓歐文非常氣憤。

我不在乎家人的感受。至少不會放在心上。

她深吸一口經陽光曬過的松樹香氣，不允許爲自己的逃離感到可恥。她就是沒辦法列隊站在那裡，聽悼客說些毫無意義的話。

今天的重點是李維。我已經道別了。

她已經能平靜看待李維對她和蘿絲的背叛，但她還沒有原諒。還沒有。但也不願因此懷抱恨意。過去的事都過去了，二哥已然不在，繼續對過世的哥哥生氣，只會讓她自己受傷。

再過幾個星期，她會請大家說說關於二哥的歡樂回憶。只是今天還不行。

「梅西姑姑？」凱莉出現在她身邊。「我不想站在那裡的人群中。」

兩天前，梅西告訴凱莉，李維最後說的話是她的名字。聽到這件事，凱莉整個人崩潰大哭，但梅西知道將來她最終會得到安慰。

此刻梅西摟著姪女的肩膀。「我也是。我們還是站在這裡看就好。」凱莉的母親沒有出席，梅西爲姪女感到心疼。

如此地孤獨。

「妳爸非常愛妳。」梅西低語，知道這幾天凱莉應該聽過這句話不下千百次。梅西的母親把凱莉接回家，給她無微不至的照顧，梅西懷疑凱莉可能從沒體驗過這樣的母愛。

「我知道。」凱莉說著，並做了個深呼吸。「我想請妳幫一個大忙。」

「儘管說。」

「我想搬去波特蘭和妳一起住。」

梅西吃了一驚，她沒想到會是這個要求。她腦中響起李維最後的託付，接著急忙將回憶封塵。她沒有告訴任何人他的請求。「妳只剩一年就高中畢業了，應該在這裡讀完學業。奶奶和珍珠姑姑會照顧妳。」梅西的聲音微微發抖。

凱莉搖頭。「她們不了解我。一直以來都只有我和爸爸相依爲命，我不知道該如何融入家庭。」

「噢，凱莉——」

「妳不用現在就決定。」凱莉急忙說：「但至少考慮一下。我會自己整理收拾，也不需要特別的關注。」

我有能力照顧好一個青少年嗎？

她將凱莉緊緊抱在身側，想起自己少年時那種遭到遺棄的感覺。她不會讓凱莉經歷那種心境。不過她得先整理好自己的人生。

「相信我，我不會丟下妳。」梅西說：「不過，先等我處理好一些事，然後再告訴妳我的決定。」

凱莉注視她的雙眼。「妳保證？」

「絕不食言。」

◆

楚門排隊等候著向家屬致哀，看到梅西擁抱姪女。

他也很想像梅西一樣逃離，但身爲警察局長，這是他的責任。輪到他致哀時，他和男性家屬握手、與女性家屬擁抱，一次又一次說著「請節哀」，最後覺得臉部都快抽筋了。與最後一人握完手，他終於能離開現場。

「嗨，楚門。」麥克·必文斯追上他，他停下來再次握手。

看來還無法脫身。

「我知道現在的時機不太恰當，但我聽到一些流言，想找你確認一下。」

「你聽說了什麼？」楚門謹慎地問。因爲奈德．法希家的槍擊事件，他已經接受過幾次詢問了，但鎮民還是不斷來找他。

麥克低頭看著靴子。「克瑞格眞的說過，他殺死那些人，是因爲想繼承我爸的事業？」他的肩膀低垂。

楚門做了個深呼吸。「對，他跟蘿絲說的。你不知道這件事？」

「可以這麼說。」麥克終於看向他的眼睛。「他總是跟在我身後，你知道吧？克瑞格相當寡言，不過經常問起我對未來的計畫，甚至鼓勵我搬去波特蘭開設野外求生課程。我沒想到是因爲他想要我滾蛋，別擋他的路。」

「你父親今天有來嗎？」楚門問。

「沒有。他的健康狀況惡化了。」

「很遺憾，麥克。你接下來打算怎麼做？」

麥克轉身看著答禮的家屬，歐文．凱佩奇站在他父親身邊。「我得先暫時接下我爸需要我做的事，但不會讓家族事業凌駕我的人生。」

「你可以兼顧的。一邊經營牧場，一邊教課。」

「我知道。」他說：「但我希望能斷個乾淨。」他的藍眸對上楚門的眼睛。「等我爸走了，我會改變牧場的營運方式。他奉行的一些信念，我不想再繼續下去。」

以後必文斯牧場不為末日做準備了？

楚門很好奇，失去了這個中流砥柱，鎮上會發生什麼變化。「祝福你一切順利。如果需要我幫忙，隨時開口。」他伸出手。

麥克鄭重地握住。「我知道。謝謝你，楚門。」他轉身離開，走去加入一群正在等他的人。楚門目送他走遠，想著那些人有多倚重麥克．必文斯。看來改變很快就會發生了。

此刻梅西獨自站在樹下，他朝她走去。葬禮時，他坐在她身後相隔兩排的位子。楚門看著她握著蘿絲的手，突然覺得自己與她距離好遙遠。槍擊事件之後，他和梅西幾乎沒有分開過。他喜歡這樣。他走了過去，欣賞那雙綠眸，她看著他穿過墓園而來。接近時，他露出微笑，驚奇地體會到自己有多為她心動。他們依然沒有談過兩人的狀況。

我們有狀況可以談嗎？

確實有，但他們兩人都還沒有打算要談。於是，在她哀悼時，他們只是默默彼此依靠，很少離開對方。他想讓她看見，只要她需要，他一定會在。即使她沒有說出來，但從眼神看得出來她懂。她母親和鎮上所有女性都用心照不宣的眼神打量他：楚門．戴利死會了。

其實他自己早就知道了，但梅西似乎才剛剛發現。

快要走到她面前時，他伸出一手，她隨即握住。

「可以帶我離開這裡嗎？」她問。

「妳想去哪裡？」

「去爬山。」

嚴格地說，這裡並不是山，梅西承認。不過爬上奧利湖後面的坡道，恰恰是她需要的。

她和楚門花了兩個小時在找骨骸。

但什麼都沒找到。

最後，他們坐在一塊能夠俯瞰遼闊風景的岩石上休息。

「看來我們永遠都找不到肯尼的遺體了。」梅西說，抬頭讓臉頰感受陽光的溫度。

「也永遠無法得知他的姓氏。」楚門點頭。「我搜索過美國西半部的失蹤人口紀錄，但沒有發現他。我眞的想不出其他辦法了，大概只能跟麥克·必文斯要十五年前的雇傭紀錄。」

「兩個犯人都已經付出了代價。」

「我同意。」

「謝謝你幫我和蘿絲保密。」

他聳肩。「我心裡確實有點疙瘩，但說出來只會害更多人受傷。現在更是如此。」他牽起她的手。

「我不介意爲妳這麼做。」

她捏捏他的手，端詳他的雙眼。他很眞誠。多年重擔慢慢離開她的肩頭，她已經背負太久了。是因爲克瑞格死了嗎？還是因爲對楚門坦承？現在他幫忙背負了一半的祕密。

「你打算怎麼處理你舅舅的房子？」她問。

「暫時先留著，我還不想出售。」

「在奈德家的時候，殺死你舅舅的凶手落入你手中。」

「沒錯。」楚門承認。「現在回想起來，我很自豪那時候沒有眼睁睁看他死。不過我想，假使有時間考慮，我或許會那麼做……」

「你不是那種人。」梅西表示。

「……沒錯，我不是。」他最後同意。「過去一星期以來，我對一些事情的想法改變了。我甚至打算仔細研究一下我舅舅的備用供電和供水系統。爲緊急狀況預做準備，或許有那麼一點道理。」

她輕輕打他的手臂一拳，他做了個苦臉。「小心我的肋骨！」

「噢我忘記了。對不起。」她拉長身體靠近他，吻上他的唇，觸碰他的肌膚時，她感到一陣暈眩，她好喜歡這種感覺。過去幾天有不少親密的時刻，足以讓她檢視自己的未來。現在他變得很重要，而且她的心感覺到自己值得被珍惜。她好幾年沒有過這種感覺了。

但她不害怕。這種感覺很好。

「妳什麼時候要回波特蘭？」他終於問出口，這個問題在兩人腦中已經盤桓三天。她的案件結束了，而她請了一星期的假，立刻獲准，但眼看也快結束了。

「星期六。」

「我下個週末去找妳，開車過去不算太累。」

「假使一個月得開好幾趟，那就很累了。」她指出。

「但是值得。」

「傑夫告訴我，本德分局爭取到預算，他可以雇用三位新探員。」她等著看他的反應。

楚門愣住。「妳是說眞的？」他的笑容慢慢擴大。「妳打算怎麼做？」

「我已經提出申請了。」他欣喜的表情讓她心中洋溢幸福。「不過有個條件。」

「是什麼？我不在乎，儘管說。」他握住她的雙手，拉著她在岩石上站起來，緊緊抱住她。

「凱莉可能會來和我一起住。」

「這樣太好了！她需要一個家，妳是最適合照顧她的人。」

「你真的這麼想？」他在開玩笑嗎？「我完全不知道要怎麼教養少女。」

「妳以前不也是少女？」

「呃，對啦，但我的狀況——」

「那妳已經比世上一半的人有經驗了。」他對她開懷一笑。「妳一定會表現得很出色，這樣對妳們彼此都好。」

「我可能會在本德市買房子。」她看著眼前廣袤的山谷。「我需要這片土地。我需要遼闊的天空，少一點灰濛濛的雨。我需要抬頭就能看到一整排的雪白山巒。這個地方不斷呼喚著我的靈魂，我原本早已拋之腦後，回來後才想起它的重要。」她凝望他的雙眼。「我想住在接近你的地方……看看有什麼發展。」最後那句話幾乎是耳語。

「只要別叫我去爬地道就好。」他的笑容令她心跳加快。

「絕對不會！我用生命發誓，絕不會強迫你進去狹小的空間。」

「那就說定了。」

他一拉，讓她擺出浮誇的下腰姿勢，再次親吻她。

《破鏡謎蹤》完

誌謝

二〇一四年，我人坐在飛機上，準備前往紐約市參加驚悚小說節。我的第三部作品《Buried》獲得提名角逐驚悚小說大獎。一家出版社的編輯聯繫我，說她很喜歡我的作品，想知道我是否有意和她的公司合作。我答應在紐約市與她見面，在飛機上，我整個人心慌意亂，因爲我驚覺自己對新書毫無想法。對我而言，靈感得來不易。有的作家點子多到不知該先寫哪個，我並非那種人。每次思索故事情節，我的壓力都很大，而且會反覆琢磨許久。我在飛機上拿出筆記本開始動腦。於是，梅西·凱佩奇這個角色就在三萬五千英呎的高空中誕生了。那位編輯很喜歡這個點子。

簡單說明一下後續：我請經紀人在提出寫作計畫時，一定要優先給我目前的出版社。而我的編輯很喜歡這個點子，我也因此鬆了一口氣，因爲我很喜歡Montlake公司的團隊，我最想把書交給他們出版。當沒有其他出版社願意給我機會時，他們選擇爲我賭一把，而且他們是全天下最酷、最有創新想法的人。這是我和他們合作的第十本小說，我很期待能再繼續合作十本。

十本書？怎麼這麼快？

感謝調查局的Devinney探員與Gluesenkamp探員，他們回答了我的所有疑問。或許我該寫一本調查局雙探的小說，用他們的名字爲主角命名。感謝Charlotte Herscher的專業編輯能力。感謝我的經紀人Meg Ruley，她從一開始就是梅西的死忠粉絲。

我將上一本書獻給我的濃縮咖啡機。寫這本書的時候，我完全沒喝咖啡，希望讀者依然會喜歡。

中英名詞對照表

A

Anders Beebe 安德斯・比博

B

Barbara Johnson 芭芭拉・強生

Ben Cooley 班・庫利

Bend 本德市

C

Cascade Mountains 喀斯喀特山脈

Coffee Café 珈琲咖啡館

Craig Rafferty 克瑞格・雷佛提

D

Darby Cowan 達比・柯萬

David Aquirre 大衛・埃奎爾

Deborah Kilpatrick 黛博拉・凱佩奇

Deirdre 蒂爾潔

Deschutes County 德舒特郡

Deschutes River 德舒特河

Diane 黛安

Dr. Natasha Lockhart 娜塔莎・洛哈特

E

Eagle's Nest 鷹巢鎮

Eddie Peterson 艾迪・彼德森

Enoch Finch 伊諾克・芬契

G

Gwen Vargas 葛雯・法加斯

I

Illy 意利咖啡

Ina Smythe 艾娜・史密斯

J

James Dean 詹姆士・迪恩

Jane Beebe 珍恩・比博

Jeff Garrison 傑夫・蓋瑞森

Jefferson Biggs 傑佛森・畢格斯

Jennifer Sanders 珍妮佛・山德斯

John Deere Dealership
約翰迪爾工程機具經銷處

Joziah Bevins 喬賽亞・必文斯

K

Karl Kilpatrick 卡爾・凱佩奇

Kaylie 凱莉

Kenny 肯尼

L

Leatherman 李德門（品牌）

Leighton Underwood
雷頓・昂德伍

Levi 李維

Lucas Ingram 路卡斯・英格倫

M

Mercy Kilpatrick 梅西・凱佩奇

Mike Bevins 麥克・必文斯

Milne Creek 密爾尼溪

N

Nancy Wilson 南希・威爾森

Ned Fahey 奈德・法希

Norwood 諾伍德

O

Old Mill District 舊磨坊區

Owen 歐文

Owlie Lake 奧利湖

P

Pearl 珍珠

prepper 末日準備者

R

Rick Turner 瑞克・透納

Rohypnol 氟硝西泮

Rose 蘿絲

Royce Gibson 羅伊斯・吉布森

S

Sandy's Bed & Breakfast
珊蒂民宿

Selena Madero 瑟琳娜・瑪戴羅

Sheila 席拉

Simon 賽門

sovereign citizen 主權公民

S

SSRA（supervisory senior resident agent）資深常駐主管探員

T

Tahoe 雪弗蘭太浩休旅車

TEOTWAWKI 世界末日（網路用語）

Teresa Cooley 泰瑞莎・庫利

Toby Cox 托比・考克斯

Truman Daly 楚門・戴利

V

ViCAP 暴力犯罪緝捕計畫

W

Ward Rhodes 沃德・羅德斯

國家圖書館出版品預行編目資料

破鏡謎蹤 / 坎德拉・艾略特（Kendra Elliot）作；
康學慧譯. -- 初版. -- 臺北市：奇幻基地, 城邦文
化出版：家庭傳媒城邦分公司發行, 民111.01
面： 公分. -（Best嚴選；135）
譯自：A Merciful Death
ISBN 978-626-7094-11-2（平裝）

874.57 110020683

ISBN 978-626-7094-11-2

Printed in Taiwan.

BEST嚴選 135

破鏡謎蹤

原著書名／A Merciful Death
作　　者／坎德拉・艾略特（Kendra Elliot）
譯　　者／康學慧
企畫選書人／劉瑄
責任編輯／劉瑄

版權行政暨數位業務專員／陳玉鈴
資深版權專員／許儀盈
行銷企畫／陳姿億
行銷業務經理／李振東
總　編　輯／王雪莉
發　行　人／何飛鵬
法律顧問／元禾法律事務所　王子文律師
出版／奇幻基地出版
城邦文化事業股份有限公司
台北市 104 民生東路二段 141 號 8 樓
電話：(02)25007008　傳真：(02)25027676
網址：www.ffoundation.com.tw
e-mail：ffoundation@cite.com.tw
發行／英屬蓋曼群島商家庭傳媒股份有限公司城邦分公司
台北市 104 民生東路二段 141 號 11 樓
書虫客服服務專線：(02)25007718・(02)25007719
24 小時傳眞服務：(02)25170999・(02)25001991
服務時間：週一至週五 09:30-12:00・13:30-17:00
郵撥帳號：19863813　戶名：書虫股份有限公司
讀者服務信箱 e-mail：service@readingclub.com.tw
歡迎光臨城邦讀書花園　網址：www.cite.com.tw
香港發行所／城邦（香港）出版集團有限公司
香港灣仔駱克道 193 號東超商業中心 1 樓
電話：(852) 2508-6231　傳眞：(852) 2578-9337
e-mail：hkcite@biznetvigator.com
馬新發行所／城邦（馬新）出版集團
【Cite(M)Sdn. Bhd】
41, Jalan Radin Anum, Bandar Baru Sri Petaling,
57000 Kuala Lumpur, Malaysia.
Tel: (603) 90578822 Fax:(603) 90576622
email:cite@cite.com.my

封面設計／朱陳毅
排　　版／HAMI
印　　刷／高典印刷有限公司
■ 2022 年（民 111）1 月 25 日初版

售價／460 元

104台北市民生東路二段141號11樓
英屬蓋曼群島商家庭傳媒股份有限公司城邦分公司 收

請沿虛線對摺，謝謝

奇幻基地

每個人都有一本奇幻文學的啓蒙書

奇幻基地官網：http://www.ffoundation.com.tw
奇幻基地粉絲團：http://www.facebook.com/ffoundation

書號：1HB135　　書名：破鏡謎蹤

請於此處用膠水黏貼

奇幻基地

讀者回函卡

謝謝您購買我們出版的書籍！請費心填寫此回函卡，我們將不定期寄上城邦集團最新的出版訊息。

姓名：＿＿＿＿＿＿＿＿＿＿＿＿ 性別：□男 □女

生日：西元＿＿＿＿＿年＿＿＿＿＿月＿＿＿＿＿日

地址：＿＿＿＿＿＿＿＿＿＿＿＿＿＿＿＿＿＿

聯絡電話：＿＿＿＿＿＿＿＿＿傳真：＿＿＿＿＿＿＿＿＿

E-mail ：＿＿＿＿＿＿＿＿＿＿＿＿＿＿＿＿＿＿

學歷：□1.小學 □2.國中 □3.高中 □4.大專 □5.研究所以上

職業：□1.學生 □2.軍公教 □3.服務 □4.金融 □5.製造 □6.資訊

□7.傳播 □8.自由業 □9.農漁牧 □10.家管 □11.退休

□12.其他＿＿＿＿＿＿＿＿＿＿＿＿＿＿＿＿

您從何種方式得知本書消息？

□1.書店 □2.網路 □3.報紙 □4.雜誌 □5.廣播 □6.電視

□7.親友推薦 □8.其他＿＿＿＿＿＿＿＿＿＿＿＿

您通常以何種方式購書？

□1.書店 □2.網路 □3.傳真訂購 □4.郵局劃撥 □5.其他

您購買本書的原因是（單選）

□1.封面吸引人 □2.內容豐富 □3.價格合理

您喜歡以下哪一種類型的書籍？（可複選）

□1.科幻 □2.魔法奇幻 □3.恐怖 □4.偵探推理

□5.實用類型工具書籍

您是否為奇幻基地網站會員？

□1.是□2.否（若您非奇幻基地會員，歡迎您上網免費加入，可享有奇幻基地網站線上購書75 折，以及不定時優惠活動：http://www.ffoundation.com.tw/）

對我們的建議：＿＿＿＿＿＿＿＿＿＿＿＿＿＿＿＿

＿＿＿＿＿＿＿＿＿＿＿＿＿＿＿＿

＿＿＿＿＿＿＿＿＿＿＿＿＿＿＿＿

請於此處用膠水黏貼